中公文庫

コイコワレ

乾　ルカ

中央公論新社

目次

コイコワレ

少年が息を荒らげ、山を登ってくる。

砦で女が彼を迎え、どうしたのかと訊ねると、

「これ、何？　下で見つけたんだ。カタツムリの殻かな」と言う。

女はそれを節くれだった指で受け取り、かざす。

日が透けた。

「これはたぶん、貝殻。貝」

「貝って」

「貝は、海のもの」

その途端、隣で寝そべっていた黒犬がむくっと頭を上げた。

少年は分かりやすいほどにおびえ、顔に手をやらんばかりだ。

「海のものがどうして山にあるの？　海と山はまざらないんじゃないの」

「まざるとかまざらないじゃなくて、ぶつかるの。わたしたちは海の人と会えば、衝突するようになっているからね」


海にあるはずの貝がどうして山にあったのか。昔、海の人間がこのあたりに来た印なのか。もしくは海に行った何者かが持ち帰ったのか。

確かなのは、そこで大なり小なりの争いが起きたことだ。

山の者と海の者の対立は、太古から未来まで繰り返され、その衝突のひとつひとつに物語がある。

海と山、両者を自在に行き来する唯一の者、争いを見届ける者がいつかそう語ったという。

「仲良くやればいいのに」

少年が言った時、海の集落でも、海の子供が海の大人に同じことを口にしていた。

仲良くやればいいのに。

「会ったらいけないんだ」

どちらの大人もそう答えるほかない。

——海と山の伝承「螺旋」より

第一話「逅」

馬のいななきが天を突いた。

いななきを追いかけて男が叫んだ。馬と男の咆哮《ほうこう》は梅雨《つゆ》明けの空にひびを入れた。叫び声の出どころをとっさに見上げた女は、確かにそのひび割れを目にした。

割れた空を背景に、丸太が倒れてきていた。

暴れ馬に驚いた人夫らが、下で支える手を離し、田舎町の電柱になるはずだった丸太は、上方にはりついていた男を一人残したまま、女と、女に寄り添う男に影を落とした。女は丸太を見つめた。それはやけにゆっくりと二人に迫ってきた。

逃れられない。

女の脳裏で瞬く間に過去が廻《めぐ》った。生まれ育った集落、人々、家族、母。もう二度と会えないとわかって、生家を出た。祝福されなくとも、愛した男と一緒になる道を選んだ。

そして、なにより大事な一人娘。

道は、こんなところでついえるのか。

――これはあんただけのもの。あんたのためだけに母さんが作ったもの。あんたにしてやれることはこれだけ。

――母さんのかわりに、これがあんたを守るから、安心して行きなさい。

生ぬるい飛沫《しぶき》が頬にかかった。気づけば女は尻もちをついていた。自分にはかすり傷一つなかった。だが夫の頭と顔面には丸太がめり込んでいた。丸太の上にいた男も、少し離れたところで血を流していた。

「あんた、大丈夫か」

女の胸元で硬くしまったものが軋《きし》む音がした。女は襦袢《じゅばん》の合わせ目に手を差し入れ、胸に下げていた紐《ひも》を手繰り寄せた。

紐の先についていた木彫り細工《ざいく》に、真一文字の亀裂が入っていた。女が指先で触れると、細工は鬼灯《ほおずき》のように割れて、ぽろりと地に落ちた。

*

夏の盛りを過ぎた空は、いつしか青に深みを増した。東の方角に高くそびえる入道雲の白い塊が、いっそう浮き出て見える。季節外れのその雲は、陽が当たっているところとそうではないところがくっきりと分かれて、まるでぐるぐると回廊をめぐらせた天空の城だ。雲の背後の空の色を、浜野清子《はまのきよこ》はじっと見つめる。青。青は好きだ。でも、空の青は一番じゃない。一番好きな青は……。

校長先生が大声で喋《しゃべ》っている。校庭に並ぶ子どもたちとその親を鼓舞《こぶ》するような口調だ。

「君たちは小軍隊として、のちの決戦の戦力となるべく、いったんここを離れるのだ」

お別れの日じゃないみたいだ、と清子は思った。

「わが日本の小国民である誇りを、かたときも忘れず、疎開先でも勉学に励み、鍛錬《たんれん》を怠らぬように」

校舎の屋根に止まっていた烏《カラス》が、濁った声で鳴いた。清子はきっちりと二つに結わえたお下げの髪の右側に触れてから、そっとブラウスの胸元に手をやった。

ブラウスの布越しに、硬い感触が伝わる。

校舎から駅までは、十人の先生に引率されながら歩いた。一糸乱れず整列して進む清子たちを見送りに、町のみんなは家を出てわざわざ玄関先に立っている。そんな人々に、特に男子は胸を張った。「元気で」「行ってらっしゃい」声がかけられる。国民服を着て万歳《ばんざい》をしている老人の姿が、清子の目に入った。清子は顔を伏せ、足元に視線を落とした。背中に負った勉強道具と必要最低限の着替え、日用品が入った荷物袋が、いやに重く感じられた。

母を探そうと思ったけれど、清子はそのまま顔を上げられなかった。駅までは見送りに来てくれるはずだから、他の親たちとともに、子どもらの行軍のあとに続いているのだろうが。

沈みゆく陽を咎《とが》めるように、またどこかで烏が鳴いた。

駅に着くと、子どもたちはあらかじめ決められたとおり、十の班に分かれて並んだ。学年や性別できれいにまとまった班もあるが、清子の班は違った。六年生と五年生が交じっていて全部で十六人、五年生の六人は全員男子、六年生は清子を含めて男女五人ずつの十人だ。勘定《かんじょう》してみると、清子の班が一番少人数だった。

清子は静かに胸の中の空気を吐きだした。そうして、お下げを触り、ブラウスを触り、胸に隠した宝物を触った。

北へ行く黒い列車が、煙突から煙を吐きながら重たそうに入線してきた。煙は雷を隠した雨雲の色だった。清子は振り返った。すぐ背後に並んでいた、自分よりも若干《じゃっかん》背が低い同級生のハナエと目が合った。おかっぱ頭の彼女は、下まぶたを押し上げるように両眼を細めた。清子はすぐさま目を逸《そ》らし、ハナエよりももっと後ろ、親たちの集まりの中に、母の顔を探した。

質素《しっそ》な藍色《あいいろ》の木綿《もめん》の着物にもんぺを穿《は》いた母の姿が、ようやく視界にとらえられた。

自分とそっくりの瞳が、自分を見返してきたことで、清子の肩にのしかかる荷物が少し軽くなった気がした。

先生の号令に従って、子どもたちは列車に乗り込んだ。清子は窓に近い席に座ることができた。背の荷物袋を膝の上に置き、汚れが油膜のように張ったガラスに顔を近づける。清子の隣の席は、なかなか腰を落ち着けるものがいなかったが、そのうち誰かに押されて五年生の男子が座った。妖怪、米英の間諜《かんちょう》の隣だという声が耳を刺した。清子はますます窓に寄った。母が自分のそばに、窓ガラス越しに話ができるまでに近づいて来てくれることだけを願った。でも、その願いは、なかなかかなわなかった。清子は思い切って窓を押し上げた。他にも窓を開けている子はいたのだ。

「お母さん」

清子の母は、他の親たちの陰にいた。まるでおまえは横に退《ど》いていろと言われたかのように。清子は胸が絞られる思いがした。自分に注《そそ》がれる母の視線を寄る辺《よべ》の糸として、それをたどって、今すぐ温かい胸に抱きつきたくなった。

「お母さん」

もう一度呼ぶと、母は地を滑るように窓のそばまで来てくれた。清子は母の目を見つめた。校庭で見上げた空とは異なる、清子がもっとも愛する蒼《あお》が、その中にある。

「お母さん、私やっぱり」清子は窓枠に手をかけ、顔を外に出した。「やっぱり、東京に残りたい」

通達が出たとはいえ、児童の全員が集団疎開の列車に乗ったわけではなかった。家の事情を理由に、残る子どももいた。清子は母との二人暮らしだった。二人きりの母子が離ればなれになるのは心細い。このごろは清子も母の仕事を手伝っていたので、なおさら家に残ってもいいのではないかと思った。

自分を忌み嫌う子どもたちと、知らない田舎で共同生活をするなんて、耐えられない。

しかし、母は毅然《きぜん》と首を横に振った。

「清子、あなたは行きなさい」

「だって」

「あなた、女学校へ行きたいと言っていたでしょう？　勉強はサイレンの鳴らない田舎のほうが、はかどります」

たしかに、そんな漠然とした夢も抱いている。でも。

「今は勉強より、お母さんと一緒にいたいわ」

清子は母が美しく笑うのを見た。

「清子。お母さんはあなたがきちんと学んで、立派な大人になってくれたほうが嬉《うれ》しいわ」

母は清子の手を握った。母の手は温かかったが、皮膚はうろこのようにかさつき、荒れていた。

「お母さんが守っています。元気でね」

乗り出した身を母に優しく押し戻され、清子は奥歯を噛《か》んだ。母は一つ頷《うなず》いて離れていき、すぐに見えなくなった。

駅員になにか言われたのか、見送りの親たちは駅舎を出ていった。そのうちに陽は落ち、あたりはすっかり暗くなった。それを待っていたかのように、列車が動き出した。

列車が走り出してしばらくは、騒々しかった。遠足にも似た空気が児童を取り巻いていた。

腹が空《す》いていた子どもたちは、教師の指示で弁当を食べることとなった。

ほの暗い中、竹の皮に包まれた清子の弁当は、梅干しが入ったおにぎりが二つだった。おにぎりのご飯には、麦や稗《ひえ》、粟《あわ》が混じっておらず、白かった。清子はそんな白いご飯を久しぶりに見た。

子どもたちの中には、卵焼きをおかずに持たされている子がいた。清子はその卵の黄色をしげしげと眺めた。十分とはいえない明るさのもとでも、黄色は鮮やかに清子の目を射た。食べ物が乏しくなってゆく中、その子の家は卵を大事に取っておいて、弁当にして持たせたのだ。清子は家を出る前に母と囲んだ食卓を思い出した。清子も卵焼きをそのとき食べた。母の皿にはなく、清子の皿にだけ載せられていた。

弁当が子どもたちそれぞれの胃袋に収まっていくごとに、浮《うわ》ついた雰囲気はなりをひそめ、かわりにしんみりと湿っぽいものがそこいらを漂いはじめた。

車両のどこからか、洟《はな》をすする音がした。水に落ちた小石が作る波紋のように、音は広がった。遠足気分の子は、いつしかいなくなっていた。

教師がやってきて、子どもたちに「もう寝るように」と言った。

清子は目をつぶって母を思った。

昨年、父がまだ生きているときは、清子の家は食堂を営んでいた。父は蕎麦《そば》が打てた。母も切り盛りを手伝い、商店の多い区画の中でも、そこそこ繁盛している部類だった。常連客もいた。

父は突然に死んだ。母と一緒に、懇意の農家に、蕎麦粉の買い付けに行った帰りのことだった。

事故の詳しいいきさつを、清子は聞かされていない。しばらくして物言わぬ姿となって家に戻ってきた父は、頭のほとんどを白い布で巻かれて、丸い両の耳の先しか見えなかった。でも、それだけで十分だった。隠されたところは、見てはいけないところなのだと、清子は理解した。

両親の親戚が誰も来ないちんまりとした葬式を出して、清子は母と二人きりになった。父の死はもちろん寂しかったが、父と一緒にいたのに無傷ですんだ母の存在が、清子を安心させた。母までいなくなったら、清子はたった一人だ。

母は気丈だった。生活のために食堂を再開させ、裁縫《さいほう》の腕を生かして内職もした。同じ死ぬにしても、兵隊となって戦死したなら、恩給が出たのかもしれない。そうではなかったから、母は働くしかなかった。男手を失いながら、清子がそうひもじい思いをしなかったのは、母のおかげだ。

母はどんなことがあろうとも、清子の味方だった。下級生のころに、悪童たちから「妖怪の目だ」「アメ公の子だ」と石を投げられ泣いて家に戻った清子を抱きしめ、「あなたはなにも悪くありません」と微笑《ほほえ》み励ましてくれた日のことを、清子は今も忘れてはいない。母に見つめられると安心した。母の目を見つめると心が落ち着いた。嵐に荒れる海の波が凪《な》いでゆくように。

その母と離れて暮らす。

清子はブラウスの上のボタンを一つ外した。首に下げている白い紐を手繰り、先に通しているものを直接手の中に包みこむ。それは卵ほどの大きさで、形は丸っこい。球形ではないが、程よい厚みだ。べっこう飴《あめ》をさらに濃くしたような色で、よく磨かれたもの特有の艶《つや》がある。

それには中心へ向かって収束していくように、螺旋《らせん》模様が彫り込まれてある。巻貝や蝸牛《カタツムリ》の殻のようだ。母はこれを家の大黒柱の一部をくりぬいて取り出し、作った。

母はなにを思ったのか、それを半月ほど前からこしらえ始めたのだった。なにを作っているのかと尋ねても、答えてはくれなかった。清子は手先の器用な母が、新しい売り物を考えたのかと想像していた。しかし、それは渦巻《うずま》きの始まりの部分に千枚通しで穴を開けられ、母の組紐を解《ほど》いてまた縒《よ》り合わせたものを通され、今日の旅立ちの前、食事が終わったときに、清子の首にかけられたのだった。

「なあに、これ？」

奇妙な形の首飾りは、とても硬かったが、一方で生きているもののようにほのかな温《ぬく》もりが感じられた。母はにっこりとした。

「これは、お母さんのかわりにあなたを守るものよ。あなただけのもの。あなたのためだけに、お母さんが作ったの」

だから、疎開先でも大丈夫だと、母は優しく請け合った。

清子はそのときのやり取りを思い出しながら、首飾りを握り締めた。やっぱり内部から不思議と心地よい熱が感じられる。ぐるりと回る筋の彫りあとに、そっと唇をつける。食べ物とすすと埃《ほこり》っぽさと子どもたちの体臭がこもった車両内で、首飾りの木の匂いだけが清々《すがすが》しい。

そういえば出発のホームで母と言葉を交わして以来、誰とも喋っていないことを、清子は思い出した。

いつものことだ。だから清子は、いつも寂しく辛《つら》い。奇異の目で見られるたびに、母の胸で泣きたくなる。その母と別れなければならないとは。

清子はとてももろく壊れやすいものを扱うように、母の贈り物をブラウスの内側に落とし込んだ。離れている間、これを母と思って耐え忍ぼうと思いながら。

列車は闇の中を走り、ときどき身を隠すように停《と》まっては、また動き出すことを繰り返した。走行音にまぎれて寝息が聞こえる。あとどれくらい走るのか、清子には見当もつかない。ただ一つわかっているのは、降りるときには外が白んでいるだろうことだ。

清子たちが向かう場所は、夜の先にある。

＊

裸足《はだし》の少女が森を駆ける。彼女の爪先に蹴《け》られた朝露《あさつゆ》が、おぼろに光を放ちながら弾《はじ》けて散る。その足元に、きちんとした道はない。しかし、彼女の頭には、森のすべてが入っている。だから迷いなく走る。口元にはうっすらと笑みが浮かんでいる。緑の空気に適度な湿り気。土の匂い。木々の香り。梢《こずえ》の先では小鳥がさえずり、水が流れる音は徐々に近づいてくる。少女は全身でそれらの匂いや音を感じ取っている。だから、その爽快《そうかい》さに微笑まずにはいられないのだ。

少女が着ている古い木綿のシャツは、男児用のおさがりだ。それにつぎはぎだらけのズボンを穿いて勢いよく森を走り抜けるさまは、短めのおかっぱの髪に気づかなければ、まったくもって男の子だ。いや、男の子よりも俊敏だった。森は山裾《やますそ》に生い茂っており、少女は緩い起伏を登っている。けれども、息を切らしはしない。痩せたその身で軽々と苔《こけ》を踏み、大蛇のようなブナの根を飛び越える。

やがて川に行き当たる。水が流れる音の源である。少女はそこでいったん足を止め、両手で水をすくった。冷たく澄んだそれを口へ持っていく。顎《あご》の先から滴《しずく》がしたたる。彼女は喉《のど》を鳴らして飲み干し、白い歯をこぼした。

川幅は大人の身の丈以上あり、水の勢いも、のどかなせせらぎとは言えないものである。少女は川上に視線をやり、また駆けだす。水辺は森の中よりも滑りやすく、石や岩もあったが、少女はものともしなかった。

水音に低い響きが混じり出す。はらわたを直接揺るがせるような振動が、足の一蹴りごとに大きくなる。清水の芳香に目を細め、少女は走りながら深く息を吸い、それを全部吐く。霧状の細かな飛沫で、少女の顔や髪、服はしっとりと濡《ぬ》れる。

ブナの梢ほどの高さから、水が落ちてきている。滝だ。とめどなく落ちる水を受け止める滝壺《たきつぼ》は、そこだけがいっそうの深さを感じさせる暗い色をしていて、微細な泡がいったん沈み、渦を巻いている。渦はひとときたりとも同じ形ではおらず、渦自体も消えはしない。少女は手の甲で額を拭《ぬぐ》った。

それから少女は滝の横の急斜面を、ときに手を使って登った。少女は上に行くのにどこを通れば具合が良いのかを知っていた。道と表現するにはあまりに危険かつ乱暴であったが、物心ついたころから行き来をしている少女にとっては、紛れもなく大好きな人が暮らす場所へと至る道なのだった。

今谷源助《いまたにげんすけ》老人。集落の大人はただ、山男、山翁《さんおう》などと呼ぶ。この山中に、彼は一人で棲《す》んでいる。

斜面を登りきり、滝口を少し行ったところに、源助の寝起きする掘立《ほったて》小屋がある。掘立小屋からまた少しばかり離れて、炭焼き小屋。源助は炭を焼き、それをときどき集落で売りさばいて、口を糊《のり》しているのだった。源助の焼いた炭は、すぐに火が付き、持ちも良い。

「爺《ずん》つぁま」

少女は森を駆け抜けた勢いそのままに、掘立小屋の戸を開けた。小さな突き上げ窓と、囲炉裏《いろり》の炎の明かりが、小屋の内部のひどく粗末な様子を浮かび上がらせたが、少女はそれを気にしない。囲炉裏端にいた源助も、少女の声に口元を綻ばせた。長らく洗っていないだろう白髪交じりのざんばらの髪は、彼の顔を半分隠していたが、それでも笑みを漏らしたことは、少女にはちゃんとわかる。

「ねえ、リッか。おはよう」

「今日だべ？　爺つぁまが言ってだのって、今日になったんだべ？」

源助は胡坐《あぐら》の脚の片膝を立て、首を左に傾けた。首を傾けるのは、源助の癖だった。普段でも少し斜めなくらいだ。だから、リッといえども、源助の右側の顔を、あまり見たことがない。

源助は東側の突き上げ窓に目の先をやった。「今日……」

「おらさ、特別な日なんだべ？」

「ああ」源助は自分の中にしまい込んだ古い記憶をたどるように、腕組みをした。「そう……そうだ、リッツ。今日は特別な日になっぺ」

「嬉しい」

リッツの言葉に、源助はまた笑った。リッツは泥だらけの足で上がり込み、囲炉裏鍋を挟んで源助の向かいにぺたんと座った。鍋の中では、粥《かゆ》がくつくつと煮えていた。大根と大根の葉、雑穀が混じった粥の匂いを、リッツはうっとりと吸い込んだ。とろりとした汁の底から飯粒やその他の穀物がゆらゆら浮かび上がり、くるりと回転しては、また沈んでいく。

源助は木の椀《わん》にそれをよそって、なにも言わずにリッツに差し出した。リッツの口の中に唾がたまった。リッツは源助の顔をじっと見つめた。源助は受け取れと催促をするように、椀を軽く動かした。

　椀に一杯すくった後の鍋は、ほとんど底が透けて見えてしまっている。

「おら、お寺でちゃんと食べだわ」

　リツは言った。源助は髪の毛に隠れていない左目を、優しげに細めた。目の下に皺《しわ》が寄った。源助は静かに粥をすすり始めた。

　源助のことをリツは爺つぁまと呼んでいるし、つぎはぎだらけのぼろを着ていても痩身がわかる体軀《たいく》、立ち枯れた木の皮のような皮膚の質感や、白髪の多い髪の毛は、確かに源助の印象を老人にする。集落のものは大人子ども問わず、普段は山に籠《こ》もる源助を、変人の炭焼き年寄り呼ばわりしている。しかしながら、よくよく考えてみれば、集落で唯一源助を慕い、毎日のように掘立小屋を訪れるリツですら、源助の正確な年齢を知らない。尋ねたことはあるのだが、上手《うま》くはぐらかされてしまう。ただし、リツにとって源助は何歳であろうと関係なく、自分の命の恩人であり、さらに今は誰より気心知れた存在なのだから、はぐらかされても気にはしていない。

「国民学校へは行がねのすか」

　源助がぼそりと口にしたので、リツは可笑《おか》しくなった。集落に背を向けて一人で暮らす源助が、そんなことを気にするのかと思ったからだ。

「国民学校なんて、おもしゃぐね。おら、毎日爺つぁまの炭焼ぎや狩りを手伝いばしでえな。それか……」

「他になにがあるのじゃ？」

リツは座ったままで少しもじもじとした。リツの頭の中には、他のなにかが明確に浮かんでいた。彼の存在は、リツにとって命の恩人の源助と同じほどだった。優しくて明るい。分け隔てすることなく、リツに接して笑いかけてくれる。

「そいづは、人がい？」

リツはますます所在なげになる。囲炉裏の火のせいではなく、顔が熱くなってくる。

――リッつぁん、お腹《なか》は空いでいねぁがい？　ほら、カボチャ。一つあげるよ。できることなら、健次郎《けんじろう》と一緒にいたい。学校なんて行かずに、お寺の廊下を拭いたり、お勝手を手伝ったり、落ち葉を掃《は》いたりしながら、健次郎の近くにいて、ときどき構ってもらいたいのだ。

源助はいったん椀と箸《はし》を置いた。

「その人は学校さ行がねでいいど言ってるのがい？」

リツはつぶらで黒目がちの目を見開いた。源助はまるでリツの心を知っているようだ。

源助はリツの表情の変化を見て、また椀を唇に当てた。

――リッつぁん、ちゃんと学校さ行ぎさいよ。嫌でもやらねぐぢゃいげねぇごとは、みんなさあるんだがら。

健次郎も学校へ行きたがらないリツを、そう言って諭す。学校の件については、源助と健次郎も味方ではないのだ。リツはため息をついた。

「学校ばなぐでいいのに」

「なすて？」

「みんな、勉強ば嫌いだべ？　好ぎな子なんていねぇよ。おら、ほいな子さ見だごとね」

源助の顔が上向きになった。椀の中身をすべてすする。のどぼとけが上下に動く。

「ほいな子さいねぇ、が」

「特別な日なのに、学校さなんか行っていられねっちゃ。爆撃機の音も、おらもう全部聴ぎ分げられるんだ」

国民学校の授業の中には、爆撃機の飛行エンジン音を聞いて、種類を当てるというものがあるのだった。リツは他の科目はどうあれ、エンジン音の授業は組の誰より間違いなく答えられる。

「それに……」

リツはおかっぱ頭の中で級友たちの顔をさらった。一人一人、日めくりの暦《こよみ》をめくるように。

――山犬のリツ。拾われっ子のリツ。

リツの唇が知らず尖《とが》った。

源助は言葉を継がなかったリツに、なにも言わなかった。リツは気を取り直し、源助のほうへと身を乗り出した。

「爺つぁま、今日のごどば前がら教《おせ》えてけさったよね」

――リツ。おめさんさいづが特別な日来るよ。本当だ。

リツがまだ国民学校に上がる前から、源助はときおりそう口にした。リツの頭を撫《な》でながらしみじみと告げる場合もあれば、薪《まき》を割ったり炭焼き小屋の様子を見たりするついでに、何の脈絡もなく言うこともあった。それを聞かされるたび、リツは胸をときめかせ、その日になにが起こるのか、なにが特別なのかを知りたがり、もっと詳しい話をせがんだ。

ところが源助の言葉は思わせぶりなものにとどまり、それ以上は優しく首を横に振るだけだった。集落の人間が源助を山籠もりの変人扱いしても、リツだけは源助が意地悪ではない、とても優しい人だと知っていた。なのに、いくらお願いしても、リツのそのお願いだけは聞いてもらえなかった。

昨日になって、源助は言った。

――明日、その日だっちゃ。

つまり、夜が明けた今日がその日なのだ。

「今日になったんだがら、もう教えでけろ」

やはり源助は微笑むだけだ。リツはまた不服の意味で唇を突き出した。

「爺つぁまも、もしかしてわがんねぇの？　なにが起ごるがまでは」

「んだなや」

源助は、リッの挑発めいた食い下がりにも動じる気配を見せなかった。表情を変えず、顔の前に垂れた髪の毛をかきあげる。いつもは隠れている源助の右側の顔が、それで一瞬見えた。リッの唇は引っ込んだ。源助が目を細めて微笑んでいるさまは、寺の本堂にある大きな仏像を思わせる柔和なものだった。突き上げ窓から差し込む陽射しが、それをいっそうくっきりとさせた。リッは源助のそういう表情と目が大好きだった。

リッもついついつられて、にっこりしてしまった。

「爺つぁま、おら寺さ戻るわ」リッは飛び上がるように立ち上がった。「特別なごとばわがったら、まだすぐ来るがら」

リッは小屋に入ってきたときと同じ勢いで、元気で無邪気な仔犬《こいぬ》さながら、外へ飛び出た。普通の人間ならば足が竦《すく》むであろう滝の脇の急斜面を、リッは両手両足を使い、ためらいなく下る。リッの体の動かし方は確かに優れている。しかしながら、起伏に富み、地面の状態もめまぐるしく移り変わる森を、彼女が自由自在に駆け抜けていく姿は、彼女の能力だけによるものではない印象を受ける。

まるで、少女が駆けやすいように、けっしてつまずいたり滑ったりなどせぬように、大地のほうも彼女の小さな足をしっかりと受け止めているというような。

帰り道のリツは、川の清水で喉を潤《うるお》さなかった。走っているうちに彼女は、今日我が身に起こることが何なのか、楽しみで、心が浮き立ってどうしようもなくなっていた。特別ななにか。そういえば健次郎もここ数日は忙しそうな感じではあった。特に昨日は、寺の本堂の隅々をきれいにし、奥から古い布団《ふとん》を持ち出して数を勘定していた。

どこかの家の法要《ほうよう》があるのか？　しかし、狭い集落にそんな家はなかったように思われる。かわりに「東京」「国民学校」などの単語が耳に入った。

健次郎をはじめとする寺の人間は、秘密めいた行動としてそれらを行っているふうではなかった。もしもリツがなにをしているのか、これからなにがあるのかを尋ねれば、健次郎はいつもの優しい顔で答えてくれたに違いない。

訊《き》けばよかったと思いながら、道なき道から麓の細道にリツは足を踏み入れる。最近、健次郎のことを考えると、わけもなく首から上が熱くなる。そばにいたいけれど、あんまり近くだとなぜだかもじもじしてしまう。だからリツはあれこれ忙しそうにしている理由を、自分から尋ねられなかったのだ。

細道が農道になる。もう樹木の葉が陽射しを遮ることはない。出かけた時分よりも高くのぼった太陽は、リツとリツが目にする一帯すべてを明るく照らす。山間《やまあい》の集落だが、土地を精いっぱい耕して蕎麦や雑穀、野菜、一部は米も作っている。獣《けもの》を獲るものもいる。配給だけでは足りないところを、リツの集落では自分たちで補っているのだ。

歩いて一時間ほど行ったところにある町から、食料を求めて集落にやってくる人が、近ごろ増えた気がしているリツである。知らない顔が、背中に大きな袋を負ってさまよっているのを見かける。寺にも迷い込んでくる。

町の人たちはどうして自分たちで畑や田んぼを作らないのかと、リツはそのたびに小首を傾《かし》げてしまうのだった。

行く手にリツが住まう寺の屋根が見えてきた。

「あ、リツだ」

横から声がした。男の子の声だった。走りながら視線をやると、国民服姿の二人の男児がリツを指さしていた。

「那須野《なすの》リツだ」

「山犬のリツだ」

「山がら下りでぎやがった」

「やっぱり山犬ば親なんだっちゃ」

和夫《かずお》と三郎《さぶろう》だった。

リツは彼らを睨《にら》んだ。同じ五年生の彼らは、リツの一睨みで黙ったが、口元には揶揄《やゆ》の名残があった。リツは殴りかかりたい衝動を懸命に抑《おさ》え、いっそう強く地面を蹴った。

「あっ、あの女だ」

二人の注意は、リッから別の対象へ移ったようだ。あの女が誰を指すのか、すぐさまピンときたリツは、下りてきた山の裾をぐるりとめぐるように集落のその先へと続く細道を見た。

薄汚れたもんぺ姿の女が、こちらの集落を眺めて佇《たたず》んでいた。後ろで一つに結んではいるが、おくれ毛が目立つ乱れた髪。垢《あか》で化粧した薄黒い顔。

彼女はたびたび山向こうにある、ひどく貧しい、名前すらない集落から、ふらりと姿を見せるのである。その集落について話すとき、大人たちはあまり良い顔をしない。平家の落人《おちうど》村だとも、生き延びた源《みなもとの》義経《よしつね》が流れ着いて作った村だとも言われているが、人同士の交流がほとんどないから、はっきりしたことは誰も知らないのだった。

――忌まわしい習わしがあるらしい。

――口減らしに赤子を生ぎ埋めにしてなげる。

顔をしかめたくなるような噂《うわさ》の源から、なぜかふらふらやってくるその女について、大人が「じろじろ見んでない」と言い含めるのも、当然なのかもしれなかった。

でも、リツは女を見てしまう。自分と似ているところを探してしまう。

女はリツを気にせず、高源寺《こうげんじ》の方角に視線を漂わせている。

視線の先を辿《たど》ると、寺の表に竹箒《たけぼうき》を持つ健次郎の姿を認めた。健次郎も女を見ていた。駆け寄っていくと、健次郎ははっとしたような表情を見せ、次に「おやおや、リッつぁん」と、土や泥がついた裸足の足に苦笑を浮かべた。

「あそごさ雑巾《ぞうきん》があっから拭ぎんさい」

健次郎は寺の玄関口を視線で示した。開け放たれたたたきには、縁に雑巾がかかったバケツが置かれてあった。

「急いで靴下と靴を履いて。学校さ行ったんでなかったのかい？」

言われたとおりに足を拭うリツに、健次郎は掃く手を止めて訊いてきた。健次郎の声も口調も、責めるものではなく、温かく包み込む響きだった。リツは頷いた。

「爺つぁまのどごろさ行ってだの」

「そう。源助さんは元気だった？」

リツはまた頷き、少し顔を俯《うつむ》けた。すぐそばから聞こえる健次郎の声が、リツの頬を火《ほ》照《て》らせたからだ。健次郎は奥に「お婆《ばん》つぁま」と声をかけた。住職の母、タマが出てきて、教科書や弁当の握り飯が入ったリツの鞄《かばん》と、防空頭巾《ぼうくうずきん》を持ってきてくれた。

「リッつぁん、嫌でも学校さ行がねばよ」健次郎は汗ばんだリツの頭に軽く手を置いた。

「リッつぁんをからかう子がいでも、気にすんなや。ほいな悪口は聞ごえねぇよってね。だってリッつぁんは、ちゃんとしたら、誰さも負げねぇぐれぇめんこいおなごなんだば」

リツは防空頭巾を首に引っ掛け、鞄を背負った。健次郎の顔は見られなかった。めんこいという言葉がリツの頭をぐるぐると廻った。健次郎だけが、リツをめんこいと言ってくれる。学校の男子は、出自が定かではないリツのことを、蔑《さげす》んで憚《はばか》らない。リツの身のこなしや、おかっぱの髪からのぞく耳の形を揶揄して、山犬とからかうのだ。

リツはめんこいという健次郎の言葉を、大事な宝物のように心の中で抱きしめ、うっとりと撫でて、なるべくその輝きを裏切らないように、静かな足取りで寺を出て、国民学校へと向かった。

特別な日。国民学校へ行けば、それがなにかわかるかもしれない。リツは薄い胸に手を当てた。

＊

夜じゅう列車に乗り続け、清子たちはようやくとある駅のホームに降り立った。眩《まぶ》しい朝日が目を射る。

教師らに言われるがまま、ホームを進み、さらには改札を抜けて駅前に移動する。清子は駅名が書かれた看板のようなものを見つけた。駅名はそのまま町の名前だった。清子はこうして疎開先として指定されるまで、町の存在すら知らなかった。

着いたということは、ここは宮城県《みやぎけん》なのだ。

硬い客車の椅子で、よく眠れず過ごした子どもたちは、一様に疲れた顔だった。誰かが小さな声で「これからどうするの？」と言った。

教師は清子たちを班ごとに分けて並ばせた。十の列ができあがった。引率の教師は班に一人で、清子がいる十班は、厳しいことで子どもたちから怖《おそ》れられている、背の低い二十代半ばの女教師だった。

「これから、お世話になるところへ、各班向かいます。いいですか、けっして粗相や失礼のないように」

集団疎開である。全員をいっぺんに受け入れてはもらえない。なので、班に分かれてそれぞれ旅館や寺に身を寄せ、そこから近くの国民学校に通ったり、そのまま逗留《とうりゅう》する場所で教師の授業を受けたりするのだ。

「俺たちはどこに行くのかな」

清子の後ろで男子の一人が囁《ささや》いた。清子に向かってではない。清子は自分が話しかけられないことを知っていた。しかし、耳に入ったその一言で、清子も考えた。旅館なのか、寺なのか。それとももっと別の施設か。

「三年生以上の学童は疎開しなければいけない」ことになり、「縁故《えんこ》疎開が難しいものは学校単位で集団疎開せよ」となり、清子たちは自分たちの意思も希望もなにも訊かれることなく、この町をあてがわれた。残念ながら、考えてもなにもわからない。とにかく行くしかないのだ。

清子は空を仰いだ。雲一つない秋晴れだった。青が深く見えた。その深みは、東京よりも少し季節が進んでいるような印象を与えた。そよぐ風は適度な湿度で気持ちよかったが、ときおり首を竦めたくなるような涼感がある。人の密度も薄い。駅前付近はそれなりに賑《にぎ》わいもあるが、清子が育った街とは比べ物にならなかった。

町の拡がりを堰《せ》き止《と》めるように、西側に山が見えた。富士の秀麗さには遠く及ばない山容だ。しかし、紅葉を前にした穏やかな緑は、空の青さによく似あっていた。

ラムネが飲みたいと思った。こんな爽やかな空の下、大好物のラムネが手にあったら、そして自分の両隣に両親がいたら、どんなにいいだろうと思った。

清子たちは第一班を先頭に、山側へ向かう道を歩き出した。そんな一行を眺める町の住人からは、ときどき「お疲れさんです」「ごくろうさん」という声がかけられたが、出発のときのような万歳は一切なかった。

しばらく行って、第一班が隊を外れた。目的の旅館に着いたのだった。第一班の児童は、残りの子どもたちに手を振り、第二班以降もそれに応えて手を振り返した。清子は振らなかった。振るような相手はいなかった。

そうして、第二班が外れ、第三班も外れていき、一団は進むごとに萎《しぼ》んでいった。

「私たちの班が一番遠くへ行くのかしらね」

清子のすぐ後ろの女子が、他の女子に話しかけていた。

「足が痛いわ」

弱音を吐く子もいた。

「こんなところでも妖怪さんと一緒なんてね」

「本当に日本人なのかしらね」

清子の視線が自然と下がった。黙ってひたすら歩を進めるものの、悪口は聞こえ続けた。清子はブラウスの中に隠した首飾りに右手を当てた。別れ際の母の顔を思い起こし、やっぱりあそこで列車を降りるべきだったと、くっと唇を噛んだ。

この町に着いた当日だというのに、清子はもう東京に帰る日のことを考え始めていた。


清子の後ろを歩く女子が抱いた「一番遠くへ行くのではないか」という疑念は、そのとおりになった。最終的に道を行くのは、清子たちの十班だけになっていた。道を分かれた他の班がすでに目的地へ着いているのかどうか、確認するすべはなかったが、清子は自分たちほど彼らが歩かされているとは、どうにも思えなかった。清子らの班はもう二時間以上歩いていた。

田舎といえどもそれなりに町の体裁を保っていた景色は、いつしか過ぎ去り、駅前からも望めた山が間近に迫っていた。庭先を耕したのではない、生業《なりわい》として作物を作っている広さの田畑が目立ちはじめた。家も藁葺《わらぶき》屋根だ。畑に実る野菜に、誰かが唾を飲む音が聞こえた。

藁葺屋根の家をなにとはなしに数えながら歩いていると、ふと、ぴりぴりと細かく鋭い無数の棘《とげ》が肌を刺すような気配を感じた。そんな奇妙で不快な感覚は、生まれて初めてだった。清子はそれを感じた右目の縁に手をやり、ぴりぴりが飛んできた方角に視線をやった。

広い校庭の向こうに木造の細長い建物。側面には正方形の格子《こうし》が入った縦長の窓が並ぶ。平屋だが、建物全体が盛り土の上に作られている。校庭側に突き出た三角屋根の玄関前には、十数段の石階段があった。そして、階段の横には奉安殿《ほうあんでん》。

この集落の国民学校だ。

清子は指先を頬の上で滑らせながら手をおろし、首飾りをブラウスごと握った。

それからさらに一キロほど歩き、ようやく国民学校とはまた別の、比較的大きな建物が見えてきた。黒々とした瓦《かわら》屋根が二つ並んでいる。南側の屋根のほうが重厚で、北隣の二階建てはそうでもない。とはいえ、近隣の農家より部屋数はありそうだ。敷地も大きめで、松の木が目隠しのように道側に植えられている。

遠くに見えた山も、今はもうすぐそこだった。

誰かが竹箒片手に、建物の前の道に立っていた。その人は山裾へと向かう道の先を眺めているようだ。そちらには女性と思《おぼ》しき人影があった。

竹箒の人は近づいてくる十班に気づき、いったん建物に入っていった。

大きな建物に辿り着いて、十班の行軍はようやく終わった。そこは古びた寺だった。丸太の門柱には『高源寺』とあった。重厚な印象を受けた南側の建物が本堂だ。経年で燻《いぶ》されたみたいな着色がある、元は真っ白だったのだろう外壁。周囲には派手な彩色が施されていない、建材の色そのままの縁側がめぐらされている。寺の人々が住む北側の庫裏《くり》とは渡り廊下で繋《つな》がっており、その渡り廊下の真ん中に玄関があった。庫裏の窓はすべて縦格子窓で、玄関は渡り廊下の玄関よりも質素で小さい。そこから、いったん中へ消えた竹箒の人が他の家人を伴って表に出てきた。四十路《よそじ》の住職と彼の妻、住職の母と思しき老女、さらには寺の後継ぎの兄弟らしき若い男三人。三人の一人が竹箒を持っている。住職は正装ではなく、黒い改良服を身に着けていた。母親と妻はもんぺ姿だ。

本堂はふすまが開け放たれており、中が見えた。うっすらと米を煮る匂いもした。

「お疲れだべ。雑炊《ぞうすい》、作ってあります」

住職の一言に、子どもたちはわっと沸いた。女教師は行儀が悪いとそれを咎めた。清子一人が騒がなかった。列車の中で母の作った弁当を口にして以来、なにも食べておらず、温かい雑炊は魅惑的な響きを持って聞こえたことは確かだった。しかし、清子はそれ以上に気にかかる気配を感じていた。国民学校を見たときと同じ、肌を刺すなにか。この町に来るまで知らなかった感覚。その気配の残滓《ざんし》が、この寺に濃密に滞留していた。

こんなところで生活するのか。これから。

清子はまた胸元に手をやった。母がくれた硬い感触だけが清子を慰めた。

「さあ、中さ入らいん」

住職は清子たち十六人の児童と引率の女教師を、直接本堂へといざなった。清子は黙って列の進行に従った。三兄弟も本堂へ至る数段の階段を上る清子らを、人好きのする表情で見守っていた。清子は彼らが着ている国民服の胸元に、さりげなく目をやった。名札が縫《ぬ》い付《つ》けられているからだ。お世話になる人たちの名前は、いち早く覚えたほうがいい——。

清子は小さな引っ掛かりを覚え、顔を上げた。兄弟の中で一番若い、おそらくはまだ十代であろう青年と目が合った。竹箒を手にした青年だ。彼も清子を見ていた。青年は視線がぶつかり合った瞬間、おや、と驚いた表情になった。清子は彼の表情の変化に、ああ、またかと悲しくなった。大したことでもないのに顔を上げてしまったのが悔やまれ、しかしこんな反応はいつものことと言い聞かせて、先に会釈《えしゃく》をし、場をやり過ごそうとした。

しかし、青年の驚きは寸時のことだった。彼は清子が頭を下げる前ににっこりと笑った。

今度は清子が驚く番だった。目が合ったということは、青年は清子の瞳を見たはずだ。清子の今までの経験では、清子の瞳を見たものはしばらく怪訝《けげん》な表情を隠さず、じろじろと観察し始めたり、あるいは見てはいけないものを見てしまったといったように、あからさまに目を逸らしたりする。だが青年はそのどちらでもなかった。

清子は彼の国民服の左胸に視線を戻した。名札には、『那須野健次郎』とあった。

清子はその名を頭に刻み込んだ。

それから十六人の子どもたちは、荷物を下ろして本堂の畳《たたみ》の上に車座になり、雑炊をいただいた。薄い塩味の雑炊は米よりも根菜が多かったが、中のサツマイモも甘くほっくりとしており、ゆっくり食べようと気をつけていた清子の椀でさえ、あっという間に空になった。子どもたちはすっかり元気を取り戻して、思い思いにお喋りをしだした。清子は騒々しさに目を伏せて、雑炊のおかげで内から灯《とも》った熱を育てるようにお腹を撫でた。

いつ母のところへ帰れるかわからないが、世話になる寺の人たちは優しげだ。雑炊を用意して待ってくれていたくらいだ。なんとか耐え忍んでいこうと腹を固めたときだった。

清子の決意をあざ笑うように、あの嫌な気配がまたもや息を吹き返し、彼女の白い肌を刺した。清子はあたりを見回した。胸騒ぎがした。集団疎開の自分たちを受け入れてくれたこの田舎の寺は、健次郎をはじめとして親切そうな人々しかいないというのに、それはうわべだけなのだろうか？　なにかが隠れているというのか？

清子はブラウスの首元に両手を当てた。速い鼓動が伝わってきた。顎を引いて少し背を丸めると、背中のほうにやっていた二つのお下げが、肩を回って顔の横へと滑り落ちてきた。

＊

特別な日とはどうにも思えない普段どおりの授業に気落ちしつつ弁当を開いていると、男子の会話が耳に入ってきた。

「母《がが》さんが言ってだけども、今日東京がら来るんだべ？」朝、リツをからかった和夫が三郎に話しているのだった。「高源寺で暮らすっていうやづら」

思わず彼らを振り向くと、和夫は鼻を鳴らした。「なんだよ、山犬のリツ」

リツの形相が変わったのを、和夫らは喜んだ。「やっぱり犬だ。見ろよ、あの耳」

「山犬の子のリツ。炭焼ぎ爺の拾われっ子」

朝の衝動がよみがえり、リツは三郎の胸ぐらを摑《つか》んで突き飛ばした。三郎は床に尻もちをついて泣きっ面になった。和夫がかばうように間に立った。

「なにすんだよ、山犬」

「まだ泣いだ。泣ぐぐらいなら、おらを山犬ば言うな。おらは山犬でね」

「犬だがらぎゃんぎゃん乱暴するんだべ、おなごのぐせさして」

「やかましい」

和夫にも手をかけようとすると、彼は素早く身を退けた。

「東京のやづらも大変だな。おめみだいなのばいる寺で暮らさねばなんねって」

「東京のやづらってなに」

「おめ、寺さ住んでるぐせに知らねーのが」和夫は顎を上げた。「犬さ教えでも無駄だべ」

「んだがら、なんなんだっちゃ。東京のやづらって」

「うるせえ。寺さ帰りゃわがる」

和夫は教えてはくれなかった。リツはひとしきり地団太《じだんだ》を踏み、握り飯の残りを口の中に押し込んでから、自分の鞄と防空頭巾を手に、国民学校を飛び出した。

――リツ。おめさんさいづが特別な日来るよ。本当だ。

源助の言葉を信じるならば、特別な日とは寺にやってきている東京のやつらが関係しているのではないか？　胸が躍る。笑顔になってしまう。和夫と三郎のからかいなんて忘れた。なんてきれいな空なんだろう。少し飛び上がる。自分を待ち受けているなにかへの期待に、リツは一刻も早くその正体を突き止めたくて、寺への道を走りに走った。


高源寺の敷地内へ駆けこむ前から、リツは本堂のほうからのざわめきを聞き取っていた。加えて、ざわめきとともにある種の気配も。

その気配は、ざわめきと溶け込んでいなかった。だから、余計にリツの心に爪を立てた。リツが気配を感じ取って最初に連想したのは、和夫と三郎らのからかいだった。しかし一方でリツは自分の連想が的を外していることも、本能的に察知していた。リツを山犬の子と蔑むやつらは、馬鹿にしているリツを、嫌な気分にさせたくてそれを言う。ちゃんと目的と理由があるのだ。だが、気配については、リツの気を荒立てはするが、なぜ荒立つのか、荒立ってしまうのかという理由が、さっぱりなのだった。

気配の主は、東京のやつらの中にいる。彼ら全員が気配を発しているのであれば、ざわめきと混じり合うだろうから、たぶんそいつは一人で静かにしている。

誰だ。

リツは庫裏へは入らずに、真っ直ぐざわめきの源、本堂側へと向かった。

本堂のふすまは開ききっていた。

健次郎らがきれいにしていた本堂の畳の上には、十数人の見慣れない子どもたちと一人の女がいた。教師らしい女は子どもたちに何事かを説明しており、その説明に子どもたちが逐一反応してざわめきが生まれているのだった。

本堂にいる女教師と子どもたちに、足音を聞かれる前に、リツは歩みを止めた。

なのに、一人だけリツに気づいた少女がいた。

肩より長い髪を二つに分けてお下げにしている少女は、最初からそこにリツがいると確信していたかのように、迷いなく真っ直ぐにリツに目を向けてきた。

リツも少女を見ていた。女教師や他の子の存在など、少女に気づいた瞬間、消し飛んだ。

清子は痛みすら感じて、そちらを振り返ったのだった。あの、たびたび感じていた無数の棘が肌を刺す感覚が、どんどんと我が身に迫り、ただ事ではないと直感した。

吸い寄せられるように視線が向いた先、本堂の外の松の下に、少女がいた。おかっぱ頭で、自分よりも少し年下に見える。短い前髪の下で、凜々《りり》しい眉《まゆ》が吊《つ》り上がっている。身なりは貧相だが、顔立ちは整っていた。走ってきたのだろうその少女は、日焼けした肌の中で黒い大きな目をきらきらと輝かせながら、ひたすらに清子を見つめていた。

少女のおかっぱの髪からのぞく大きくとがった耳が、ひくひくと動く。

清子は目を逸らさず見返した。普段、級友たちの意地悪に直面したときは俯いてしまうのに、少女に対しては別だった。理由はなかったが、松の下の少女を見た瞬間、清子はその子のことを嫌悪した。

嫌悪感は、風が一つ吹きすぎる間に敵意へと増幅した。いじめられて涙ぐみ、妖怪だ敵国民だと蔑む子らを嫌うのとは、まったく別物の感情だった。少女が仮に、どんなに優しく親切にしてくれようが、絶対に打ち解けられはしない、この敵意を拭い去ることはできないという確信を、清子は持った。

少女を目にしたと同時に、リツの体中の体毛が逆立った。リツには嫌いな子がいっぱいいた。和夫や三郎などは特にそうだ。そもそも学校に友達なんていないのだ。源助を変わり者扱いする集落の大人も気に入らない。リツにとって親しみを覚える人間は限られていた。源助と健次郎の二人が特別で、身寄りのない自分を置いてくれている高源寺の人々に恩義を感じるくらいだ。だからリツは、人への嫌悪の感情に慣れていた。

だが、お下げの少女に抱いた印象は、単純な嫌悪をはるかに凌駕《りょうが》していた。白い肌に広い額、通った鼻筋にほっそりとした顎、涼しげな切れ長の目。雛《ひな》人形のような卵形の輪郭。唇はほのかに赤い。東京という都会からやってきた子どもたちの中でも、彼女の容姿は抜きん出ていた。なのに、胸に渦巻く感情は消えなかった。リツははじめからお下げの少女を憎悪した。

集落の子どもたちとも、一緒に車座になっている他の疎開児童とも違う。お下げの少女はリツの心のもっと根っこのところで、リツを不快にさせた。

少女の目をじっと見つめる。リツは気づいた。お下げの少女の瞳は、リツのように黒くないのだった。

空よりも深い蒼が散っている。

少女の持つ蒼は、リツの心をさらに荒れさせた。

リツは自分の大きな耳が痙攣《けいれん》するように動くのを、どうすることもできなかった。

お下げの少女がリツを見返しながら、ブラウスの胸元を押さえた。

二人は互いにわかっていた。自分が抱いたのと同じ感情を、相手も抱いたということを。

第二話　「恋う」

お母様

十班に付き添う金井《かない》先生が、家族に手紙を書きなさいとおっしゃいましたので、これを書いています。

昨日、私は無事に、お世話になるお寺に着きました。駅から離れた農村にある、高源寺というお寺です。それほど立派ではありませんが、中も周囲も掃除が行き届いており、きれいです。

高源寺の皆さんは、とても親切にしてくださります。着いてすぐに、お野菜がたっぷり入った雑炊をいただきました。とてもありがたいことだと思いました。お布団も用意されていました。これから、本堂で寝起きをして、勉学をしたり、勤労奉仕で、地元の子と田畑の手伝いなどをするそうです。今日の午後からは、集落の国民学校で、一緒に鍛錬の授業もするそうです。昨日、歩きながらこのへんの農家を勘定しましたら、おおよそ三十軒でした。きっとそこの子どもたちが通っているのだと思います。

ここでも、お母様の元にいたときと変わらず、日々励みたいと思います。

私のことは、心配いりません。

お母様も、どうかお元気でお過ごしください。

昭和十九年九月
浜野清子

清子は、書き直した手紙を、頭から二度読み返した。字はきれいに書けていると思う。筆圧も、弱々しくない。

昨夜はまんじりともせずに夜を過ごした。そこかしこの布団の中ですすり泣く声が聞こえたせいもある。

昨日、住職が本堂をぐるりと取り巻く縁側への雨戸を閉めたころから、場の空気は重たくなった。さらに縁側に沿う内側の廊下――入側《いりがわ》とを区切る障子も閉ざされると、いよいよみんな俯きがちになった。本堂内の布団の配置は、教師の金井が決めた。内陣を挟んだ左右の脇間《わきま》に女子、外陣に男子全員が寝ることとなったのは、脇間とそのほかの場所を、ふすまで仕切ることが出来るからだろう。五年生の女子はいないので、本堂の北東、庫裏側への渡り廊下に近い脇間に二人、清子を含む残りの三人は、北西側の脇間があてがわれた。一人多い分、清子らのほうは手狭な感じがしたが、贅沢《ぜいたく》は言えない。清子は当然一番隅になった。西側に一つあるふすまを開けてみたら、そこは脇間の角に沿って物置きになっていた。

「あんだ、もしも寒がったら言ってけさい」

住職の妻のサトは、清子にそう声をかけてくれた。

寺での最初の夜、女子だけではなく外陣の男子たちも、ややしばらく、めそめそしていた。清子も静かに泣きながら、母のくれた首飾りを握り締めていた。しかし、眠れなかったのには、もっと別な理由もあった。泣き疲れた子たちが一人、また一人と寝入って静かになっても、清子は五感を研ぎ澄ませて、暗闇に漂う気配を探らずにはいられなかった。

あの、おかっぱの少女の気配。松の木の下に佇んでいた。

清子は、初めてその少女を目にしたときから感じ続けている強い敵意に、いささか戸惑《とまど》いを覚えていた。清子の級友たちは、清子に対して、あからさまに冷たい態度を取る。寂しく、悲しいことだが、ある意味どうしようもない。人の心は自分の手で外から好きなように捻《ね》じ曲げられるものではないのだから。

しかし、あの少女に対して芽生えた強烈な敵意は、どうしようもないとけりをつけることができないのだった。まだ話をしてすらいない。たった一度目が合っただけだというのに。

いじめられては母を思って涙ぐんでしまう自分の中に、これほどの憎しみが眠っていたとは。

昨日、夕食の前に、高源寺の那須野一家と疎開っ子たちは、自己紹介をしあった。そういう場を住職と金井が話しあって、設けたらしかった。あの少女もいた。清子は少女の顔を見なかった。少女の声だけ聞いた。名前をリツだと言った。幼いときに山で拾われ、寺の世話になっていることも、自分から挑戦的な口調で言い放った。

清子は母に、リツのことを教えたかった。手紙に事細かに記して、経験したことのないほどにひりつくこの胸の内を、わかってほしかった。そうして、あわよくば優しい返事をもらいたかった。

しかし、リツへの嫌悪を書き記したそれは、女教師の金井につき返された。子どもが出す手紙には、全部大人が目を通すのだ。金井は「疎開先の不満など言語道断です。書き直しなさい」と厳しく命じた——。

清子は机がわりの座卓に肘《ひじ》をつき、目頭を揉《も》んでから、ブラウスの胸元に手をやった。母が彫り、磨き上げた首飾りは、表面こそ硬くひやりとしているものの、やはり芯には熱を感じる。まるで、水仕事を終えた後の、母の手のようだ。

書き直した手紙を、清子は金井に提出した。

昼食後、疎開っ子は金井に率いられ、地元の国民学校に出向いた。手紙に書いたとおり、鍛錬の授業を一緒に受けるためだ。十班の他、九班の二十人もこの授業には合流してきた。

国民学校には必ずある奉安殿に頭を下げ、男女に分かれて校庭に並んだ。疎開っ子と地元の子らは、互いを探り合うように距離を取った。

先生の手本に倣って簡単な体操をしたのち、列の先頭が竹で作った槍《やり》を持たされた。棒と藁で作った人型も二体用意され、男女の列の前に置かれた。そうして一人ずつ、先生の号令を合図に、人型を槍で突く。もし本土決戦となっても、こうして訓練しておけば、小国民であろうと敵兵を倒せる。

最初は地元の子どもらが突いた。彼らは疎開っ子を威圧せんとばかりに勇ましい声をあげ、実際、力強かった。中でもリツはひときわ目立っていた。清子は眉根《まゆね》を寄せた。人型を深く一突きしたリツが列の後方へと戻るとき、目が合った。不愉快そうに睨まれ、ぷいと横を向かれた。

清子の番がきた。間に何人か挟んだが、リツも持った槍だと思うと、ちゃんと握るのも憚られた。号令とともに駆け出して、人型を突いたが、あまり力が入らず、槍は刺さらずに地面に落ちた。

「しっかりなさい、浜野さん」

金井の叱責《しっせき》が飛んできた。続いて疎開っ子らがくすくす笑い、地元の子らも嘲笑《ちょうしょう》した。

清子は俯いた。涙を堪《こら》えたが、かなわず、ぽたぽたとこぼしてしまった。みっともないところをリッに見られたと思うと、なおさらいたたまれなかった。

——あのおなごの目《まなご》、変。

——そうなの。変なのよ。妖怪みたいでしょ。アメリカの血が混じっているのかも。

地元の子の呟《つぶや》きに、ハナエの声が応えていた。


下校時も、疎開っ子と地元の子らは、ほとんどがなれ合わなかった。男子はあからさまに牽制《けんせい》し合う空気があった。だが、例外もあった。地元の女子児童の一部と、六年生しかいない疎開っ子の女子数名は、言葉を交わしていた。清子の目を変だと言った子らと、それに賛同して悪口を言ったハナエらだった。

清子は一人で歩いた。

あのリツという子は、いつの間にか姿が見えなくなっていた。

＊

リツの右頬に、ひゅんと鋭いなにかが走った。森をゆく足を止めて、そこに手をやってみたら、指に少し赤いものがついた。

払いのけた若木の枝先が、反動で戻って来て、頬を切ったのだと、少しして気づいた。こんなことは、めったにない。あまりにもがむしゃらに先を急いで、つい、目の前に迫る枝に対して乱暴にしてしまった。

「……ごめん」

リツは若木に謝った。けれども、謝りながらも、悪いのは東京から来た少女だと思った。あの、お下げの疎開っ子が妙に自分を苛立《いらだ》たせるから、動作も荒くなってしまったのだ。

昨日の自己紹介のとき、あの子は最後に名前を言った。浜野清子。

「きよこ」

なんていうことのない名前のはずなのに、口に出したことをリツは後悔した。涼やかな木々の葉や苔、土、水の匂いが、その響きのせいで消えていく気がする。リツはぴくぴくと動いてしまう自分の耳を、両手で押さえ込んだ。

気を取り直し、森を進む。内臓を打つような滝の音を感じつつ、脇の崖をよじ登り、源助の小屋へ向かう。

源助は、掘立小屋の外にいた。むっとする血の臭《にお》いがリツの鼻を突いた。源助は小刀を手に、猪《イノシシ》を解体していた。胴体から離れた猪の頭が、半眼でリツを見る。

源助は炭を焼くのが仕事だが、川で魚を釣ったり、山の中に獣を獲るための罠《わな》もしかけたりする。獲った川魚や獣の肉、その毛皮を売ることはあまりせず、ほとんどが源助の食事になり、寒さをしのぐ衣服になる。塩をよくすり込んで干した肉は、冬の間の大事な食料だ。

「爺つぁま」

リツが呼びかけても、源助は手を休めない。「なした、リツ。学校は終わったのっしゃ」

「終わったがら来だの」

源助の持つ小刀が、力強く進む。肉から毛皮が剝《は》がされてゆく。肉は表面がうっすらと白く、その下に濃い赤みが透けている。

「昨日はおらば、特別な日だっつったよね」

源助は顔を上げなかった。「そうだなあ、言ったなあ」

長い髪の毛に隠れて、源助の表情は読めない。源助の刃は、切り込みを入れた猪の足先に達し、毛皮と肉は完全に離れた。

「昨日、東京がら疎開の子来だんだ。十六人。お寺さ寝泊まりするって。午後は鍛錬の授業も一緒にやった」

「そりゃあ、やかましくなったなあ」

「その中さ、好かねわらすがいる」

源助は小刀を丁寧に拭いてから、爪のついた足先や、内臓、頭をきちんとまとめて、竹で編《あ》んだ大きなざるに載せた。それを両手で持ち上げる。

「一緒さ来るが」

「うん」

源助は川沿いを上流へと歩き出した。そのあとに、リツも続く。

獣の頭や内臓など、源助が食べない部位は、小屋から離れた場所まで持って行く。

「国民学校の先生は、アメリカやイギリスを悪いやづって言う。んでも、おらは、あのわらすのほうが好かね」

清子の顔を思い出しながら、リツは苦々しげに吐き捨てた。

「なすて好かねんだ？　なにがされだが？　言われだが？」

「ううん、なんも。んでも、どうしたって好かね。肉腐った臭いが嫌なのは、ただ嫌だがらだべ？　それど同じなの」

「そのわらすは」源助はわずかな間を置いた。「もしかして、男の子《やろっこ》が？」

「違うよ。おなご」

源助の足がつと止まり、またすぐに歩き出す。

「爺つぁま、なした？」

「いや、なんもね。そうが、おなごが」

リツは小さな引っ掛かりを覚えた。いつも和夫や三郎と喧嘩《けんか》しているから、男の子だと思ったのか？

「やろっこだったら、どうなの？」

「いや」源助は冗談めかした。「男の子だったら、リツはその子の嫁ごになったがもしれねぇど思ってな」

「嫁ご？」健次郎の笑顔を思い出して、リツはすぐさま反発した。「あのわらす、やろっこでも関係ねぇ、絶対嫌だ」

「最初は嫌がって逃げでも、仲良ぐづがいになる鳥っこやけものはいる」

リツは語気荒く言いつのる。「おらはほいなの、ありえね」

「そうか、ありえねか」源助は肩の筋肉をほぐすように、頭を回した。「そのおなごの名前は？」

口にするのも不愉快だったが、話を持ち掛けたのはリツのほうだ。リツはしぶしぶ答えた。「清子。浜野清子」

「どいな子だ？」

「六年生だがら、おらより一づ上。背丈も、おらよりこれぐらい高《たけ》え」リッは自分の頭半分ほど上に、右手をかかげた。「顔は……」

色が白くて、きれい。

清子じゃない少女を説明するのなら、いくらでも「きれい」と言うのをためらわなかっただろう。けれども、リッは清子にその言葉を使いたくはなかった。だから、清子の顔の中で最も異質なところを、源助に教えた。

「目《まなご》の色おがしい」

「目《まなご》の色？」源助は足を止めた。「どないな色だい」

「おらや健次郎兄つぁんみだいに、黒ぐねぇの。違う色混じってる。敵国の鬼みだいに」

「それは、蒼が」

源助に言い当てられたので、リッは驚いた。

「そう、蒼いの。なすてわがったの？　それもね、空みだいな青色でねぇんだ。もっと、なんていうが……」

リッはこちらに注がれた視線の源を思い浮かべ、遠目にも見て取れた独特の色味を、正確に表現しようと試みた。だが、それは空《むな》しい努力だった。リッの記憶にあるどんな青とも、清子の持つ蒼は異なっているのだ。否、厳密には、いつかどこかでちらりと似た色を目にしたこともあったように思える。けれども、そのいつどこでが、曖昧《あいまい》なのだ。

源助は、運んできたざるの中身を、その場に置いた。リツは裸足の爪先で、苔むした土を少し蹴りながら、それを眺めた。

そこで、リツは源助がこの場所を選んだ理由に気づいた。地面に獣の足跡がうっすらついているのだ。点々と連なる小さなそれは、おそらくは鼬《イタチ》かなにかかと思われた。

「こうしておげば、弱えけものも腹を満だせる」源助はぼろの袖で、額に光る汗を拭った。「猪は死んだが、おらやけものさ食われで、まだ命になる。山で得られるものに、還《かえ》すものはあっても、なげるものはねぇ」

「あっ」

源助は右袖で額を拭った。だから、寸時ではあったが、いつも隠れている右側の顔が、木漏れ日に照らされて、よく見えた。

「それだ。爺つぁまの右の目《まなご》。髪の毛を後ろにやってみで」リツはせがんだ。「爺つぁまの右目、あのわらすどそっくりな色だ。そうが、おら爺つぁまといづも一緒にいだがら、なにがのはずみで見えだごとがあったんだね。なすてほいな色なの？」

リツがもっと子どものころ、集落の野良《のら》猫が喧嘩をして眼球に傷を負った。その猫の目は、傷が癒えたら青白い色に変わっていた。源助も昔、目に怪我《けが》でもしたのか。

だが源助は、穏やかに微笑んだだけだった。

リツはまた土を蹴った。今度はやや荒っぽく。源助の小屋へ来る道中、若木の枝を払ったときのように。蹴り上げた土は、猪の顔に少しかかった。源助は腰を屈《かが》めて、猪の顔についた土をさっと落とした。リツは足元に転がるどんぐりを拾い、今度はそれを川に放った。流れる水音にまぎれて、ちゃぽんとささやかな音がした。

「爺つぁまは大好ぎなのに」

片方だけとはいえ、とてもよく似た色の目という共通点が、清子と源助にある。思いもよらなかったその事実は、リツの内側に抑えようがない衝動を生んだ。リツはますます癇《かん》癪《しゃく》をおこして、そこいらの小石を土ごと拾い上げて丸め、力まかせに川へ投げ入れることを繰り返した。

「なんも特別な日でねぇ。あいなやづど会いだぐながった」

源助はぽつりと「そうだなあ」と言い、後ろからリツの肩に手を置いた。リツの手の中にあった土の塊が、地に落ちた。

「好かね。あいづ、早ぐいね」

リツは源助の手を振りほどき、森を駆けだした。

山を駆け下り、森から集落の外れに出たものの、清子のいる高源寺には戻りたくなくて、リツは歩を緩めた。いつもならあまり気にならない農道に転がる石が、足の裏に鈍い痛みを与える。自分の足の裏に食い込んだ小石を、リツは片足立ちでもぎ取り、農道脇を流れる水路に投げ捨てた。水路の向こうでは、頭を垂らして刈り入れを待つ穂の上を、赤とんぼが行きかっている。田の水は抜かれていたが、土はまだ湿り気がある。

一本の穂に止まった赤とんぼを見つけて、リツは水路をまたぎ、畔《あぜ》につま先立ちして、手を伸ばした。

とんぼはすぐさま逃げた。

夏の盛りよりは、陽の落ちる時間が早まっているが、まだ十分に明るさはある。リツは高源寺にいる東京の子らが、今なにをしているのか、考えてみた。まさかずっと勉強しているわけでもあるまい。

田の向こうに、人影が見えた。若い男だ。田の持ち主である松田《まつだ》という家の息子だ。彼は刈り取った稲穂を天日で干すための、稲木の具合を見ていた。

赤とんぼが彼のほうへと、気持ち良さげに飛んでいった。

山向こうの謎めいた集落に続く道の先には、今日も得体のしれない女の影がふらふらしていた。

＊

「あの女の人、見た？」

「見たわ。でも、『見てはいけない女』だったんでしょう?」

夕食も終わり、あとはもう寝支度《ねじたく》を整えるだけという頃合い、布団を敷きながらハナエと節子《せつこ》が噂話をしている。

「もっと早く教えてほしかったわ」

聞くともなしに聞いていると、どうやら清子の目という陰口の種から意気投合した地元の少女たちから、噂話を仕込んだらしい。

——山の麓をぐるっと回って向ごう側さ行ぐ道があるんでも、そごさ、もしみすぼらしいなりの女の人がいでも、絶対見ぢゃ駄目。

「今日が最初の鍛錬の授業だったから、仕方がないわ」

「でも、本当に気持ち悪い。ここへ来た日にいたのよ」

二人が噂しているのは、最初の日に健次郎が竹箒片手に見ていた人影のことだろうと思われた。

「気持ち悪いって、誰かさんみたいね」

悪口は清子へのものにすり替わった。

母も自分と同じ目の色をしている。だとすればやはり、冷たい言葉を投げかけられることもあったろう。でも父は母に優しかった。父は母と自分の目の色について、嫌な顔一つしなかった。

ふと、健次郎が思い出された。初めて顔を合わせたとき、彼は笑ったのだ。

母と出会ったときの父も、きっとそうだったに違いない。本当に優しい父だった。自分が田舎で一人なのも辛いが、東京に一人残された母を想像するのも悲しくなる。せめて父が生きていれば……。

「女子のみなさんにお願いがあります」

金井の声が、清子の物思いを叩《たた》き斬《き》った。

「布団を敷き終わった人から、先生のところへ来てください」金井の手には、白い布があった。「千人針に協力してもらいます」

この集落の誰かのところに、召集令状が来たのだ。東京でも、清子は何度か布に赤の結び目をこしらえた。

清子は金井に言われたとおりに行動した。疎開組の女子の中で一番に金井のもとに行ったのは、清子だった。他の子は、食事のときや寝支度のときなど、授業や作業に取り組んでいない時間には、教師に怒られない程度にお喋りをするから、それだけ遅くなる。その点、清子には話す相手がいない。必然、なにごとも早く済ませられるのだった。

「じゃあ、お願いしますね」

『武運長久』と書かれた布には、虎の下絵があった。高源寺に来る前に、既に何軒かの家を回っているようで、結び目はそれなりに埋まっていた。歳の数だけ結び目を作ることが出来る寅年《とらどし》の女も、いるのだろう。

清子はいつもどおりに結び目を作ろうと、針を手にした。

一つの結び目に、左の親指が触れた。

「どうしたの？」

布を取り落とした清子に、金井は怪訝な顔をした。

「すみません」

指先を針で突かれたみたいだった。際立っていびつな結び目を、清子は睨んだ。あの子の結び目だとすぐにわかった。おかっぱ頭で大きな目、大きな耳のリッ。

清子はその結び目を避けて布を持ち、素早く結び目を作って、金井に押しつけるように布を返した。無性に外の空気が吸いたくなって、本堂を出た。

「どごさ行ぐの？」

南の入側から縁側へ出ようとしたところで、声をかけられた。

「健次郎さん」

「おらの名前を、もう覚えでぐれだんだね。どうも。もし東司《とうす》……ご不浄だら、こっちを使っていいよ。外はすっかり暗えがら」

庫裏の人々が使う厠《かわや》は、渡り廊下の北側に一つある戸から行くことができる。外に出ずに済む構造だ。

本堂を使う子どもたちは、原則、寺の敷地の外れにある外厠《そとかわや》を使うことになっていた。しかし、清子は用を足したいわけではないのだ。

清子は軽く会釈をして、本堂の南側にあたる広い出入り口に向かった。健次郎の視線は感じていたが、気づかない顔をした。リツが作った結び目に触れてしまったせいで、気持ちが妙に乱れてならない。

出入り口の隅に一塊《ひとかたまり》になっている疎開児童の靴の中から自分のものを探し出し、清子は外へ出た。寺の敷地の外まで行くのはさすがにどうかと思われたので、足音を忍ばせつつ、本堂の横を通り、人気のない北側に回った。

防空壕の入り口があった。清子は少し戻り、本堂の北西の角から空を見上げた。

そこからは南から西にかけての空が、とてもよく見えた。瞬く無数の星は今にも歌いだしそうだった。父が亡くなり、母とも離れ離れ。家族三人で暮らしていたころは、こんな日が来るなんて思いもしなかった。家にいれば、両親が切り盛りする食堂のほうから、お出汁《だし》や熱した油のいい匂いがしていた。両親の「いらっしゃい」の声は、母屋まで朗々と響いた。戦争がこんなにひどくなる前も、両親はたびたび昵懇《じっこん》の農家へ出向くことがあった。お土産《みやげ》はいつも清子が大好きなラムネだった。つきたての丸餅《まるもち》のような、柔らかで優しげな顔を笑みで崩しながら、薄青い瓶《びん》を父が差し出すとき、清子は周囲から邪険にされている悲しみを忘れることができた。瓶に口をつけてラムネを飲む清子の頭を、父は目を細めて撫でてくれた。そんなとき、微笑む母も必ずそばにいた――。

清子は首飾りを引っ張り出して、両手の中にぎゅっと収めた。そうして、遠い母のことを思った。母はなにをしているのか。繕《つくろ》い物《もの》だろうか。きっと星は見ていない。父がいない分、母は働かなくてはならなくなった。

同じ針と糸を使うのなら、清子は母に楽をさせるために、それをしたかった。

震えそうになる唇を、戒《いまし》めるように噛む。

――これは、お母さんのかわりにあなたを守るものよ。あなただけのもの。あなたのためだけに、お母さんが作ったの。

働く時間を割き、大黒柱をくりぬいてまで作ってくれた首飾りを、清子は握りしめる。

「帰りたい。こんなところ、嫌」

また、母の言葉が思い出された。

――あなた、女学校へ行きたいと言っていたでしょう?

はっとなった。横に目を向ける。清子が立っていたのは、脇間に接している物置きのちょうど壁沿いだった。古い雨戸がぴたりと閉ざされている。

清子は星々を今一度仰ぐと、寺の中に戻った。

女学校へ行くという展望は、教師になりたいというぼんやりした夢が根底にある。やたらと厳しい金井を反面教師に、自分が教鞭《きょうべん》をとるなら、もっと子どもに寄り添うように教えるのに、といった思いが生んだのだ。正直なところ、清子にはその夢をかなえる自信はない。しかし、女学校へ行きたいと、なにとはなしに口にしたとき、母は喜んでいた。いじめられては泣くばかりのあなたが、前向きなことを言ってくれたと。もしも合格したら、母はもっと喜んでくれるのではないか。

西の入側から自分の寝床がある脇間に入る。本堂内は明かりが落ちていて、女子はもう布団の中だった。清子の布団は、邪魔だと言わんばかりに端に押しのけられ、物置きのふすまにつかえて、ぐしゃぐしゃになっていた。

清子はそっとそのふすまを開けた。そのまま物置きの中に身を入れてふすまを閉じ、外から見た雨戸を少し動かした。

明るい夜なら、これで教科書がなんとか読める。

清子は算数をやりはじめた。算数はお金の計算に役立つ。店を切り盛りする母の力になれる。だから清子は、幼いころから算数が好きだった。

ふすまの向こうで、ハナエが寝言を言った。

昨晩は男女問わず、すすり泣きが聞こえたものだが、二晩目は静かだった。昨夜泣いた分、寝不足だったのだろう。

昨夜、まんじりとも出来なかった清子にも、眠気はあった。けれども、月と星の明るい夜は、これからなかなかないかもしれない。幸いにも清子は、母譲りの眠気に強い性質だった。寝息やいびきが聞こえる中で、清子は雨戸の隙間《すきま》から漏れる光を頼りに、しばらくの間、独習を続けた。

清子の心は凪いでいった。東京の家でも、かさを黒い布で覆ったとぼしい明かりの下で、こうして教科書を読んだ。隣には母がいた。一人で勉強していると、東京に戻れたような気分になった。

どれくらい独習しただろうか。清子は自分の体が若干冷えてしまったのに気づいた。暗がりに慣れた目で物置きの中を見わたすと、北側にも雨戸があって、そこからも外気が忍び込んできているようだ。建てつけがよくないのだろう。サトが物置きの一番近くで眠る清子に「寒がったら言ってけさい」と話しかけた理由がわかった。風邪をひいてもいけないし、そろそろ自分も布団にもぐり込もうかと、明かり取りで開けた雨戸をそっと閉じかけたとき、本堂の裏手を歩く足音を微《かす》かに聞いた。清子は手を止め、息を殺した。

悪党だろうか。清子は一瞬ぞっとなって身を固めた。

誰かは、ちょうど清子が夜空を仰いだあたりで立ち止まった。

悪党だったら、きっと中に入ってくる。清子は首飾りを握った。

しかし、誰かは立ち止まったまま、いっこうに動こうとしない。

誰がなにをしているのか。清子は雨戸の隙間に顔を押し当て、外を窺《うかが》ってみた。

空を仰ぎ見るその人の顔がわずかに見えた。

健次郎だった。

彼は、見えない遠くに思いを馳《は》せるような、ぼんやりした雰囲気だった。その雰囲気には覚えがあった。最初の日、竹箒を片手に山の向こうへ続く道の先を見ていたのと同じ感じだ。

そのうちに、健次郎は戻っていった。

次の夜も、また健次郎はやってきて、しばらくするといなくなった。


寺に来て四日目の午前、金井は男子を二人連れて、配給物を受け取りにでかけた。清子ら残った子どもは、その間本堂で自習をした。とはいっても、真面目に教科書を開いたのは清子くらいで、他は鬼ならぬ金井の居ぬ間にとばかりに、男女問わずお喋りに花を咲かせた。お風呂に入りたいと、ハナエがこぼしたのが聞こえた。

「みなさん、お願いがあります」そこに、住職が顔を見せた。「これから、松田雄介《ゆうすけ》さんが出征されます。一緒に見送ってもらえませんか」

清子らは住職のあとに付き従い、道に面した寺の門柱の前に並んだ。住職一家は、既に待機していた。健次郎もいた。

リツはいなかった。国民学校へ行っているのだろう。国民学校の児童らも、見送りに校舎の外へ出ているに違いない。地元の子どもなら、もしかしたらあの遠い駅まで、歌を歌いながらついていくのかもしれない。

やがて、のぼりを持った中年男の後ろに、たすきをかけた軍服姿の青年が、数人の大人にとりまかれて近づいてきた。

わが大君に召されたる
生命《いのち》光栄《はえ》ある朝ぼらけ

聞こえてくる歌声に合わせて、子どもたちは歌った。清子も小さい声でそうした。寺の大人たちは、青年の門出《かどで》に万歳を繰り返した。松田雄介という若い男は、こちらを見なかった。前ばかりを見ていた。

讃えて送る一億の
歓呼は高く天を衝《つ》く

青年をとりまく最後尾に、彼の母親と思しき小さな女がいた。女は万歳と歌で見送る清子たちに、小さく一礼をした。そして、すぐに顔を伏せるようにし、両手を胸の前で揉んだ。

一人、ふいに万歳を止《や》めたものがいた。清子はその人を見た。

健次郎だった。

いざ征《ゆ》けつわもの日本男児

のぼりの先が田舎道の彼方《かなた》に消えてしまうまで、子どもたちは歌い続けた。清子は歌わずに、再び万歳をやり始めた健次郎を見ていた。

＊

夕食の粥を食べてすぐに、リツは眠気に抗《あらが》えなくなった。

「婆《ばん》つぁま」住職の母のタマに、リツは伺いを立てる。「もう寝でいい？」

「なした？　あんばいでも悪いがい？」

「ううん。がおった（疲れた）だげ」

出征兵士の一団について、リツは駅まで歩いたのだった。他の子は学校に戻ったが、リツは和夫や三郎の居る学校より、外を歩いているほうがよほど良かった。

しかし、往復の長い道のりは、思いの外《ほか》足に負担をかけた。リツは起伏のある山を駆けまわるほうが、平らな道を行くよりも得意なのだった。

隣に寝ているタマの布団もついでに敷いて、布団に倒れ込む。

目を閉じたと同時に、大きな黒い塊が迫った。正体不明のその塊は、リツを呑《の》み込むと、ぐん、と潜航を始めた。とても深く暗いところまで、一気に沈むような感覚を覚えた。耳が詰まったように音が歪《ゆが》んでぼやけ、ふと源助の小屋へ行く途中の滝壺が思い出された。

あそこに入ったら、こんなふうなのだろうか。

――あの滝壺さ落づだら最後、生ぎでは出られねぇ。

――渦さ沈んで、浮がんでごねぇ。

――川下さ流れ着ぐごろには、ぼろぼろの土左衛門《どざえもん》になってる。

誰かが言っていた。

リツの意識はそこで途切れた。

リツが次に目を開けたとき、部屋は暗く、タマが隣で寝息をたてていた。目をつぶってなにもわからなくなってから、ほんの数秒しか経《た》っていない感じがしたが、実際はそうではないのだろう。しかし、まだ朝が遠いのもわかる。

尿意があったので、部屋を出て、暗い渡り廊下から厠に入った。厠の足元には、木枠に水色のガラスがはめられた小さな明かり取りの窓がある。用を足していると、その窓の向こうを誰かが通り過ぎた。

下駄《げた》をつっかけたその人は、足音を立てないようにしていたが、リツにはわかった。健次郎だと。

こんな時間に何だろう。自分が先に入ったから気を遣って、外厠に行ったのかもしれない。健次郎は優しいから。

汲《く》み置《お》きの桶《おけ》の水で手を洗っていると、うなじの産毛《うぶげ》がざわついた。健次郎の気配のそばに、別の気配が生まれたのだ。ひりひりする空気の波が押し寄せてくる。あいつだ。まだ起きているのだ。

しばらくして、人並み外れて鋭敏なリツの耳が、低い話し声を捉えた。二人が喋っている。

リツはたまらず厠を出て、本堂へと向かった。彼らは本堂の北西の角にいる。渡り廊下を進み、本堂へ至る階段を三段のぼり、夜の間は閉ざされている木戸の前で、リツは足を止めた。

二人が醸《かも》す気配に、親しみめいたものが生まれたように思われたのだ。健次郎が言った。

――そうが。じゃあ、清子つぁんば、おらと同じだね。おらも……。

リツは木戸を開け、東の縁側を走った。この縁側を左に曲がった先に、二人がいる。しかし曲がる前に、もうわかってしまった。あいつもこちらに気づいたと。

――どうしたの、君？

リツは縁側を曲がった。

暗い北の縁側の一番奥、西の縁側とぶつかる明るい位置に、正座する清子が、その奥には健次郎が、月の光を浴びていた。

「あれ？」健次郎は現れたリツに、目を丸くした。「リッつぁんでねぇが。こいな時間になした？」

なぜか泣きべそをかいている清子の首には、小ぶりの丸いものがかけられていた。木でできたもののようだった。表面には模様が彫り込まれていた。月光を跳ね返し、中央に向かって渦を巻く青白い線が見えた。清子は濡れた頬を手のひらでぐいと拭い、すぐさま丸いものを浴衣《ゆかた》の合わせ目の奥にしまった。

「リッつぁん、あんばいでも悪いのがい？」

健次郎が心配そうな顔になった。リツは応えず、庫裏に駆け戻った。

＊

その夜も、少し開けた雨戸の隙間から差し込む月明かりで教科書を読んでいたら、健次郎はやってきたのだった。

清子は夜にこうして星を見に来る健次郎に気付かないふりを続けていた。疎開先でお世話になることに感謝こそすれど、いずれ東京に帰るのだから、あえて親しくなる必要性を感じてはいなかった。

しかし、清子はその夜、雨戸から出た。出征していく青年を見送ったとき、健次郎が途中で万歳を止めたことが、頭の片隅に残っていたからだ。あれはちょうど、青年の母親が、こちらに会釈してきたときだった。

初めて寺に来た日に、国民服に縫い付けられた名札を見た。清子はそこで、あることに気づいた。その『気づき』と、万歳を止めたことは、どこかで絡まり合っているように思われた。

それに――清子は初めて自分の目を見たときの健次郎の反応を思い起こす――健次郎は級友たちとは違う。この目を異端視《いたんし》しない。

半身を覗《のぞ》かせた清子に、健次郎はたいそう驚いた顔をした。

「夜は庫裏のご不浄を使っていいんだよ」

ひそめた声で言われ、清子はそういうことではないと首を振り、縁側ににじり出て、雨戸を静かに閉め、北西の角まで寄った。

「そこは星がよく見えます。昨夜もその前も、見に来ていましたね」

「星？」健次郎は聞き返し、改めて天を仰いだ。「ああ、んだな。星もよぐ見える」そうして、清子のささやき声が届く距離に近づいて来た。「君は宵っ張りなんだね。眠ぐねぇの？」

「私は、六年生です。実は、できたら女学校に行きたいと母に言っていて……だから、少しでも勉強をしたほうがいいかなと思って。そのほうが、母も喜ぶはずなので」

「浜野清子つぁん、だったね」健次郎は清子の自己紹介を覚えていた。「頑張らいよ。君は聡明そうだがら、きっと試験にも合格する」

清子は月明かりで再度、健次郎の名札を確認した。那須野健次郎。間違いない。

「どうしたの？　なにが困ったごとでも？」

健次郎は親切だった。今晩に限って清子が出てきたのを、勉強するうえでの不自由ゆえと思っているようだった。

「おらにでぎるごとなら、力になるよ。言ってごらん」

立ち入ったことを質問するのは憚られたのだが、健次郎が優しく促し続けるので、清子は心を決めた。

「このお寺は、身寄りのない子どもを引き取って、育てているのですね」

「んだ」

「あなたもですか？」

健次郎の眼差《まなざ》しが清子の顔に据えられ、次に彼は温かいお茶を飲んだときのように息をついた。

「やっぱり君は聡明だね。なすてわがったんだい？」

「三人のご兄弟の中で、一番年下ですよね。なのに、名前に次の字がついています。それと、他の二人は信行《のぶゆき》さんと晃由《あきよし》さんでした。お寺さんが名付けたお名前だと思いました。けれども、あなたは」

「んだ。おらは養い子だ」健次郎は認めた。「あっちの西の山の中さ、炭焼ぎの爺つぁんば住んでる。その爺つぁんば拾ってぐれだんだ。炭を売りに集落さ下りでぎだどぎ、ふもどのケヤキの大ぎな洞《うろ》の中さ、おぐるみに包まれで眠ってだそうだっちゃ。健次郎の名前は紙さ書がれで、おらの手さ握られでだ……と聞いでる」

別に隠しているわけではないのだと、健次郎は言った。

「集落の人だぢは、みんな知ってる。学校さ上がりだでのごろは、同級生さ愉快でねぇごとも言われだんでも、兄《あん》つぁんたぢがかばってぐれだ」

「あの子も、お寺のお世話になっていると聞きました」

「ああ、リッつぁん。お転婆《てんば》などごろはあるんでも、本当はいい子なんだっちゃ。裏表ばなぐで素直なんだ。リッつぁんだげはね、おらばここの養い子だづーごとを、多分知らね」

「本当ですか？」清子は驚いた。「一緒に暮らしているのに」

「君はすぐに気づいだのにね。でもおらは、ほいなリッつぁんの、考えすぎねぁーどころはめんこいど思うし、リッつぁんさ気づがせねぇぐりゃー自然におらさ接してぐれる寺のみんなにも、感謝してる」

想像していたとおりの健次郎の事情に、清子は得心しながら、一方で、感謝していると口では言いながら、物思いをするように毎夜空を仰ぐ彼の行動を、訝《いぶか》しんだ。なぜ、そんなことをしているのかと。

とはいえ、初めて面と向かって会話をした相手に、心の内をさらけ出せと言わんばかりの疑問を続けざまにぶつけるのは、はしたない。ここまででも、話しすぎたくらいだと思っている。清子は寺に来た最初の夜に、母を思って星を見上げたことを思い出し、浴衣の上から胸元の首飾りを握った。

「お守りでもたがいでぎで(もってい)るの?」

健次郎が尋ねてきた。清子は迷いながらそれを引き出し、両手の上に乗せた。

「母がくれたんです。ここに来る前に」

「変わった形をしてるね。木彫りの……なんだべ? 蝸牛? いや……」

「私もわからない。でも、これがあると、安心するんです」首飾りを手にし、ほのかな温もりを感じていると、なぜか本当に心が安らぐ。「母みたい」

「お母つぁんに会《が》いでぇ?」

母の優しい笑顔が、木彫りの光沢に浮かぶ。会いたい。会いたくてたまらない。目がみるみる潤んでいく。清子はこくりと首を縦に落とした。滴がこぼれた。

「そうが。じゃあ、清子つぁんば、おらと同じだね。おらも……」

そのときだった。強烈な一陣の風にも似た気配が、清子に吹きつけた。清子は思わず首飾りを包んでいた両手を離し、風の源を見やった。

「どうしたの、君？」

直後、縁側の先からリツが現れた。

「あれ？　リッつぁんでねぇが。こいな時間になした？」

清子は濡れた頬を拭いながら、首飾りを浴衣の中に急いで隠した。リツに触れられたら、たとえそれが視線だけだったとしても、この宝物がそこから朽ちていく気がした。そのせいで母に悪いことが起こるのではと恐れた。

「リッつぁん、あんばいでも悪いのがい？」

健次郎の気遣いを、リツは無視して消えた。

本堂のほうで、男子児童の声がした。寝言なのか、リツの足音や健次郎の声で目を覚ましかけているのかは、わからなかったが、健次郎は自分の失態と受け止めたようだ。

「清子つぁん、君ももう寝だほうがいい」健次郎は今までになく声を低めた。「いいね、その首飾り」

健次郎はその場を去った。清子も瞬間に戻った。

リツの残像を頭の中から追い出そうと、清子は首飾りを手繰り寄せ、頬ずりした。母の手と同じ温もりに、ほっと安堵《あんど》の息をつくと、リツを叩き出して空いた部分に、別のものが滑り込んできた。

――清子つぁんば、おらと同じだね。

健次郎も母親に会いたいのか。顔も名前もわからない、乳飲《ちの》み子の自分を捨てた母親に。寺のみんなには良くしてもらっていると言いながらも、実母への思いは消しがたいのか。あるいは、松田母子のことも、関係しているのかもしれない。今、若い男はどんどん戦争に駆り出されている。いつ令状が届いてもおかしくない状況で、まだ見ぬ母親への思いが募《つの》ったとしても、不思議ではない。

健次郎がどんな思いを胸に夜空を見ていたか、そのすべてを理解することは、誰にもできないだろう。

けれども、遠く離れた母を恋い、慕う気持ちなら、清子にもある。

自分を疎ましがらない人が、自分と同じ寂しさを抱えている。そんな予感があったから、今夜清子は、健次郎に話しかけたのだ。

母への思慕《しぼ》という部分で、清子の心と健次郎の心は重なっている。その事実は、ほんの少しだけだが、清子の寂しさをやわらげた。

＊

リツがふすまを乱暴に閉めて、乱れた布団の上に座り込み、その布団を両手でむやみやたらに叩き出したものだから、さすがにタマも目を覚ました。

「一体全体、なにがあったんだ、リツ」

リツはひたすら寝具に当たり続けた。タマの問いには答えなかった。答えようにも、自分の荒れ狂う心を、言葉という手段で伝えられないのだった。清子が、どうしてこんな夜中に、健次郎と二人で話をしていたのか。なんで清子は泣いていたのか。

——清子つぁんば、おらと同じだね。

なにが同じなのか。あの、どうしようもなく自分を苛立たせる清子と、リッつぁんは可愛いと言ってくれる優しい健次郎が、親しくしているだなんて。

「癇癪持ちは、仏さまに呆《あき》れられてしまうよ。さあ、お眠り」

タマはリツの体をなかば強引に抱き寄せて、自分の布団の中に入れてしまった。リツは仕方なく、タマの懐に抱かれながら、目にしたものを拒絶するように、ぎゅっと瞼《まぶた》を閉じた。

翌朝、リツはいつもより早く起きて布団を片付け、表に出た。雲一つない空は高く、山の方角から流れ下りてくる緑の風も清涼だった。リツは健次郎を探した。

健次郎は竹箒で玄関の前を掃いていた。

「おはよう、リッつぁん」

「昨夜、あの子どなに話してだの？」

リツは回りくどい訊き方はしなかった。

「清子つぁんかい？」

「あいな子の名前、言わねぇで。なにを話してだの？」

健次郎は箒を動かす手を止め、腰を屈めてリツに目を合わせた。「いろんなごとを話したよ。おらのごとも話したし、リッつぁんのごとも話した。そうだよ、リッつぁんがいい子で、めんこい子だど話したんだ」

リツの首から上が急に熱を持った。慌てて横を向く。健次郎が笑った。リツの熱はますます上がった。

「清子つぁんもいい子だっちゃ。しっかりしてで、お母つぁん思いだ」

「おらだって、婆つぁんの肩を揉むよ」

「リッつぁん。リッつぁんには寺のみんながいる。源助さんもいる。でもね、高源寺さ疎開してぎだ子は、ほいな優しい人だぢど、離ればなれになってるんだ」健次郎の手が、おかっぱの頭に乗せられた。「寂しいのを我慢してる。お父《ど》つぁんやお母つぁん、家族さ会いでえど思ってる。おらは、その寂しい気持ぢがよぐわがるんだ。んだがら、でぎだら、リッつぁんもわがってけろ」

リツは自分の足元に目を落とした。健次郎が掃いたあとは、細かなゴミや落ち葉もなく、きれいだ。竹箒が作った繊細で流れるような線を見ていたら、昨夜、清子が胸に下げていた丸いものの模様を思い出した。

首飾りなんて下げて、都会の子がいい気になっていると、健次郎がくれた熱が苦々しさに変貌した矢先、

「そうだ、友達になるどいい」

健次郎の言葉に、リツは耳を疑った。「えっ?」

「きっとリッつぁんと清子つぁんは、仲良ぐでぎるよ」健次郎は目を細めて頷いた。「外見はさっぱり違うんでも、リッつぁんと清子つぁんは、どごが似だどごろばあるふうにも思うんだ。話をしてみるどいいよ」

冗談じゃなかった。

「嫌《やん》だ!」

「リッつぁん?」

まさか、あの子と仲良くしろと言われるなんて。似たところがあると言われるなんて。

よりによって、健次郎兄つぁんに。

リツは猛然と山道を疾走し、声もかけずにいきなり源助の小屋へ転がり込み、訴えた。

「あいづ、健次郎兄つぁんと二人で話をしてだ。昨夜」

リツは昨晩目にしたことを、ときどきつかえながらも、全部話した。

「健次郎兄つぁんが、おらのごとを喋ったのはいいの。んでも、あいづがそれを聞いだのが好かん。あいづも、おらのごとを好いでない。好かねって言われねでもわがるって、爺つぁまはおがしいど思う？　んでも、間違いねぇんだっちゃ」

リツは垂れてきた鼻水をすすりあげ、それでも伝ってくるものは、手の甲で拭った。

「あいづが来でがら落ぢ着がね。頭ん中さ、サイレン鳴ってるみだい。敵機来だっていうサイレン。あいづ、本当はアメリカやイギリスのおなごなんでねぇのがな。目《まなご》だって蒼だ、鬼畜と同じだ」

「そうが」

「あいづは、東京がら来だわらすども、仲良ぐでぎでいねぇよ。みんなに変だって言われでるよ。首飾りだって下げでるの。おら、見だ。木でできだ、変な模様の首飾り」

源助の体がぴくりと動いた。「どいな模様だ？」

「どいなって」リツは身振り手振りを交えて説明する。「丸い小さなお餅を、もっと平べったぐしたような感じで、その中にぐるぐるって線……真ん中に」

「渦巻ぎみだいな模様が？　滝壺にできる」

「そう、渦巻ぎ！」

源助はそれを聞いて満足げに目をつぶった。「まだ、作れるものがいだが」

「え？」リツは訊き返した。「なんて？」

源助が答えなかったので、リツはすぐに気を取り直して、再び憤懣《ふんまん》やるかたない思いをぶちまけはじめる。

「なのに、健次郎兄つぁんは、あの子ど仲良ぐなれって言うの」

源助が左に首を傾かせながら、少し顔を上げた。「ほう？」

「寂しいのをわがってけろっていうのは、まだ、我慢できる。んでも、あいづど仲良ぐなんてでぎね。どう頑張ったって無理なんだ。和夫や三郎ど仲良ぐするほうが、よっぽど簡単だっちゃ」

「そうが、ほだに好かんが」

この、不可能だと確信している感覚を、どう説明すればいいのか。リツは必死に頭をひねった。

「あのおなごどは、絶対さ仲良ぐはなれね。水の中で生ぎでいげねぇように」

源助は椀と箸を脇に置いた。胡坐の両膝を少し上げて、その膝の上に両腕を軽く乗せる。

そうして、リツの黒目に映る自分を覗き込むように、じっと見据えてきた。

「リツ。一づ、話をすっぺ」

「話?」リツは源助の隣に回り込んだ。「どいな話?」

「そうだな。それは……」

源助は、突き上げ窓から差し込む朝日に目を細めた。源助の右の目があらわになった。

蒼い、蒼いその目。

「海ど山の話だ」

第三話　「紅」

「海ど山？」

リツは訊き返した。意外だったのだ。リツは今、東京から疎開で来た清子という我慢ならない少女の話をしていた。それを受けて、源助も語ろうと言い出した。自然とリツは、仲の悪い獣同士の寓話《ぐうわ》を聞かされるのではないかと思った。源助はそういった物語をたくさん知っているのだ。熊と猪、鹿と兎《ウサギ》、蛙《カエル》と蛇。寺や国民学校の先生でも教えてくれないような話を、リツはいくつも聞いた。

だが、海と山とは。大きすぎる。それにリツは、本物の海を知らない。昨日、出征する松田雄介の一団について、片道二時間もかけて駅のある町まで行ったが、その町にも海はないのだ。

ずっと昔、晴れた日の朝、源助と山を登れるだけ登ったところから、太陽が昇る方角を見た。町を越えた地の果てに、ようやくうっすらと青の線を認めた気がするが、記憶もさほど定かではない。それよりも町の逆側、山の裏にあるわずかな平地に、息を潜めて隠れているような小さな集落を見つけたことのほうが、リツの胸をどきりとさせた。源助は泥だらけの、生まれて間もない自分を拾い、その足で血相を変えて高源寺に駆け込んでくれたそうだ。そのあとは村の女の人たちから乳をわけてもらい育てられたのだとタマから聞かされた。当然、本物の両親は知らない。会いたいとも思わないが、もしもどこかにいるとしたら、あの集落なのではないか。

見てはいけない女の姿を見るたびに、あの人が母親では、母親でなくとも両親を知っているのではと思ってしまう。

リツの気が逸れたのに気づいたのか、源助は目をつぶって薄く笑った。

「聞ぎだぐねぇだら、聞がねでもいい」

リツは慌てて首に横に振った。「ううん、聞ぐ」源助の話はたいてい面白い。「話して、爺つぁま」

源助はさらに笑い、手にした火かき棒で囲炉裏の灰をつついた。

リツは川の速い流れをものともせずに渡り終えると、点在する岩に当たっては砕け散る水面《みなも》を振り返った。赤く色づきかけたコナラの葉が、水流にもみくちゃにされながら過ぎ去っていく。

川はいつか海にそそぐという。

途中にある滝と、どれだけ深いか知れない暗い滝壺で、いっときは闇に潜ったとしても、葉っぱなら命を落とすことはない。

あの葉は海に行くのか。敵の爆撃機が飛んでくるのは海の方からだと教わった。

リツは木々の上を渡る風の音を聞く。源助から聞いた海と山の話は、山の生き物たちの話にくらべて、あまり面白くなかった。変な話でもあった。ところどころで難しいとも思った。途中で聞き覚えがあるような名前が出てきた。源助はそのときリツの反応を探るように、「国民科の授業で聞いだごとはねぇが?」と尋ねた。「ショウムテンノウ……だ」

ため息を一つついて、リツは森の斜面を下る。結局源助の話の肝《きも》は何だったのか。源助が語ってきた寓話には、いつも教訓がさりげなく仕込まれていると、リツは感じていた。欲をかくな、悪い行いをするな、人をだますな、正直でいろ……。直接そう教えられるより、リツの心には染み入った。「んだっちゃね、爺つぁま。おらも嘘《てほ》をづがねぇようにする」などと、染み込んで水晶のように固まったものを言葉にして伝えれば、源助も顔を綻ばせた。

しかし、今回の海と山の話については、リツの中のどこを探しても、水晶は見つからない。

——海ど山は、まざりはしねぇ。まざらずに、ぶづがる。滝の水上がら下さ落ぢるように、ぶづがるど決まってる。

——ずっと昔がら、そうだった。書物さ書ぎ残されでるような大ぎなぶづがりも、誰にも知られずに始まって終わったぶづがりもある。

——会ってはならねぇ……彼らの間では、ほいなふうに口伝えられでるんだど。会えば必ず……。

出会えば必ず衝突する二つの種族。本当にそんな人たちがこの日本の中にいるのか。爺つぁまはそれがあたしとあいつだと言いたかったのか。

会ってはならない。でも、もう会ってしまった。

——だが、なすても会わねばならねぇどぎもある。ぶづがり合うど決まってるように、出会いを宿命づげられでる海ど山もある……避げられねぇがらこそぶづがり、会ってはならねぇづー口伝えも生まれだんだべ。

腑《ふ》に落ちないものを抱えたまま小屋を出ようとするリツに、源助は言った。

——あの子が首にがげでだ丸いものはな、あれは……。

あの変な首飾りは、源助の言うようなすごいものにはとても見えない。

でも、源助の言うことが本当だとして、それがなんだというのか。そんなものをくれる人は、リツにはいないのだ。

リツはなだれ落ちる水音を横に聞きながら、危険な急斜面を、若く勇ましい羚羊《カモシカ》のように駆けおりた。

＊

手押しポンプのハンドルに体重をかけると、パイプから水が噴き出した。冷たく澄んだその水を受け止める位置には、バケツが置いてある。

清子は九分目まで水が入ったバケツを、両手で持ち上げた。

今日は風呂の日だった。清子たち女子児童は、週に二度、寺の五右衛門風呂《ごえもんぶろ》を貸してもらえることになっていた。男子は分散して、集落の家々にもらい風呂に行く。

地元の国民学校の子たちと、午後に農家の手伝いをしている今、本当なら毎日入りたいところだが、贅沢は言えない。

清子は少しも水をこぼすことなく、バケツを庫裏の東側にある勝手口まで運んだ。

「はい、どうもね」

運んだバケツをサトが受け取る。住職の妻のサトは信行、晃由の母でもある。清子はサトの胸元に縫い付けられた名札を見て、健次郎の名札を最初に目にしたときのことを思い出す。あのとき自分はすぐさま、健次郎が継子《ままこ》であると気づいた。サトは受け取ったバケツを手に奥へ消え、ほどなく戻って来た。

「じゃあ、もう一回お願い」

「はい」

　寺の五右衛門風呂は、清子の家のものよりもずっと大きい。水を溜《た》めるにも一苦労だ。清子は空のバケツを手に、再びポンプへ向かった。水が入った桶を抱えたハナエが、入れ替わりにサトの前に立った。

　ハナエの後ろで同じように桶を抱えた女子が、別の女子に囁く。

「男の人がやってくれたらいいのに」

　清子はポンプの前で肩を回した。実際、健次郎たちがいたらやってくれたと思う。だが、昼過ぎに貧相な身なりの来客があってから、住職をはじめ、健次郎ら若い兄弟もことさら忙しくしている。その来客は、ときおり寺の周りをうろついている見てはいけない女と同類のにおいがした。

　ともあれ、寺が慌ただしいという事実が意味する影に、清子はつい胸元を触った。服の下に隠した首飾りは、ちゃんとそこにある。バケツを置いて、清子はハンドルを握った。

　風呂の水は、そろそろいっぱいになるだろうか。あとは汲み置きの水も用意しておかないとならない。体を洗えば、その分お湯が減る。次の人のために足せるよう、樽《たる》に水を溜めておくのだ。

＊

「ほれほれ、これ」

夕刻、リツが勝手口から中へ入ろうとすると、タマに制され、雑巾を渡された。

「健次郎兄つぁんは？」

汚れた裸足を拭きながら、リツは問う。

「信行らど一緒さ、住職の準備を手伝ってるよ」

「なにがあったの？」

「生ぎでいれば、なんでもあるさ」

誰かが亡くなったのだと、リツは感づいた。

寺で葬儀が行われることは、ほぼない。リツが本当に小さいころは少しあったが、今はそうはしない。タマはお国の方針なのだと言う。戦争に勝つために、なにごとも切り詰めて我慢しなくてはいけない。贅沢は敵なのだ。だから、誰かが死んだという報《しら》せを受けたときは、住職がその家まで足を運び、家族の前で読経《どきょう》するにとどまるのが、ほとんどなのだそうだ。

ただ、場合によっては、そのあと住職と遺影を持った喪主が近所を歩き、小さな落雁《らくがん》などが配られることもある。リツはそのほのかな甘味を思い出して、口に湧いた唾を飲んだ。

「山向ごうの家だがらね。明日の朝、一番さ出るんだっちゃ。んだがら、支度必要なの」

山向こうという言葉で、昔、源助と山のてっぺんから見た集落と、見てはいけない女のことが、リツの頭に浮かんだ。自分の本当のお父さんやお母さんがいるかもしれないと思った、小さく貧し気な、名前すらない小里。

源助の棲む山を越えるのは、リツにとってはさしたる労苦ではないのだが、それはリツが山中の道なき道を自由に駆け登れるからだ。通常はぐるりと山裾の道を迂回《うかい》するため、男の足でも三時間近くかかる。名前のない小里に寺があるわけはないので、あちらもほとんどが高源寺の檀家《だんか》だと聞いたことがあった。なにかあったときは、住職は若くない体に鞭打《むちう》ち、歩くしかない。さらに住職は、途中の道脇にぽつりとある小さなお地蔵さまにも足を止め、必ず手を合わせ、経を唱えると聞いた。行けば半日以上帰って来ない。信行らのうち、誰かを供に連れて行くだろうが、リツはそれが健次郎でないといいと願った。健次郎には寺にいてほしかった。

「リツ。おめは風呂を沸がしんさい。信行だぢは手離せねぇみだいだがら」タマは手を洗って、煮物の火加減《ひかげん》を見た。「水はもう張ってあっからね」

それを聞いて、今日は疎開っ子の女子が風呂を使う日だと、リツは思い出した。自然と清子の顔も眼前に浮かんでくる。リツは返事をためらった。風呂焚《た》きであれ、清子のためになにかをしてやるのはごめんだった。

「ほら。早ぐ。働がざるもの、食うべがらずだっちゃ」

しかし、タマにそう言われては、逆らうわけにはいかなかった。手伝いをしなかったという理由でご飯にありつけないのは困る。

今度はちゃんと靴を履いて外へ出た。薪置き場から薪や焚き木を一抱え持って来て、風呂場のある軒下《のきした》に行く。焚き口は外にあって、ここで火をおこすと釜の底が温められ、湯が沸くという仕組みだ。大きなかまどみたいだと、リツはいつも思う。

焚き口に紙と焚きつけの木の皮を押し込み、火のついたマッチを放る。火はすぐに赤く膨れ上がる。そこにまず細めの焚き木を、様子を見ながら入れる。火が消えないようにしなくてはいけない。マッチも配給制で、大事に使うものなのだ。上手く燃え移って炎が逞《たくま》しくなったら、より太めの薪を入れる。

風呂が沸くのには、時間がかかる。夕食が終わって少し経った頃に、良い具合になっているだろう。

リツはいったん中に戻った。お腹が空いていた。そろそろ夕食の時間でもある。早く食べて、また加減を見に来ようと思う。

それにしても——リツは唇を尖らせた——なんで、おらが、あいづの入る風呂を沸がさねばならねの？　あいづはおらさなにもしやしねぇのに。

＊

「庫裏に入れていただくときは、けっして粗相、失礼のないように」

金井は女子たちに毎回言い含める。風呂場は庫裏の台所の隣、北東の角にあった。

入浴は一人ひとりゆっくり入るのではない。清子はハナエと節子と一緒だった。

清子たち三人の番になった。手ぬぐいや石鹸《せっけん》、替えの下着、浴衣を持って、風呂場へ向かった。脱衣場には、竹で編まれた籠《かご》がきちんと三つ用意されていた。

「ぐずぐずしない」

金井は急《せ》かした。清子はブラウスのボタンを外し、脱いで籠に入れた。着替えた衣類の洗濯は、いつさせてもらえるのだろうと思っていたら、金井の厳しい声が飛んだ。

「それ。外しなさい」

清子ははっとなった。母がくれた首飾りをつけたままだったのだ。

お風呂のときだけ。別れるのはそのときだけ――ハナエと節子の意地の悪い視線を感じながら、清子は首飾りを脱いだブラウスの下に隠した。

かけ湯をしている間に、金井の気配は脱衣場から去った。ハナエと節子は待ってましたとばかりに壁際に据えつけられた風呂釜に体を沈め、申し訳程度に低めた声でお喋りを始めた。

「ね……お葬式なんでしょう？」

「仕方がないじゃない、ここ、お寺なんだもの」

「死んだ人って、まだとても若い人だったみたいよ」

「どうして知っているの？」

「水を汲み終えてね、本堂の縁側に座って休んでいたら、晃由さんが来たの」

二人と一緒に湯につかる清子は、いないがごとくにのけ者である。いつだって相手にされない寂しさに、清子はその元凶である自分の目を伏せ、黙って洗い場に移動した。

「あのときの晃由さん、物置きになにかを取りに来たみたいだったわ。それでね、私、訊いたの。どなたか亡くなったんですか、って」

ハナエはあたかも手柄を吹聴《ふいちょう》する声色だ。

「教えてくれたの？　ここら辺のお家？」

「……ごめんなさい」

小声で断ってから、清子はまた二人の入る風呂釜から、体を流すための湯を手桶で汲んだ。そのときだけ、ハナエと節子は黙った。ハナエが桶を避けるように身を動かしたので、釜の底に敷いた風呂の木蓋《きぶた》がずれたようだ。

「ちょっと、気をつけてよ」

風呂につかる人間の体重で蓋を沈めていないと、足が直接熱い釜の底につくことになる。節子は動いたハナエではなく、清子に文句を言った。清子は再度「ごめんなさい」と謝り、汲んだ湯で体を洗った石鹼の残りを落とした。

「それでね、亡くなったのは、山のあっち側にある集落の人なんだって。若い男の人」

「戦争で？」

「そう」

清子は手桶を置いた。もう一度湯につかりたかったが、ハナエと節子がいる風呂釜に入れてもらう勇気は出なかった。洗い場からたたきの床に下りて、風呂場を後にする。脱衣場で濡れた体を拭き、真っ先に母からもらった首飾りをかけた。

＊

灰色の雲が流れる。その雲と並走するように、橙《だいだい》色の葉が空を飛ぶ。

山の木々は瞬く間に色づいた。赤や黄に染まった森は、蟬時雨《せみしぐれ》のころに比べて、一つ衣を羽織《はお》ったかのように膨らんで見える。山道に分け入る手前で足を止め、リツは風の匂いを嗅《か》ぐ。少し湿り気があって、ふくよかで、僅《わず》かに甘い。まだ秋の香りだ。でも、もう半月も暦が進めば、匂いの中に霜や雪の気配が混じりはじめるだろう。そうなれば凍える季節はすぐそこだ。

源助が「特別な日」と言ったあの日から、ひと月以上の時が経った。

あの日、清子と出会って以来、リツの心が凪ぐことはない。清子の顔や声を思い出すだけで、耳がひくひくと動いてリツに訴えかける。油断するな、あいつは敵だと。

偉い人が決めたからと、人の居場所に勝手にやって来た清子。源助から海と山の話を聞いた翌日、疎開というのはいつまでやるものなのか、リツは普段は絶対に話しかけない国民学校の先生に、意を決して訊いてみた。先生は「我が国が勝利するまでだっちゃ」と答えた。その答えに満足できなかったので、源助や住職、タマ、健次郎にも訊いた。が、はっきり教えてくれた人は誰もいない。

田畑の作業が終わってから、週に三日、山へ焚きつけにする木の枝を拾いに行くのが午後の授業がわりとなっていた。国民学校の児童が拾ったものは学校が取りまとめ、九班と十班の疎開っ子が拾ったものは、各班が世話になっている先に全部渡す。地元の子と疎開っ子は互いを意識しながらも協力し合わない。地の利がある地元の児童は、自然と作業しやすい場所をとる。

焚き木拾いは冬に備えるとても大事な仕事だが、リツにとっては、自分の縄張りともいえる山に疎開っ子が足を踏み入れるのは、心地のいいものではない。しかも、あの連中の中には清子がいるのだ。

リツはこっそりと場を移動していく。

女教師の監督のもとで小枝を拾い集める彼らは、慣れない山が怖いのか、地元の子どもに比べて奥深くまでは行かない。裾に近い場所でちまちまと拾い集める。リツはその様子を木の陰から見る。服の汚れを気にしながら枝を拾う女子たちの輪に、清子の姿はやはりなかった。いつもそうだ。清子だけは一人外れた場所にいる。リツはそろそろと歩を進めた。清子の気配は、他の疎開っ子よりも奥手から感じられる。

同じところで拾える枝は限られているのだ。勇気があって枝拾いの成果を求める子なら、自然と行動範囲は広がる。

ただし、あの清子がみんなから距離を置いているのは、勇気があるからでも、枝をたくさん拾いたいからでもない。

清子はまるで、群れのみんなからつまはじきにされて、どんどんと食べ物の少ないほうへ移らざるを得ない、一人ぼっちの鹿みたいだ。

山の中がどんな塩梅《あんばい》かを、リツはすべて知っている。どこにどんな木があって、川はどう流れているのかといったこと。起伏の変化や獣の棲《す》み処《か》、鳥が巣をかけている場所、いくつかの獣道。それらの知識を総動員しながら、リツは焚き木となる枝を拾っていった。

しばらくそうしていると、清子の気配が近くなった。近くの木に身を隠してあたりを探ると、やはりであった。影を捉えた。

と、清子がなにかに気づいたふうに、はっと折っていた腰を伸ばした。リッは瞬間、身を固めた。振り向かれる、そう思った。

しかし、清子の視線はリツには向けられなかった。清子は山の奥側を見ていた。ややあって、清子の視線の先から人影があらわれた。

瘦せて、それほど背丈も高くはないのに、逞しい巌《いわ》のような印象を与える体軀《たいく》。ざんばらに伸びた髪。背に大きな荷物を負っている。炭だ。

源助だった。

清子はおずおずといった感じで、源助に会釈をした。源助も頷くように首を縦に何度か振った。

リツは二人の様子を隠れながら窺い続けた。あの源助のいでたちを見るに、集落、もしくは駅のある町のほうまで、炭を売りに行くのだろう。それなのに、源助は清子の前からしばらく立ち去らなかった。二人はなにか、言葉を交わしているふうであった。

リツは全神経を耳に集中させた。

風が吹いて、森の葉がざわめいた。

二人の話し声は、それにかき消され、リツの聴力をもってしても、聞き取ることができなかった。

やがて、源助は麓の方へ下りて行った。清子はしばらく源助の背を見送っていた。リツもその場を離れた。

源助と清子はなにを話したのか？　源助は清子のことをどう思っただろう？　自分が感じている不快な気分を、源助が少しでもわかってくれたらいいと、リツは願った。

＊

木戸を開けて明かりを取ると、冷たい夜気が忍んでくる。清子は物置きに引っ張り込んだ掛け布団をすっぽりとかぶり、教科書を開いた。

天候が許す日は、夜の独学を続けている清子だった。

他の子らが寝静まったあと、一人こっそり起き出すときの、ちくりと胸を刺すような痛みを伴う感覚は、清子に孤独を突きつけた。女学校に進みたい、教師になりたいというぼんやりした願いは消えていないが、疎開生活の不自由さとあいまって、叶《かな》わないのではないかと思えてくる。

清子が初めて話しかけたあの夜以降、健次郎がやってくることはなくなった。清子に気づかれて足が遠のいたか、あるいは場所を変えたとも考えられた。この集落で唯一近しく感じた彼も、どこかでこの蒼い目を不気味に思ったのか。だから来なくなったのか。そう考えると涙が出てきてしまう。母がそばにいない寂しさも余計に募る。

清子は浴衣の上から胸元を押さえ、首飾りの感触を肌に焼きつけた。そうしたら、ふっと焚き木拾いの最中に出会った、みすぼらしい老人を思い出した。炭焼きの源助だ。

源助は、清子が疎開児童であることを知っていた。それについては、特別驚きはしない。清子だって源助のことを知っていた。乳飲み子の健次郎を拾って助けた人。あのリツも源助に命を助けられたのだと、松田家の手伝いをしているときに聞いた。相当な変わり者で、ここ十年ほど、つまりはリツを拾ったころから、ますます山に籠もるようになったそうだが、できあがった炭を売りに麓に下りてくることはある。田舎の集落だ、寺で疎開児童を受け入れている話が耳に入ってもおかしくはない。

ただ、顔と名前まで知られているのには驚いた。

――おめが、東京がら来だ浜野清子が。

源助は清子と顔を合わせるや、まったく迷わずこう言ったのだ。疎開っ子はほかにもいるというのに。

あの子が喋ったのだと、清子は踏んだ。しばらく寺に世話になってわかったことだが、あの嫌な子は、源助老人のいる山に毎日のように遊びに入るらしい。おそらくそのとき悪口を吹き込んだのだ。この目の色のことも含めて。

そう考えてふと、老人も健次郎と同じく、清子の目を見ても怪訝な顔をしなかったことに思い至る。

健次郎が優しさから清子の異質さを見逃しているのに対し、老人は、ごく当然であると受け止めているように見えた。老人はひどく穏やかだった。わずかに口元が緩んだようですらあった。

老人と清子は少し話した。清子のほうからは彼に問いかけたりせず、老人も特別なことは言わなかった。素朴な言葉で薪拾いをねぎらったり、疎開生活の不自由さを慰めたりしただけだった。清子はそれに相槌《あいづち》を打ったり、気遣いに簡単に応じたりした。

ただ最後だけが違った。

炭を背負って清子から離れていく間際、老人はこんなことを言った。

――いづがリツがおめになにがを乞うだら、一度でいい、聞いてけろ。

――おめは気進まんだべが、そのどぎだげは折れてけろ。

老人は答えを聞かずに麓へ下っていった。

なんらかの確信があっての言葉なのか、さほど意味はないのか、清子には解しかねた。ただ、妙に心に残る。

清子はため息をついた。

そのとき、ふすまが開く音がした。外陣側から聞こえた。男子の誰かが厠にでも行くのかと、清子は物音を立てないよう、じっとする。

小さな話し声。なにを言っているのかはわからない。一人ではないようだ。

外厠へ行くなら、そのうちこちらへ向かってくる足音がするはずだった。しかし、いつまでたってもそれはなかった。

清子は微かな胸騒ぎを覚えた。


翌朝、異変は発覚した。

五年生の男子児童二人がいなくなっていたのだ。

なにか知らないか、気づいたことはないかと、冷静さを欠いて子どもたちに質《ただ》す金井に、清子は口をつぐんだ。昨夜のささやかな話し声やふすまが開いた音を教えれば、なぜそれを知っているのかという追及に繋がりかねない。深夜一人の勉強は、健次郎はともかく、他の誰にも知られたくなかった。

「一体どこへ」

金井はいてもたってもいられぬというように、手を揉んだ。本堂内はざわめきに包まれた。清子だけが沈黙していた。

自分だったら、ここを出てどうするだろう。

そう考えたとき、清子の頭にふっと一つの情景が浮かんだ。

——お母さん。

いた。

＊

リツが国民学校から帰ってみると、夜中に脱走した二人の五年生は、寺に連れ戻されていた。

「町の駅がら報せば来でね」お勝手を覗くと、タマがしみの浮いた腕で糠床《ぬかどこ》を混ぜていた。

「おめが学校さ行ぐのど入れ違いに。良がったよ、本当さ」

二人の男子が姿をくらました一件は、高源寺を朝から大きく揺るがせた。健次郎ら三人の兄弟は、東京の女教師から事情を聴くや、集落の民家に声をかけ、あたりを探し回りに出かけたのだった。おかげでリツは今朝、健次郎とは「おはよう」の挨拶もできなかった。

「里心がづいだんだねえ。夜中歩いで駅まで行って、ホームの隅さ隠れで、列車来るのを待ってだんだどさ」

「里心？」

「家さ帰りだぐなるってごとさ。疎開してぎでしばらぐ経ったがらね。寂しくて、お父つぁんやお母つぁんに会いだぐなったんだべね」

リツにはタマの言う『里心』がよくわからない。ただ、いつかの朝に健次郎から言われた言葉は、頭に浮かんだ。

──高源寺さ疎開してぎだ子は、ほいな優しい人ど、離ればなれになってるんだ。寂しいのを我慢してる。

あのとき健次郎は、その寂しい気持ちがわかると言った。だから、リツもわかってあげてほしいとも。

リツはお勝手の隅にしゃがんで、『寂しい』について考えてみた。今朝、健次郎と話ができなかったのは、残念だった。この残念さは『寂しい』と似ているのか。それとも、これが毎日積み重なれば、寂しいになるのだろうか？

「じゃあ、いなぐなった二人は、東京のほうへ行ぐ列車さ乗るづもりだったのがな。疎開っ子は、切符がなぐでも列車さ乗れるの？」

「無賃《むちん》乗車するづもりだったんだべね。んだがら、捕まったのさ」

「駅員さんに？」

「停車場をあっちこっち駆げまわって、相当難儀させだそうだっちゃ。わらすはすばしっこいし、二人どもやろっこだし、物陰さ隠れだりもしたんだべね。なにがの荷でも置いであったのがも」

タマは糠床の中から一本のキュウリを抜き、端を少しだけ折った。そしてそれを、リツの口に放り込んでくれた。噛むと、軽い歯ごたえのあと、糠に漬かった野菜特有のうま味が口の中に広がり、リツは粥が恋しくなった。

「それだけ家族さ会いだがったんだべ。あの女の先生にお灸《きゅう》を据えられでだようだんでも。今日の夕食は、ちょっとだげでもあの子らに美味《おい》しいものをあげだいね」

疎開っ子の食料は、配給されるものを使うことになっているが、台所を引き受けるタマとサトは、寺の畑で採れた野菜や、集落の家々から提供された諸々も一緒にして、粥や雑炊、煮物などを煮炊きしていた。

あの糠漬けも薄く切られて、二切れずつほど行きわたるのだろう。

リツは漬物の後味が残る口元に指先で触れ、次に「爺つぁまとごさ行ってぐる」と勝手口を飛び出した。


リツは寺の敷地を出るときに、本堂の様子をさりげなく窺った。

縁側の雨戸も、入側の障子も、さらにはふすまもすべて開け放たれて、本堂の中は素通しだった。

女教師と十六名の子どもたちが、本堂に向かって、前後二列に並べられた床几《しょうぎ》を前に正座していた。

清子がどこにいるかは、リツにはすぐにわかった。彼女は後列西側の端の位置で、俯きがちに座っていた。

清子のブラウスは、まるで布地から光が漏れているかのように、はっきりと白かった。

ポンプの水を使って、自分たちで洗濯をする疎開っ子たちの衣服は、月日が経つごとにだんだんとくすんだ感じになってきていた。特に男子はそうだった。けれども、清子のブラウスは、あくまでも白いままなのだった。人一倍丁寧に洗っているのだ。

リツは山へ向かって歩きながら、自分のブラウスに目を落とした。真っ白ではない。最初は白かったかもしれないが、春になる前にタマが「これ以上汚れが目立たねぇように」と、玉ねぎの皮で薄い黄色に染めてしまった。リツの上着はみんなそんな感じだ。もんぺはすべて色が濃い布を使っている。

リツは鼻の穴からふんと息を吐き出し、速足になった。晴れた空の鮮やかな青に目を細め、山際に向かう太陽に視線を移した。太陽は眩しかったが、光にさほどの熱は感じなかった。目をつぶると、金に黄緑を混ぜたような残像が、まぶたの裏に焼きついていた。リツは頭を振って、刈り入れの済んだ田を見渡した。少し前までは、互いにぶつかるのではないかと思うほどに飛んでいた赤とんぼが、すっかりいなくなっていた。山向こうの集落に住む例の女の影が、遠くに見えた。

タマの糠漬けが二切れついた夕食を食べ終わり、住職が一番風呂に入った頃合いだった。リツはタマやサトと一緒に、食器洗いを手伝っていた。少し離れたところで、金井と疎開っ子三人が、静かに待っていた。彼らは庫裏の女たちが後片付けを終えた後に、自分たちの使った食器を当番制で洗うのだ。

そのとき、庫裏の玄関の戸を誰かが叩いた。

外はもう暗かった。リツはその暗さが、瞬間的にお勝手にも生まれたと感じた。まるで炭を砕いた粉粒のような黒が、無数の細かい闇が、戸を叩く音と一緒にお勝手に入り込んで、あっという間に広がり満ち満ちたかのようだった。

サトが前かけで手を拭って応対に出たが、すぐに戻り、勝手口を開けて外へ出て、風呂焚きをしていた晃由を連れて、また玄関へ行った。

タマがゆっくりとそのあとを追う。

「おめでとうございます」

男の声を、リツは聞いた。


褪《あ》せた赤色の通知が晃由の手にある。着古した服のように、鮮やかさのない紅《あか》。

晃由本人は覚悟していたのか、落ち着いた様子だった。

「いづがこの日来るのはわがっていました」

「歳の順だら長男のおらが先なのに」

信行の言葉に晃由は「兄つぁんが高源寺ば守ってけるから、おらは案ずることなく、しっかりお国のだめに尽ぐせます」と言った。

サトの顔色はひどく青ざめているように見えたが、晃由の言葉にはしっかり頷いた。

千人針がすぐさま用意された。リツもいつも以上に丁寧な結び目を作るつもりで、針を使った。それでもやっぱり、タマやサトがこしらえた結び目にくらべれば、いびつになってしまった。千人針は、本堂にいる疎開っ子の手も借りてから、集落を回った。

出征前夜にはかき集めた小豆《あずき》が炊かれ、牡丹餅《ぼたもち》が五つ作られた。晃由は三つ食べた。残りの二つを、住職ら家族が分けて食べた。タマとサトは鳥がついばむほどにしか口にせず、晃由も微笑んでもう満腹だと言ったので、リツはその分多く食べさせてもらった。

召集令状が届いた翌々日の朝、晃由は出征していった。リツは以前のように歌いながらついていくことはしなかった。国民学校の教室で、先生の言葉にも耳を貸さず、教科書に目を落としているふりをしながら、健次郎のことを考えた。健次郎もいつの日か兵隊に行くのか。晃由の後ろ姿に健次郎を重ねると、リツは叫びたいような堪《たま》らない気分になる。

健次郎には来ないでほしい――リツは親指の爪を噛んだ――健次郎がいない寺の中なんて、ちっとも面白くない。

そして、思い出す。住職が隣の集落に足を延ばしたときのことを。

まだだ。いいや、きっと来ない。きっと。でも。

でも、いつかは。

紅いものは、何の前触れもなしにやってきた。信行をとばして晃由に。

リツの二の腕がざっと粟立った。

＊

また一人、行っただけのこと。こんなことは、日本中のあちこちで、いくらも起こっている。

本堂の子どもらが寝静まったのを待ち、清子はいつものように物置きへ移動し、雨戸を少し開けた。あまり明るくはならない。薄い雲がかかっているのだ。とはいえ、なんとか文字は読める。

あやふやな未来を探るように続けている独習の時間も、このごろはめっきり冷えるようになった。布団を頭からかぶってしのいでいるが、雪の季節になれば、さすがに風邪をひきかねない。こうして教科書を読むのもあとわずかだ。にもかかわらず、今晩はさすがに出征する晃由の姿が頭から離れなかった。ごく当たり前の出来事が、この寺にも起こっただけだと言い聞かせても。

晃由とは、ほとんど話をした覚えがない。それこそ顔を合わせれば挨拶をする程度だった。

清子の心に細くも鋭い棘となって刺さったのは、見送るタマ、そして晃由の後ろを歩いて行ったサトの姿だった。

彼女たちは戦地へ赴く息子、孫を、誇らしげに送り出しているように見えた。しかしそれは、清子にはひどくもろいもののように思えた。リンゴも艶々《つやつや》した紅色なのは薄い皮だけだ。その中に隠れた果肉は白い。同じように、タマとサトの表面を覆うものを剝がしてしまえば、おそらくまったく異なる色が現れる。

その異なる色は、今は出してはいけないものなのだ。母への手紙に、忌々《いまいま》しいリツのことを書いて、金井に叱《しか》られたのと同じだ。

寂しい、行かせたくないなどという顔をしては怒られる。いけないことなのだ――。

清子は耳を澄ませた。外を歩く足音が聞こえたのだ。それは本堂の裏手を回って、北西の角で止まった。

かぶっている布団から静かに出て、床を軋ませないように注意して立ち上がり、呼吸を止めて、雨戸の隙間に左目を近づける。

健次郎がいた。

ああ、やっぱりと思った次に、清子はおやと思う。

自分がやったように夜空を見上げている、そう信じ込んでいた健次郎だったが、どうもおかしい。今夜は薄曇《うすぐも》りだ。雲の切れ間の星々に視線をやっているのかとも考えたが、それもしっくりこない。

健次郎は夜空ではなく、炭焼きの老人がいるという西の山の頂、あるいはもっと先を見ている。ひと月ほど前、住職が足を延ばした集落があるという向こう側に、意識を向けている。

なぜ山を？　富士であれば、眺めて目に福を呼び込むこともできるだろう。雲をつく高さにほれぼれもするだろう。しかし、この田舎の山は全然違う。これといって大きな特徴のない、取り立てて惹《ひ》きつけるもののない山なのだ。

だが健次郎の視線は、確かに山のほうにそそがれている。

健次郎が拾われ子だということと、最初の日、見てはいけない女をじっと眺めていた姿が思い出された。

清子は出て行かなかった。そのまま慎重にしゃがんで、健次郎が立ち去るのを待った。しばらくして、来たとおりの筋を戻っていく足音が生まれ、小さくなり、消えていった。

そしてまた、闇がやってきた。

「おめでとうございます」

第四話　「乞う」

つい先日、晃由にきたのと同じものが、健次郎にも届いた。

どうやら米英を相手にした戦いは、日に日に激しくなっている。その証拠に、東京から子どもたちだって逃げて来ている。

出征していく晃由を見送ったばかりのせいか、健次郎は義兄と同じく落ち着いて現状を受け入れているようであった。

「心配いらね、お父つぁん、お母つぁん」健次郎は背筋を伸ばして正座をし、胸を張った。

「これでおらもお国のだめに戦えます」

リツの膝はがくがく震えた。健次郎が行ってしまう。ここからいなくなる。

源助に訊いても、健次郎本人を問い詰めても、仕方のないことだと言うだろう。けれどもリツは、召集のその日までなにもせずに黙って健次郎を見送り、一日も早く無事に戻るのを祈りながら待ち続けるなど、とうてい耐えられないと思った。

健次郎を危ない目に遭わせたくない。いつも元気でいてほしい。できるなら、一緒について行きたい。もしも敵機のエンジン音が聞こえたら、すぐさま健次郎だけに教えてあげたい。

笑って帰って来てほしい。

誰でもいい、何でもいい。健次郎を守ってほしい。

リツの震えは、健次郎にも、健次郎のそばに寄り添う高源寺の人々にも、気づかれなかった。

＊

健次郎あての便りについては、清子はもちろん疎開っ子たちもほどなく知ることとなった。千人針を頼まれたからだ。

高源寺の人々にとって、立て続けの召集は、さすがにこたえることだろう。とはいえ、清子にできることなどない。ただ見送り、帰りを待つことしか、銃後の人間にはできないのだ。ならば受け入れるしかない。どんなに心配でも、そこを耐え忍び、来る勝利の日を信じて我慢するのだ。東京の母の元へ帰る日を待つのと同じだ。

清子は雨戸の隙間から見た、健次郎の姿を思い浮かべる。戦地へ赴く心づもりは、帝国の青年ならば、誰だってしている。そうでなくてはならない。

なにとはなしに枕の表面を撫でながら、清子は健次郎の顔を、おかっぱ頭の少女のそれにすりかえる。

あの子は健次郎にひどく懐いている。健次郎は妹に接する感じだが、あの子は幼い恋をしているみたいだ。夜の独習中、初めて物置きを出て、縁側で健次郎と言葉を交わしたとき、リツが姿を見せた。怒りに燃える目でこちらを見つめ、健次郎の言葉にも耳を貸さなかった。

きっと今ごろ動揺し、慌てふためいているだろう。お国の大義や物事の道理などどうでもよさげな子どもっぽい子だから、行くなと懇願して大人を困らせているのではないか。

わがままを喚《わめ》き散らすリツの姿が、清子にはいとも簡単に想像できた。

布団の中に入り、暗がりに息をひそめて、みんなが寝静まるのを待つ。物置きの雨戸を開けると、月明かりと一緒に入ってくる冷えた空気が、指先をかじかませるようになった。清子は夜気の中に、近づく冬の匂いを嗅ぎ取っていた。独習ができるのも、あとわずかだ。

外壁の向こうに、人の気配を感じた。覗いて確認はしなかった。清子にはそれが誰かわかっていた。

彼がなにを思ってそこにいるのか、誰も知り得ない。だから清子も、深くは考えまいとした。

それでも右手は、胸の首飾りを押さえた。

考えなくてもわかってしまうのだ。彼が誰かのことを思ってそこにいるのなら、きっとそれは——。

*

リツはぼんやりしたまま上半身を起こし、目を擦《こす》った。隣の布団でタマが寝返りを打って、こちらを見た。

「……リツ、早えね」

「うん……」

「まだ眠れねがったのがい？」

タマがかさついた手を伸ばして、リツの手を握ってくれた。

普段は寝つきが良すぎるくらいのリツだが、一昨日健次郎に令状が届いてからの二晩は、まんじりともできなかった。初めての経験だった。

夜とはこんなに長いものなのか。暗い時間の果てが見えなくて、リツの心臓は不規則に打ち、体は汗をかき、布団の中で幾度も寝返りを打った。

不安は眠れない焦りと繋がり、リツはなす術《すべ》もなくただ混乱した。混乱はやがて苛立ちに変わり、正体の知れないものに怒りを覚えながら、なぜか涙も出てきた。

そのたびにかけられるタマの「なした？」「大丈夫だがら」という低い声が、リツをやるせなくさせた。

昨夜、リツは頭の中で源助の声を思い出した。

――あの子が首にがげでだ丸いものはな、あれは……。

お守りだと言っていた、あのときの声だ。

リツも千人針に結び目を作ったが、もっとなにかあげたい。千人針はたいていの人が作ってもらえる。山向こうの誰かも、持っていたかもしれない。なのに死んだ。

不安や心配、焦燥感、いろいろな感情のすべては、渦巻きが中心に収束していくように、清子のお守りへと繋がっていった。

そうして、いよいよ起き出す少し前に、ようやくほんの少しだけ夢とうつつをさまようことができた。

さまよいながら、リツの耳の奥では、源助の言葉が何度も繰り返された。あたかも、こうせよと教え導くかのように。

だるい身を起こし、擦った目を開いたとき、リツの心ははっきりと決まった。

やっぱりお守りだ。お守りすかねえ。

健次郎兄つぁんに、あれをあげんだ。でも。

リツは自分の考えを実現するためになさねばならないことを考え、前歯を下唇に食い込ませた。まじりっ気のない嫌悪の感情が、リツの体中を支配した。想像するだけで我慢ならない、あの子に頭を下げて乞うなど。

でも——自分の唇を嚙む力を、リツはさらに強めた——健次郎兄つぁんのだめなら。

地元の子と疎開っ子が、互いを意識しつつもなれ合わず、焚き木を拾う。今日は、疎開っ子を邪険にしたい地元の子の何人かが、彼らが動き回れる場所の枝をさっさと拾い集めてしまった。彼らは東京のやつは能無しだと笑った。そのなかには和夫と三郎もいた。

「山犬のリツ」

疎開っ子を困らせるだけではなく、リツにも揶揄を投げてきた二人に石を投げつけて応戦し、リツは頭上に広がる空を睨んだ。秋の盛りは誇らしげに高く青かった空の色は、いつの間にか元気をなくして、どこか病人めいた白さがある。午前よりも雲が多く、その雲も空を彩る爽やかさはない。湿気を含んだ灰色だ。朝食のとき、近々初雪が降るかもしれないと、住職が言っていた。

健次郎は明日出征する。

リツは清子を探した。いつか見たときと同じく、疎開っ子たちから一人で離れたところにいるに違いない。清子と一対一で話がしたいから、好都合だった。もっと言うならば、誰かの目がある中で、清子に頭を下げたくなかった。

なにもかも健次郎のためだ。健次郎のためでなければ、絶対にあんなやつに頼み事なんてしない。

木陰をすり抜けて、清子の気配のする方へと移動する。

清子は以前よりも、さらに奥まったところで、黙々と枝を集めていた。こちらに背を向けている。

清子が地面の枝に伸ばしかけた手を止めた。気づかれた、とすぐにわかった。

案《あん》の定《じょう》、清子は迷いなくこちらを向いた。曇り空に加えて山の中だというのに、リツはその目の蒼さをはっきりと見て取った。蒼は「近づくな」と言っていた。だが、ひるむわけにはいかなかった。自分だけのためなら踵《きびす》を返《かえ》したが、違うのだ。リツは一息に間を詰めた。

初めて、目の前まで近づいた――瞬間。

耳の後ろに激痛が走ったと同時に、ぱん、という高い破砕音《はさいおん》が響き渡り、細かいものがおびただしく散った。山鳩《ヤマバト》が鳴いて逃げる。

二人のすぐそばにそびえる老松の幹に、縦の亀裂が走っていた。

清子は拾い集めた焚き木を放りだし、おのずから身を裂いた松を凝視している。

リツは頭を振って、正体不明の痛みを無理やり払った。

「お願い」

短いリツの言葉に、清子が眉をひそめた。リツは清子が完全に身構えてしまう前に、それを言葉にした。

「おめのお守り、けろ」一度切り出してしまえば、あとは健次郎への強い思いが舌と口を動かした。「首さ下げでるそれ、お守りなんだべ？　けろ。お願い。なすてもいる。それがいるの。お願い」

＊

両目の奥が引っ張られるようにひどく痛んだ。いきなり二つに裂けた松から飛んだ木くずが目に入ったせいではない。もっと得体のしれない痛みだ。

あの子が目の前にいる。ばかりか、身勝手この上ない要求をしている。

お願い、けろと繰り返すリツに、清子の眉は意図《いと》せず吊り上がった。

体を動かしていれば外気の冷たさも紛れるかと、焚き木拾いに精を出していたのがまずかった。あの、針で肌を刺されるような痛みを伴う不愉快な気配に、もっと早く気がついていれば、すぐにこの場を離れられたのに。いや、この子は獣みたいに山の中を行き来できるらしいから、距離を取っても追いつかれてしまうか。

清子はリツの、頭の天辺から爪先までを、目の奥の痛みと不快感をこらえて眺めた。

おかっぱの髪は、先日寺の女性に切られたらしく、初めて出会ったときに比べて短くなっている。もんぺから出た足は草履《ぞうり》を履いていた。少し前まで、この子は裸足で駆けずり回っていたが、それが難しくなったのは季節が進んだからか。その足には、土や草、苔がついている。そして、さっきの奇妙な現象のせいで、頭から爪先まで一面に付着した松の樹皮の欠片《かけら》。

自分の眉間《みけん》にしわが寄るのを、清子はどうすることもできなかった。

この子がなぜ、よりにもよって、母がくれた首飾りを欲しがるのか。しかも、お守りと言った。確かに母は、首飾りをくれたときにそのようなことを告げた。これは私を守るものだと。けれども、どうしてそれを知っている？

気味が悪い。

「お願い」

黙って聞いているのをいいことに、リツはしつこかった。何度目の「お願い」だろう？

それから清子は、別のことを思い出した。先日、焚き木拾いをしていたときに会った、炭焼きの老人の言葉だ。

——いづがリツがおめになにがを乞うだら、一度でいい、聞いてけろ。

——おめは気進まんだべが、そのどぎだげは折れてけろ。

ああ、あれはこのことを言っていたのか。清子は腑に落ちた。リツは一度、この首飾りを見ている。夜中に縁側で健次郎と話していたあのときに。すぐに隠したが月明かりで見えたのだろう。私が首飾りを持っていることを、老人に話したのだ。そして老人は、この子が私の宝物を欲しがると看破した……。

考えを巡らせている清子の胸元に、日焼けと土汚れで浅黒くなった手が突き付けられた。

「ねえ、お願い。なすても欲しいの。いるの」

我慢できない。

日ごろの大人しさはどこへやら、清子はその手を思いきり払いのけずにはいられなかった。手の甲がぶつかった。

そのとき、足元が大きく唸《うな》り、揺れた。地鳴りが轟《とどろ》き、清子の体を翻弄《ほんろう》する。立っていたはずの場所が急に掻《か》き消え、地に虚空が現れる。どこかへ落ちる、どうにかなってしまう。清子は悲鳴をあげかけた。

すると、懐の中で首飾りが振動した。それとともに、母の声がよみがえった。

——これは、お母さんのかわりにあなたを守るものよ。あなただけのもの。

そう、これは私だけのもの。

天地が元に戻る。長い長い一瞬の不可思議は消えた。

「嫌よ。絶対にあげない。絶対に」

今まで出したこともない声で決然と突っぱねると、リツは前触れなく棒で打たれた野良犬を思わせる表情を浮かべた。その顔がまた、清子には気に入らなかった。リツの大きな目には、驚きと失意の色が浮かんでいた。期待していたのだ。頼めばもらえると思っていたのだ。

「あっち行って。私から離れて。何度お願いされても、誰にもあげない」

清子は生まれて初めて声を荒らげた。リツは一歩退いた。清子はおかっぱの髪から突き出た彼女の耳の先が、激しく動くのを見た。少女は獣のように身をひるがえして、風より速く山を駆け下っていった。


清子はリツの後ろ姿が視界から消えるのを見届け、身を震わせた。言葉を交わしてしまった。触ってしまった。ハナエや節子には絶対に強く出られないのに、厚顔無恥《こうがんむち》なリツを前にして、人が変わったようになってしまった。

うなじがざわざわとなる。リツに触れてしまった自分の手の甲が、悪いものに侵されてゆく感じがして、すぐにでもどこかで洗わなければいけないと思った。清子は山のさらに奥へと進んだ。集落の田畑は、山からの川の水を引いていた。ということは、山中に川が流れているはずだ。

空気や足元の湿り気を頼りに歩を進めていくと、微かな水音が聞こえてきた。ほっとして、その音へ向かって足を速める。

そうして清子は、思いのほか水量のある流れを見つけた。近づくと、麓の集落とも森の中とも異なる冷涼さに取り巻かれた。水はとても冷たそうだった。しかし清子はためらわずに自らの手を、流れの中に入れた。

冷感がぎゅっと清子の手を握り、ほどなく細かく爆《は》ぜるような痛みへと変わる。清子は手をこすり合わせて、懸命に見えない穢《けが》れを落とし続けた。

「清子つぁん？」

背後から声をかけられた。健次郎だった。清子は彼の顔つきにいくばくかの緊張を見て取った。令状が来たからだろうか。

「こいなとごろで焚き木拾いがい？　他の子だぢは、もっと下さいるのに、熱心なんだね」

清子は最後にもう一度冷たい水の中で手を擦り、振って水を切りながら立ちあがった。

「まさが怪我をしたんじゃねぇべ？」

「怪我ではありません」清子は冷たさと摩擦で赤くなった手の水気を、もんぺの腰に引っ掛けた手拭いで吸い取った。「健次郎さんこそ、どうしてここに？」

「少し、源助さんと話ばしたぐで」健次郎は上流を指さした。「この川沿いさ山を登っていぐど、彼の小屋さ行ぎ着ぐんだ……」

言いながら、健次郎の目の先は清子を越えた。視線を辿ると、その先に件《くだん》の老人が近づいてきていた。今日の老人は、腰に鉈《なた》と、竹で編んだ小ぶりの魚籠《びく》を下げていた。

ともあれ、清子は源助が折よく姿を見せたことに驚いた。それから、先ほどのリツとのやり取りを思って身構えた。源助老人は、もしかしたら山のどこからか、自分とあの子を見ていたのでは。あるいは、木が割れた音や荒らげてしまった声が、風向きやなにかで老人の耳に届いたのでは。

となると源助老人は、自分の頼みが受け入れられなかったことを、知っているのかもしれない。一度でいいからリツの願いを聞いてほしいという、あれを。

自分の行動を、清子はいっさい後悔していなかった。身構えたのは、老人とリツの間にあるはずの絆《きずな》を考えたからだ。老人は死にかけの嬰児《えいじ》だったリツを助けて、成長を見守ってきた。可愛がっている子のための頼みを無下《むげ》にしたよそ者の疎開っ子が、良く思われるはずはない。

しかし源助老人は、以前に顔を合わせたときと同じように、穏やかに清子の蒼い目を受け止めた。清子とリツの諍《いさか》いを知ってか知らずか、とにかくなにも咎めだてはしなかった。

「源助さん、ちょうどよがった」

健次郎が性急に切り出した。源助の視線が清子から健次郎に移る。

「おらを拾ってぐれだどぎのごどさ、教えでけさい」

源助の表情がわずかに硬くなる。清子もぎょっとした。

出征前に、こんな質問をするために源助のもとを訪れた健次郎の心境を思い、清子は一礼して素早く立ち去ろうとしたが、急ぎ足のせいで盛り上がった木の根に躓《つまず》いてしまった。それを見た健次郎が、「いいよ、気にしねぇで」と言った。

「別にやましいごどでねぇ。それに、清子つぁんには母のごと話した縁もある。そごさいでぐれで構わねぇよ」

健次郎の声は「そこにいてくれ」と言っていた。源助が話を逸らしたり、はぐらかしたりしないよう立ち会ってほしいのだとわかった。決まりは悪かったが、清子は留まった。

「源助さん、おらは本当のごどば知りだい。ケヤキの洞《うろ》にながられでだづーのは、あれは嘘《てほ》でねすぺ?」

清子の頭に浮かんだ疑問は、源助がちゃんと口にした。「なすてそう思う?」

「リッつぁんが寺さ来だ夜のごとを、覚えでる。リッつぁんば泥まみれだった。びっくりした。おらみだいにケヤキの洞にながられでいながったがら」

風が無造作に伸びた源助の髪の毛を巻き上げた。清子はあらわになった彼の右目に息を呑んだ。自分や母と同じ蒼だと認識した瞬間、清子の眼前が夜になった。木々の影が黒々と月を突く山中、半狂乱の老人が素手で土を掘っている。

——まだだ。

——生ぎねばいがん。

清子はとっさに自分の右目を手で覆った。手は恐ろしく冷たかった。その冷たさに、夜の幻《まぼろし》が消え去った。

何だ、今のは。

「今年の春、おら初めで向ごうの集落さ行ぐ住職の供をした」健次郎の声が、清子を現実へと引き戻す。「道の途中さ小さなお地蔵さまがある。父ば手を合わせ、読経した。いづもそうしてるそうだ。口減らしで亡ぐなった赤子のだめの地蔵だど聞いだ。あぢら側ばこっちよりもっと貧しいで、ほいなこども珍しくねぇ。育でられねぇどわがったら、埋めでしまうのだど。おらはそれで、おがしいど思った」

源助は健次郎の胸元あたりに視線を据えて、じっと動かない。

「おらも、そうだったんじゃねぇか。埋められで死ぬどごろだったのを、あんだが助げでけさった……違うのしゃ？」

深いため息を、源助はついた。「なすて、本当のごとを知りだがる？」

源助の問いを予期していたかのように、健次郎はしっかりと答えた。

「一昨日、おらに召集令状が届いだ——」

タマに言いつけられて、リツは寒風に首を竦めながら、軒下の焚き口に古い紙と木の皮を突っ込んでいる。

清子とのことが頭から離れなくて、耳がびくびくする。初めて目にしたときから、忌々しいやつだということは肌で知っていた。

あいつには近づくな。嫌なやつだ。敵だ。

だが、その強い思いをあえて封じて話しかけた。健次郎への心配が勝ったからだ。明日、ここを離れる健次郎に、どうしてもお守りをあげたかった。

無情にも払いのけられた手。清子の甲が自分の手と触れた瞬間感じたのは、痛みよりも圧倒的な憎悪だった。

どんなに頼んだところで、お守りは譲ってもらえないと知った。たとえかわりに命を差し出すと言ったとしても、あいつには無駄だと。

なのに、その清子も入る風呂の水を、自分が沸かしている。屈辱的だった。

――リッつぁんは、ちゃんとしたら、誰さ負げねぇぐれぇめんこいおなごなんだば。

爆ぜながら勢いを増していく炎の向こうに、健次郎の笑顔が揺れる。リツは鼻水をすす

＊

った。

元気に帰って来てほしい。そのためには、どうしても、あれがほしい。

リツは炎の具合を確かめて、ゆっくりと立ち上がった。

＊

体を洗い終え、ハナエと節子はいつものごとくお喋りをしている。清子はその輪には加わらず、桶で湯を汲んでは、ちょろちょろと体にかけている。

そうしていると、山での出来事を、ぐるぐると考えてしまう。恥を知らないリツの要求は、思い出すだけではらわたが煮えくり返る。あんな自分勝手な生き物がどうしてこの世に存在しているのか。幼いころから投げかけられてきた「妖怪の目」「敵国民の目」という言葉など、あの子の口から出てきた「お願い」に比べれば、凪《なぎ》の海みたいなものだ。

そして、リツとのやり取りの記憶と同じくらい清子の心を乱しているのは、目の前で交わされた源助と健次郎の会話だった。

召集令状が来たと源助に打ち明けた健次郎は、拾われたときのいきさつについて知りたいというその理由を語った。

――今の家族には感謝してる。んでも、住職の供をして以来ずっと、生みの母のことば頭から離れねぐなった。埋めでしまうのが本来の風習なのに、なすておらは洞の中にいだのが。名前を書いだ紙まで持だされで……。

——聞いでだ話ば嘘《てほ》でねぇだら、本当の母は、おらを殺せねがったのがもしれね。おらに愛情をたがいでけさったがもしれね。ほいな期待をなすてもなげられねぇんだ。

——もっと言えば、おらはあの人ば気になるんだ。あの……見ではいげねぇ女の人。あの人はいづもおらを探してるような気がする。初めであの人を目にしたどぎがら、なすてが情がわぐ。

健次郎が眺めているのは空の星々ではないと、いつかの夜に清子は感じた。彼の話を聞いて、あのときの直感は正しかったと納得した。健次郎は自分を捨てた実母がいるだろう山向こうに思いを馳せていたのだ。

さらに健次郎は言葉を重ねた。

その期待を捨てたいのだと。実母のことなど吹っ切って、心おきなくお国のために尽くすべく準備をしたい。だから、習わしどおりの捨てられ方をしていたなら、そうだと言ってほしいと。

——なによりも、おらは真実知りだいのしゃ。どないな内容んでも、おらは受げ止めます。

虚勢ではなさそうだった。清子は源助が何と答えるのか、ただ黙って待った。

――おめの言うどおり、この爺ば嘘《てほ》をづいだ。

源助は潔く認めた。真正面から問うてきた健次郎に、正直に答えようと肚《はら》を決めた気配が、老人の身から発せられた。

――おめの母親ば優しい女だった……晩夏の夜、細い悲鳴ば風さ流れでぎだ。その日は、山の向ごう側さもう一づある炭焼ぎ小屋さ泊まり込んでだ。耳を澄ますと赤ん坊の泣ぎ声も聞ごえだ。カンテラど鉈をたがいで探りに出だどごろ、猪を狙って掘った落どし穴にはまり込んでだのは、乳飲み子を抱えだ女だった。

――成り行ぎで引ぎずり上げだ。女ば泥まみれだったが、とっさにかばったのが、赤子はおぐるみまできれいなもんだった。それがおめさんだ。女は泣いでだ。一家は窮してで、この子を育でれば、みんなが飢える。んだがら、埋めねばと、さ迷い歩いでだ。んでも、なすてもでぎねぇ。殺せねぇ、生ぎでほしい。どうがこの子を助げてけろど、おぐるみごど託されだ。

――この子の名前は健次郎だど、女は言った。埋める場所を探しながら、女はおめの名前を書いだ紙すらなげられねぇでいだ。断り切れねがった。んだがら、高源寺におめを頼んだ。洞は嘘《てほ》だが、名前はちゃんとおめさんの母親ばづげだものだ。

――うろづいでる女ば母親どは、わしも言い切れん。だが、もしそうだどしたら、優しすぎる心が、子なげに耐えられんかったのがもしれね。

話せることはこれで全部だと、源助老人は目を閉じた。

ハナエと節子は清子を無視して、先に風呂場を去っていった。

清子は一人になれたことにほっとした。今日の入浴は清子らが最後だった。もう少しゆっくりしようと息をつく。一人で風呂の蓋を沈めるのは難しいが、清子は体重をうまく使って湯につかった。

濡れた顔を手で拭い、清子は源助老人の話を聞き終えた後の健次郎の様子を思い出す。

彼は嬉しいのか、悲しいのか、苦しいのか判じにくい、そばにいるこちらが困ってしまうような表情で、しばらく黙っていた。

やがて健次郎は、視線を山向こうへと向けた。心ここにあらずという顔つきなのに、彼の目にはなにがしかの決意が宿っているように、清子には見えた。

――止《や》めでおげ。リツは特別だ。

低い声で制したのは源助だった。

――この季節の夜中の山越えなど、おめには無理だ。できるどしたら、リツだげだっちゃ。

健次郎は応えず、源助に礼を述べた。それから清子を伴い、山を下った。他の子どもたちが作業をしているあたりまで来ると、君の居場所はここだと言うように、みんながいるほうへそっと押しだした。

別れるときまで、健次郎はずっと黙ったままだった。

清子は湯気にけぶる風呂場の天井を眺めて、何度もため息をついた。

気づけば、今日のことを考えているうちに、長湯をしてしまった。清子は少しのぼせ気味になっている自分に気づいて、注意深く風呂釜から出た。絞った手拭いで丁寧に体を拭き、脱衣場に行く。ハナエと節子の姿は、もちろんとっくにない。

唐突に攻撃的な冷気が清子の肌を突いた。温もった風呂場から外に出たときに感じる涼感とはまるで違う冷気が。

脱衣場に、なにかがある。目に見えない微細な棘が、そこいら中に漂っている。

これは——この気配は。

清子は自分の服を入れた籠に目を向け、途端に血相を変えて一足飛びに駆け寄る。禍々《まがまが》しい予感に、指先が言うことを聞かない。重篤《じゅうとく》な病《やまい》でも患ったかのように、荒く大きく震える。籠がひっくり返った。脱いで畳んでおいた服が散らばる。

裸のまま、ブラウスをわし摑《づか》みにして後ろに放る。上着も、もんぺも、下着も。籠をひっくり返し、中を覗く。床に叩きつけてもみる。髪の先から滴が落ちる。衣類の一つ一つを振りながら、もう一度籠へ入れていく。そうして、床を念入りに探り、さらには脱衣場の隅々にまで目を凝らす。

首飾りが消えていた。

指先の震えが全身に広がった。上半身の熱が、冷や汗とともに悪寒《おかん》に変わり、またかっと熱くなる。自分より先に出ていったハナエと節子の意地悪な表情が浮かぶ。二人ならやるかもしれない。

だが、清子の肌を刺す残滓の禍々しさが、それを打ち消す。

あの子だ。あの子がここに忍び込んだのだ。自分は考え事をしていて、少し湯あたり気味だった。そのせいで、戸を一つ隔てた向こうに、あいつがやってきたことに気づけなかった。

清子は服も身につけずに、脱衣場を走り出ようとした。それだけ、頭に血がのぼっていた。問い詰めなければならない、すぐに。

しかし、清子の手がかかる前に戸が開いた。いたのは金井だった。

「なんですか、はしたない」叱責が響き渡った。「いつまでぐずぐずしているんですか。長湯をするということが、どういうことかわかっていますか？　御厄介になっているこのお寺さんの薪が、それだけ減るということですよ。今すぐ服を着て、本堂へ行きなさい」

「でも、先生」

「でも？」

金井の眉が上がった。口答えは許されない。清子は言われたとおりにするしかなかった。ひどく混乱し、いまだかつて経験したことのない怒りと不安、焦燥感は、猛烈な吐き気となって、あっという間に胃の腑からせりあがった。

汚物が床に散った。金井はぎゃっと悲鳴をあげた。

＊

いけないことなのは承知の上だ。源助が話してくれた寓話にもあった。狸《タヌキ》の食べ物を横取りした悪い狐《キツネ》は、崖から転げ落ちて傷つき、いっそう飢えた。猿や熊、猪や兎ら森の生き物たちも、腹を空かした狐になにも与えてはくれなかった。

脱衣場に一つだけ、衣服が入った籠がある。確かめなくてもわかる。いつまでも白いままのブラウス。人一倍丁寧に洗う清子の服だ。

あいつはまだ風呂場にいる。ときおり水音が聞こえる。

リツは先ほどまで焚き口で、湯の温度を保つため炎に薪をくべていた。すると、清子と一緒に入っていた二人が、先に出ていく音を聞いた。

あいつは今、一人きりだ。

リツは唾を飲んだ。心臓がばくばくと激しく動き出す。

きっと、あの中にある。リツは忍び足で脱衣場に入り、籠に手を伸ばし、ブラウスをはぐった。

ためらわなかった。丸い木の塊を摑む。

一瞬、手の中で火の粉が爆ぜたかと思った。首飾りが極限まで熱した毬栗《いがぐり》に化けて、はじけたのかと。リツははっきりと熱と痛みを感じた。

叫び声を飲み込み、取り落とさないよう必死に握りしめたのは、どうしても欲しかったからだ。清子に悟られるわけにはいかなかった。

リツは素早く脱衣場を出た。

人のものを盗んだという事実は、リツを激しく苛《さいな》んだ。感情的な源助の姿など見たことないのに、彼がリツを非難する様が目に浮かんだ。しかし、リツは健次郎の姿を探した。これで健次郎が無事に帰って来るなら、傷つき飢え、みんなに見放される狐になっていい。帰って来た健次郎だけは、優しく笑いかけてくれるはずだから。

それに——リツは一つ言い訳をする——あいつだって悪い。欲しいとお願いしたときに、じゃああげると頷いていたら、こんなことはしなかった。

首飾りを手にしたリツは、どこでこれを渡せばいいのか考えた。健次郎は明日に備えて、部屋で支度を整えているはずだ。部屋の前で呼びかけようか。でも、隣室の信行に聞かれても困る。

今日は早めに床につくだろうから、ご不浄の辺りで待ち伏せていれば、そう経たないうちに姿を見せるのでは。

リツは庫裏と本堂を繋ぐ渡り廊下の隅にしゃがんだ。清子がやって来る気配がしたら、ご不浄の戸の内に隠れようという算段もできた。

ほどなく、思ったとおり庫裏から密《ひそ》やかな足音が聞こえた。健次郎だった。

「健次郎兄つぁま」

「リッつぁん？」健次郎は薄暗がりでもそれとわかるほどに目を見開いた。「なにしてるのしゃ、こいなとごろで」

「兄つぁまになすても」

リツは清子の首飾りを健次郎に差し出した。健次郎はそれを認めて、微かに眉根を寄せた。リツはその変化にいくばくかの罪悪感を覚え、つい視線を下げた。そこで、初めて健次郎の身なりに気づいた。

これから就寝するはずの健次郎が、国民服を着ている。襟巻《えりまき》をし、左手には帽子もあった。どこかへ出かける服装だ。

いったいどこへ？

「リッつぁん、これをどうしたの？」健次郎は首飾りを手にして、囁くように尋ねてきた。

「見だごとがある。東京の清子つぁんのものだね」

清子。健次郎の口からその名が出たとたん、リツの罪悪感はあっけなく霧消した。

「それは」あのとき清子に優しさがあったならば、というありえない〈今〉を、リツは言葉にする。「お願いしたらば、くれだの。それ、お守りなんだって。健次郎兄つぁま、明日行ってすまうがら……」

脱衣場の方から物音がした。誰かが暴れ出したみたいな。リツにはなにが起こったのかがわかる。まだ来るなと念じる。

健次郎の手がリツの頭に置かれた。

「リッつぁん、ありがとう。リッつぁんば優しい子だね。だって、おらのためにもらってくれだんだべ？」

リツは恥ずかしさと嬉しさに俯いた。健次郎は小声で、かつ早口で続けた。

「でもね、これは返さねば。大事そうにしてだがら、清子つぁんはぎっと無理をしたよ。もらったどしても、戦地にはたがいでいげね。壊れだら困っからね」悲しくなってリツが顔を上げると、健次郎はあたりをとても気にするように目を左右に動かし、最後にリツへと落ちつけた。「ただ……そうだ、今晩だけ借りるよ。内緒だんでも、おらはこれがら出がげる。これがお守りなら、心強い。大丈夫、夜明け前までには帰るんだ。んだがら明日、二人で清子つぁんに返すべ。借りだのはおらなんだがら、一緒にお礼ば言うし、無理させだごとも謝るよ」

健次郎はどんどん早口になる。彼は首飾りの紐に頭を通し、左手の帽子をかぶって、念を押した。

「リッつぁん。おらが出がげだごとは内緒だっちゃ」玄関までついてきたリツに言い含める。「必ずみんなが起ぎるまでには、帰ってるんだがらね」

健次郎が靴を履き、ゲートルを巻いている間、リツは「どごさ行ぐの」と訊き続けた。けれども健次郎は「大丈夫、内緒だっちゃ」と繰り返すだけだった。そうして素早く準備を整えると、音をたてずに戸を開けて、体の幅ぎりぎりの隙間をすり抜け、外へ出てしまった。

脱衣場が騒がしい。清子はまだ来なかった。

明日の朝あいつに会ったら、くれたという嘘はばれる。リツは憂鬱になったが、ひときでも健次郎が気持ちを汲んで受け取ってくれたことで、救われもした。ありがとうと言ってくれた。優しい子だと言ってくれた。今だけ借りたいとも言っていた。自分は役に立ったのだ。

リツは用を足して、タマの部屋へと向かった。

それにしても、健次郎はいったいどこへ行ったのだろう？

＊

金井に叱責されながら、清子は自分が汚した床の始末をした。金井は清子が長湯で湯あたりしたせいだと断じ、寺に雑巾を借りることを許してくれなかった。体を拭う手拭いで床を綺麗《きれい》にし、全部終わってから手拭いを洗った。

首飾りがない事実は、清子を打ちのめした。おぼつかない足取りで本堂へと戻る傍らで、金井は布団を敷いて早く寝るようにと、口やかましく念を押した。

脇間では、ハナエと節子がもう布団の中にいた。二人は小声で喋っていたようだったが、清子が戻ってきたのを合図に口をつぐんだ。少しの間をおいて、くぐもった笑いが漏れた。意地の悪さが滲《にじ》み出《で》ていた。清子がふらふらなことにすら、気づいていない。

清子はなんとか布団を敷き、その上にくずおれた。許せない、今すぐにでもあの汚らしい悪党を問い詰めたい。奪ったものを正直に出せ、私に返せと怒鳴りつけてやりたい。でも、体が言うことを聞かない。

清子は布団をかぶって、ひたすら暗がりを睨んだ。開いた目からこぼれる涙だけが、熱を持っていた。

これだけはされたくなかった。絶対に許さない。恨んでやる。この恨みは必ず晴らす。

本堂はいつの間にか静まり返っている。かわりにいつしか、屋根瓦を雨が叩く音がしていた。

物置きに通じるふすまに触れる。川の水を思い出す冷たさだった。霙《みぞれ》に、いや、初雪になるかもしれない。

もはや清子の目から涙は出ていない。瞬《まばた》きもせず、かっと双眸《そうぼう》を見開いたままで、ひたすらに念じる。

許さない。あいつだけは許さない。殺してやりたい。殺してやりたい。殺してやりたい。目の色を理由にハナエや節子、ほかの子たちから、化け物や敵国民扱いをされ、いじめられても、涙しこそすれ、こんなことまでは思わなかったのに。

初めて抱く感情を胸に、清子はその晩眠らなかった。

＊

リツは眠れなかった。ひどい眠気が頭をぼんやりさせているのに、それでも健次郎のことを思うと、なにかがうつつに引き止める。

夜明けに近づきつつある一瞬、リツは敷き布団につけていた額をばっと上げた。星が流れるよりも短く、物音が聞こえたのだ。遠くで誰かが声をあげたと、リツは直感した。とてもよく知っている誰かだ。ただ、その人があんな声を出すのを、聞いたことはない。

空耳だったのだ、鹿が鳴いたのだ、風の音を聞き違ったのだ。リツはそう思い込もうとした。試みはあまりうまくいかなかった。体温がこもる布団の中で、亀のようにうずくまる。リツは口で呼吸し、隣のタマの気配を窺いながら、夜明け前には帰ると言った健次郎の足音を必死に待った。

どれほどの時間が経っただろうか。ついにリツの我慢は限度を超えそろそろと部屋を出て、渡り廊下からご不浄へ行き、用を足した。どこもかしこも冷えた。両腕で自分の体を抱き、廊下に座った。

切っていたが、布団は恋しくなかった。今度こそ鹿の声だったが、なにかの合図
短い笛のような音が、山から駆け下って来た。

のようにも思えた。立ちあがり、裸足のままで玄関に下りる。戸に手をかけ、引いた。外雪は降
は暗闇ではなく、うっすらと白っぽかった。吐く息で眼前がますます白くけぶる。

り止んでいる。

やがて、こちらへ向かってくる乱れた足音が聞こえた。

かわたれどきのおぼろな景色の中、走りくる影は、健次郎よりも背が低い。帽子をかぶっていない。ざんばらの髪が踊り狂っている。

源助はリツの前で足を止め、荒い息を吐いた。髪は後ろに流れ、いつもは隠れている右目が露《あら》わだった。蒼をとりまく白目は血走っていた。リツは老人の袖や裾が普段よりごわついているのに気づいた。濡れて凍ったようだ。右手に握り締められているものを見た。

それは、木でできた丸いものだった。括《くく》りつけられた紐の輪にも霜がつき、小枝のようにぎこちなく固まっていた。

「リツ」

しわがれた声が発せられる前に、リツは駆け出していた。

「行ぐな、リツ」

制止は聞かなかった。いっそう強く地を蹴った。地を薄く覆う霜の冷たさなんて感じなかった。背後で源助が高源寺に向かう足音が、それから悲痛に嗄《か》れた声が聞こえた。

――住職、起ぎでけろ。健次郎が。

リツは山へ分け入った。森は凍え、枝は薄氷を纏《まと》っていた。

源助と首飾りは一度濡れたようだった。だからリツは水のあるところ、すなわち川へ、まっすぐに走った。夜は少しずつ明けていく。川べりに出て、そのまま上流へ向かった。

弱い朝日が木々を抜け、ほろほろとまばらに零《こぼ》れ落ちてくる。その一粒が、リツの前方をおぼろに照らす。

ちょうど川がうねり曲がる箇所だった。内側の浅くなったところに、国民服を着た男がうつ伏せに横たわっていた。両脚の膝下は水に浸《つ》かり、腕は左右とも万歳をするように上に投げ出されている。帽子が外れた頭は少し横を向いており、リツの側からは顔が見えない。

「兄つぁま」

リツは倒れ込む健次郎の顔の方へ回り込み、寝間着の膝をついた。健次郎の顔のほとんどは雪交じりの土に隠れていた。震えて定まらない手で触れたこめかみは冷たかった。歯を鳴らしながら、リツは国民服の肩を押し上げ、見えない顔をこちらへ向かせた。しかし、望むものは現れなかった。

かわりに、目も鼻も口もない、潰れた肉の塊がそこにあった。

第五話 「光」

声が聞こえる。

――リッつぁんは、ちゃんとしたら、誰さも負げねぇぐれぇめんこいおなごなんだば。

優しい声。見えなくても、笑いながら言っているのがわかる。

――リッつぁん、ありがとう。リッつぁんば優しい子だね。

違う、本当に優しいのは兄つぁん。一番は健次郎兄つぁん。だから好き。

――おらが出がげだごとは内緒だっちゃ。必ずみんなが起ぎるまでには、帰ってるんだがらね。

駄目、ずっとそばにいて。

――帰ってるんだがらね。

声は遠ざかる。なにも見えない。真っ暗だ。墨の中にいるようだ。体も動かない。かけっこは得意なはずなのに。

兄つぁんを行かせてはいけない気がする。

しかし、待ってという声が出ない。全身にみるみる冷や汗が滲む。心臓が早鐘を打つ。

こめかみの血管が浮き上がるのが、自分でもわかる。

声が聞こえる。今度は健次郎ではない。女の声だ。違うとわかったとたんに、喉がぎゅっと詰まり、まぶたの裏が熱くなる。

――熱高ぐで、手拭いを替えでも替えでも追いづがねぇ。

――この子もかわいそうに。むごいものを見だべ。

――あれ、どうしたんだべ。思い出したんだべが。

冷たい手が頰を撫でて、濡れたところを拭ってくれる。かさついていて、少しだけ皮膚に引っ掛かる誰かの指。優しいけれど、これは健次郎の手ではないのだ。

*

逃げるような葬式だと、清子は思った。誰にも見咎められぬように顔を伏せ、手短に用件を済ませて、足早に立ち去っていく。健次郎の弔いは、そんな感じだった。

もともと、葬式も質素にするようにという命令は、お上から下っていた。しかし、それを抜きにしても、急ぎすぎだった。高源寺の人たちは集落の誰も呼ばず、身内だけで一連のことを済ませた。住職の読経の間、寒い入側に出された疎開っ子たちを慮《おもんぱか》って、早く済ませたのではない。清子にはわかっていた。自分たちがいなくても、住職は同じようにした。

健次郎の存在を、その死ごと、隠してしまいたいと言わんばかりだった。

しかし、人の口に戸は立てられない。ただでさえ田舎の、誰もが知り合いみたいな集落なのだ。川を流れ下ってきた健次郎の帽子を拾ったのは、国民学校の教師だったと聞いた。小国民の心がけを毎日叩き込む学校の先生ならば、健次郎の行動を快くは思わない。

召集逃れ。逃げようとして滝壺に落ちたのだ。

集落全体に漂う空気が、そう言っている。

山の中で見つかった健次郎の遺体は、朝食をいただいた少しあとに、茣蓙《ござ》に巻かれて帰ってきた。それは玄関ではなく、庫裏の勝手口から運び入れられた。清子は食器洗いの当番だったので、簀《す》巻《ま》きのそれをちらりと見た。住職と信行にそれぞれ頭側と足側を持たれたそれは、靴先が覗いていただけで、他はすっかり隠されていた。

他の子は、露骨に顔をそむけた。そのときはまだ、健次郎を貶《おとし》める空気は、さほどなかった。召集前夜に外出していたという事実で、なんとなく不真面目だという気配は漂っていたが、決定的ではなかった。顔をそむけた子は、死体が生理的に嫌だったのだろう。

清子が目を逸らさなかったのは、少なからず交流があったからだ。真夜中の互いの秘密を知り合い、母を恋う気持ちを共有していた。

前日、健次郎が源助に詰め寄る場にも居合わせた。彼は言っていた。心おきなくお国のために尽くすべく準備をしたい、そのために、母への思慕を吹っ切りたいと。

だから、清子にはわかっていた。恥ずべき行動の末に、健次郎は死んだのではない。源助に命と名前を託した母親の話を聞いたあのとき、彼はなにかを決意したふうだった。

おそらく健次郎は、戦地に行く前に、一目だけでも母らしき人に会いたかったのではないか。源助に止められてはいたが、それでも山向こうの集落へ足を延ばした。行ったところで会えるわけでもなく、ましてや顔も知らない相手だ。見てはいけない女が母だという確証もない。夜中なら寝静まってもいる。けれども、ここが実母の家だろうか、このあばら家の中にいるかもしれないと想像しながら、母かもしれない人のそばに、少しの間でもいたかったのでは。

清子が健次郎なら、そうする。もしも、このまま母とは別れたきりだと告げられたら、なんとしてでも一目会いたいと願う。先日逃げ出した男子のように、夜の汽車に紛れて乗ってでも、東京に帰ろうとする。

最後にほんの少しでも触れあえたら、その思い出だけで強くなれる。別れた後の宝物になる。

健次郎も宝物を探しに行った。逃げるためではなく、これから戦いに行くために。彼はちゃんと帰って、命令を全うするつもりだったのに、何らかの事故に遭ってしまったのだ。それは帰り道だったかもしれない。

とはいえ、清子は弁護にしゃしゃり出るつもりはない。それに、しょせん自分はよそ者の疎開っ子に過ぎないという自覚もあった。

それよりも、あの子。

健次郎の遺体に少し遅れて、担ぎ込まれた。源助の背に負われて。寝間着の上に裸足だった。体中濡れて、泥まみれで、気を失い、ぐったりとしていた。

簀巻きの遺体にも逸らさなかった目を、清子はそのとき逸らした。命のないものより、よほど穢れていた。にもかかわらず、摑みかかって身ぐるみを剝ぎたい衝動もあった。盗んだ首飾りを隠し持っているはずだと、確信していたためだ。

首飾りは結局、源助の手から戻って来た。

あのあと洗い物を終えて本堂へと戻り、座卓を前に教科書を読むともなくめくっていたら、庫裏のほうに、あなたを訪ねてきている人がいると、金井に呼ばれた。なにごとかと玄関から出てみれば、門扉《もんぴ》の脇に源助が立っていた。

源助は清子の元へ歩み寄ってきた。彼の衣服は湿って重たそうだった。髪の毛は濡れたものを無造作に乾かしたように、普段よりいっそう粗雑《そざつ》な印象だった。

寝藁を発酵させたような独特の臭いを、源助から嗅ぎ取ったところで、源助が垢じみた手を差し出してきた。

手には首飾りがあった。

清子は礼を言うのも忘れ、それをひったくった。首飾りは冷え切り、湿っていた。渦を巻くように彫り込まれた紋様には、砂や土がついていた。清子はそれらを急いで指で払った。息を吹きかけ、温め、さすりもした。弱って体力をなくした仔猫《こねこ》にそうするように。長い夜の間で、熱を持ち、腫《は》れぼったくなった目が、清子自身どうすることもできないうちに潤み、あふれる滴がとめどなく落ちた。

源助がぼそりと言った。

——おめが怒《ごしゃ》ぐのはわがる。あの子の想いが、あれほど強がったどは……そごまでは読めねがった。

それを聞いて、尋ねずにはいられなくなった。これはあの子が持っていたのかと。リツが盗んだことに、清子は確信を持っていたが、それでもなお訊いたのは、もしあの子の肌に長いこと首飾りが触れていたのならば、石鹸がなくなってしまうとしても、きれいに洗わねばならないと思ったからだ。

源助は首を横に振った。

——盗《と》ったのは……あの子だ、リツだ。だが、たがいでだのは違う。健次郎だ。健次郎が首にがげでだ。あれを川がら引ぎ上げだどぎ、見づげだ。んだがら、おめに返すために取った。

健次郎の詳しい死因について、なに一つ聞かされていなかった清子は、ここで初めて川に落ちたらしいと知った。だから、お守りも源助の衣服も濡れたのだ。やはり山道の行き帰りで事故に遭ったのだと思っていたら、源助が思いがけないことを言い出した。

――許してけろどは言えねぇ。おめも許せねぇべ。んでも、あの子がおめに頼みごとをしたら、一度でいい、聞いてけねぇか。一度でいいがら。

清子は耳を疑った。首飾りをくれとせがんだあれが、あの子の頼みごとではなかったのか？

――何度ねだられたって、絶対にあげないわ。

――いや、そうでね。ほんではねぇの。ただ、いづがあの子が……。

源助の言葉を最後まで聞かず、清子は立ち去った。そして皮膚が切れそうなほど冷たい井戸水でお守りを洗い流した。腰の手拭いで丁寧に水気を取り、まだ湿り気の残る紐を頭に通し、首飾りを大事に懐に収めて、飽くことなく体温を移し続けた。

服の上から手で押さえていると、首飾りが息を吹き返すのがわかった。命を持ったもののように内側からほのかな熱を持ち、温もりを伝えてきた。

本堂に戻っても、その日の清子は授業などそっちのけだった。一度は失った宝物が戻って来た安堵感は深く、昼間だというのにいっそ眠ってしまいそうになるほどだった。

だが、だからといって、リツを許すなど到底できなかった。

その日、配膳や後片付けで庫裏に足を運ぶ機会が多かった清子は、リツが高熱を出して寝込んでいるらしいと聞いたが、気持ちは微塵《みじん》も変わらなかった。

むしろ。

――罰を受ければいい。

命と同じほど大事な、母からのたった一つの贈り物を、盗んだのだ。報いを受けないほうがおかしい。生まれて初めて抱く激しい感情は、時が経っても揺らがなかった。

慌ただしく健次郎の葬儀を済ませても、リツの熱は下がっていないようだった。

あれから二日経つ。

このまま死んでも哀れまないと、清子は暗く思った。

＊

軽い足音が近づくごとに暗闇が徐々に薄まり、まどろみは退いていく。ふすまが開けられる。人の気配が感じられる。

「リツ、ちょっとだげでも食いなさい」

タマに背を支えられて、リツは上体を起こされる。なにかが唇に当てられ、少しだけ口を開くと、とろりと温かいものが流れ込んできた。重湯《おもゆ》だった。お腹は全然空いていなかったが、重湯のさじは優しく続く。リツは目もまだ開かない鳥の雛のように、そのたびに飲んだ。

飲み込むたびに喉がひどく痛んだ。思わず顔をしかめたら、タマが尋ねてきた。

「もう要《い》らねぇがい？」

頷いたが、やんわりと「あど一口飲みなさい」と言われた。

「食わねば、治らねぇがらね」

「あと一口」は、促されるまま三口になり、五口になった。重湯が胃の腑に流れ落ちていくたびに、ふわふわした頼りない体に重心が生まれる気がした。

やがてリツが咳《せ》き込んでしまったので、重湯は終わった。

「まだ後にするがい？」

頷く背中を、タマの手がなだめるように行き来する。

「汗をがいだね。着替えっぺ。さっぱりすっからね」

リツはされるがままに浴衣や下着を脱ぎ、体を拭かれてから、新しいものを身につけさせられた。最初はひやりとしたが、洗ったばかりの浴衣が馴染《なじ》むと、とても心地よくなった。

寝かしつけられて、またまどろみかける。額の手拭いを冷たいものに取り替えたタマが離れていこうとしたので、リツは掠《かす》れる声で尋ねた。

「……兄つぁんは?」

「え?」

「健次郎兄つぁんは……帰って来だ?」

「リツ」タマの声は、今まで聞いた中で一番優しかった。「おめは養生してなさい」

「……婆つぁま?」

言葉を詰まらせたタマを怪訝に思うが、タマはもうなにも言わなかった。先ほど替えたばかりの、額の手拭いをひっくり返して、静かに部屋を出ていった。

リツは熱い息を吐く。体中が痛い。健次郎がいたらと思う。ふすまの外からでも声をかけてくれたら、本当にすぐにでも元気になる。

リツの意識は、再び夢うつつをさまよいだす。

――あの子は覚えでね。とりあえずは黙っとぐべ。

――んでも、いづがは知れでしまう。

――元気になるまでは……。

タマとサトの声がふすま越しに、とても微かに聞こえた。

タマやサトが部屋にやってくるたび、リツは重湯を与えられた。ときどきは、なにかを煎《せん》じた苦い薬湯も飲まされた。喉の痛みをこらえてそれらを胃の腑に落としては、また眠ることを繰り返していくうちに、リツの体はだんだんと良くなっていった。

頭がはっきりしてくると、リツは健次郎のことが気になって仕方がなくなった。風邪をこじらせて意識がもうろうとしている間、ずっと嫌な夢を見ていたのだ。

夢だから、明確な筋立てはない。ただ、健次郎に良くないことが起こっている。それだけはわかった。不吉でおぞましくて、リツは夢の中で何度も悲鳴をあげた。

寝返りを打ち、リツは布団の中で体を丸める。だるさは残っているが、熱とともに体中の節々の痛みも、おおむね引いた。

どのくらい、寝込んでいたのだろう？

ちょっとした風邪をひくことはあったが、伏していた日の数が自分でもわからないほどこじらせたのは、初めてだ。

体温がこもった布団に、さらに潜り込み、リツは記憶をたどってみる。

覚えているのは、玄関で靴を履き、ゲートルを巻いて出ていく健次郎の後ろ姿だ。夜、一人でどこかへ行った。お守りを渡したくて待ち伏せていたから、運良くつかまえられたものの、そうしていなければ、リツにも知られぬように出ていったはずだ。内緒だと言い含められた。

そして、必ずみんなが起きるまでには帰ると言い残した。

あれから、帰って来たのか。

健次郎は嘘をつかない。だったら、帰って来たはずだ。なのに、そのことを覚えていない。朝のことがわからない。いや、朝になる前から。

甲高く鳴く鹿。足の裏の冷たさ。ざんばらの髪を振り乱して駆けてくる影。

リツは顔をしかめた。頭がひどく痛んだのだ。まるで誰かが頭を釣り鐘に見立てて、撞《しゅ》木《もく》で突いたかのようだった。

健次郎が出ていった後のことを思い出そうとすると、頭が割れそうになる。

リツは髪の毛を引っ張った。皮膚の痛みで紛らわせなければならないほどの痛みだった。この痛みが少し引いたら、もう一度、健次郎のことを思い出そう。そう決めて、眠ることにした。

眠りに落ちる間際、寂しさがかまいたちのようにリツの心を切った。

健次郎が出ていった夜は、とうの昔に明けてしまったはずだ。出征する健次郎を、自分は見送ることができなかった。具合を悪くして訳がわからなくなっているうちに、健次郎は行ってしまった。

行ってしまったのだ――リツは枕に顔を押しつけ、洟をすすった。

「健次郎兄つぁんは、もう行ってすまったのしゃ？」

こう問うと、タマは必ず顔を曇らせる。けれども、リツは問わずにはいられない。

「兄つぁん、なにが言ってだべ？」床に伏していた自分を、気にかけてくれただろうか。

「……おらの風邪のごとどが」

リッちゃんに行ってきますの挨拶ができなくて残念だとか、よろしく伝えてほしいとか、帰ってくるまで少し待っていてとか、そういう自分にあてたことづてがあれば、嬉しい。

タマは窓の外を見やる。外は明るい。晴れているらしい。

「……もうだいぶん良ぐなったね、リツ」

リツは頷いた。「頭や体中痛えのは、ほどんど治ったっちゃ」

一時期は、ご不浄に行くときに、タマやサトの手を借りなければいけなかった。だがそれも、今は少しふらつくくらいだ。昨日からは、一人で歩いて行けている。

リツが平らげた雑穀の粥の椀を、タマは盆の上に載せた。

「婆つぁま……健次郎兄つぁんは」

続きを遮るように、タマが言葉をさしはさむ。

「リツ。おめ、明日の朝がら、みんなど一緒さ食われるがい？」

「うん……きっともう大丈夫」

「じゃあ、そうなさい。いづまでも寝でばかりじゃ、だらしがなぐねっからね。んでも、まだお風呂は無理だがら、今晩婆つぁんが、おめをきれいに拭いでける。髪の毛も梳《す》いでける」

「ありがとう、婆つぁま」

タマはリツの目をじっと見つめて、頭を撫でた。


湯の入ったたらいが、タマとサト二人によって部屋に運び込まれた。黒い覆いをかけられた小さな電灯の下、何度も体を手拭いで拭かれ、リツはくすぐったさに身をよじった。同時に、清められていくことが気持ち良くもあった。病はまるで嵐のようだった。リツの体をいいように翻弄し、爪痕《つめあと》を残して去っていった。風が吹きすさんだあとは、枝から離れ、くたびれ果てた落ち葉や小枝が、地面に数多く落ちているものだ。リツの体にも、汗や垢、または目に見えない病の瘴気《しょうき》みたいなものが、こびりついていた。それをタマは、丁寧に取り除いた。

「痩せだねえ」タマの手が、あばら骨が浮いたリツの脇腹を、いたわるようにさすった。

「もどもど細っこがったげどねえ。元気になって良がったよ」

清潔な下着と浴衣を着せられたリツは、タマから畳に正座するように言われた。乾いた別の手拭いが肩にかけられた。タマはリツのおかっぱの髪に、目の細かい柘植《つげ》の櫛《くし》を何度も通した。最初のうちは櫛の目に髪が絡んだが、そのうちにどこを通してもするりと抜けるようになった。タマは櫛を湯につけて濡らしながら、リツの髪を洗ったようにしてしまった。

「リツ」タマはリツの肩にかかった手拭いを取ると、そのまま背後からこう尋ねた。「本当に覚えでいねぇのがい？」

首を回して、リツはタマの顔を見る。「なにを？　婆つぁま」

「あの日の……朝のごとだっちゃ」

何度も思い出そうとしたが、うまくいかなかった。また、思い出してはいけない気もした。焼けたものに触れかけたら、反射的に手を引っ込めるように、望む記憶に辿り着きそうになったら、これ以上近づいてはいけないと本能が叫ぶ。頭が痛くなったり、胸がむかむかしたりする。

「寺を出で山さ行ったのは、覚えでるのがい？」

「山？」

「リツ、おめはね。おめは……」

しかし、タマは唇を震わせたのちに、ため息をついてしまった。長い年月働き続けた両手でリツの頬を軽く挟むと、

「今日はもう寝なさい。明日、教えっから」

と言って、リツを寝かしつけた。

翌朝、リツは身支度を整えて居間に行った。朝食を待つ住職と信行が、すでに座卓の周りに座していた。健次郎の姿はなかった。やはり自分が体を壊している間に寺を出ていったのだと、リツは思った。

鼻の付け根に熱と痛みが生まれ、自然と顔が下を向いた。リツは高源寺の皆に挨拶をし、病になる以前のように末席に座った。住職たちからかけられた声は、あまり耳に入らなかった。

そんなリツに、タマが耳打ちをした。

「ご飯をいだだぐ前、お仏壇さ手を合わせでぎなさい」

庫裏にも仏間があり、高源寺の人々は毎朝欠かさずそうしているのだった。リツだけは、朝早くから山へ飛び出してしまったときなどに、おろそかにすることもあり、それが続くと誰かが見かねて、手を合わせてこいと注意する。

リツは素直に従った。寄り添うように、タマがついてくる。

「婆つぁま、ちゃんと南無釈迦牟尼仏《なむしゃかむにぶつ》するよ」

信用されていないのかと思い、そう言ったものの、タマは額の皺を深くしてそばを離れない。

仏間のふすまを開ける。よく磨かれた仏壇の戸は開け放たれて、いつもと同じように水の入った椀が供えられてあるのが見える。

しかし、いつもと同じではないものが、座布団の前に置かれていた。畳んだ国民服と、帽子だった。

リツはゆっくりと仏壇に近づき、帽子を手にした。国民服の胸元が帽子の下から現れた。名札が縫い付けられていた。

『那須野健次郎』

名前を読んだリツは、背後のタマを振り向いた。タマは声を出さずに泣いていた。老女の、染みの浮いた左右の手が、正座した太腿《ふともも》の上で固く組み合わされた。

「もう、なにもが済ませでしまったんだっちゃ」

喉で絡む声を、リツは無理やり吐き出す。「なにを？」

「葬儀だっちゃ」

誰の？　と問うかわりに、リツは手の中の帽子を見た。

庫裏と本堂を繋ぐ夜の渡り廊下で、自分は待っていた。健次郎に渡すものがあったのだ。姿を見せた健次郎は、仏壇の前の国民服を着ていた。帽子も持っていた。

――リッつぁん。おらが出がげだごとは内緒だっちゃ。必ずみんなが起ぎるまでには、帰ってるんだがらね。

「健次郎は、あの世さ旅立ったのしゃ、リツ。おめだって、見だべ？」

薄く雪をかぶった山、森の枝先。弱い朝日が零れ落ちて、なにかを照らしていた。なにかを。

「噓だ」

違う、あれは夢だ。具合が悪くて訳のわからない夢の中の出来事だ。

「噓だっ」

リツは寺を飛び出し、山へと疾走した。

体力が落ち切った体で山を駆けのぼり、源助の小屋に飛び込んだ。熱く爛《ただ》れたような喉の痛みを感じながら、荒い息を吐く。

「爺つぁま」乱れる呼吸も整えず、リツは質した。「健次郎兄つぁん、兄つぁん、どうしたの？　どうなったのしゃ？」

源助はリツを見つめた。

「健次郎は、死んだ」源助は言った。「頭さ蓋をしとるだけだ、リツ。本当は覚えてっぺ。見だはずだ。健次郎の最期の顔ば」

リツの頭の中にかかっていた靄《もや》が、源助の言葉で切れてゆく。

「リツ。逃げではいげね」

俯《うつぶ》せに倒れ込む健次郎の姿。すぐそばに膝をついて、こめかみに触れた。その冷たさ。

体を動かした。肩を押して、土に隠れた顔を確かめようとした。

そして、目も鼻も口も失った肉塊を見た。

潰れていた。泥まんじゅうを地面にぶつけたみたいに。元の形なんて一つもわからないくらいに。

ああ、見た。触った。

源助が立ち上がった。その源助が、斜めになる。リツは目をつぶる。このままずっと眠りたい、健次郎のところへ行きたいと、すべてが真っ暗になる寸前に、ちらりと思った。

＊

小春日和《こはるびより》というのは、こんな日をいうのだろう。清子は縁側に立って空を仰ぐ。陽射しは柔らかく、冷気の棘がない。風は緩く、ほのかな温もりがある。

初雪が降った夜は、このまま冬になるのかと思うほど寒かったが、季節は行ったり来たりするものだ。あの夜と比べれば、一ヶ月は時間が戻ったような陽気だった。

ただ、こんな日も長くは続かない。清子は東京にいたときよりも、季節の移ろいをはっきりと感じていた。長くここにはいたくないという思い、あるいは春を焦がれる気持ちのせいで、空や草木の色、自然の匂いや音の変化に敏感になっているのかもしれなかったが。

うっかり迷い込んだような、暖かな日和の向こう側に、先だっての寒気が息を潜めているのが、清子にはわかった。次に寒くなれば、こんな優しい風は春になるまで吹くまい。

本堂のふすまの向こうでは、浮き立つようなざわめきが聞こえる。お昼の時間なのだ。庫裏で用意された薄い雑炊と少しの漬物が、今ごろ運び込まれていることだろう。

本堂に入る。鍋から雑炊を子どもらによそう金井のところへ、自分の椀と皿を持っていき、雑炊と二切れの糠漬けをもらった。

「ありがとうございます」

清子はいつもの端の席で、ゆっくりと味わいながら、少しずつ雑炊をすすり、糠漬けを齧《かじ》った。

そういえば——清子はぼんやりと思いだす——今日の朝ご飯のとき、久しぶりにあの子の気配が感じられた。こうして同じように、雑炊を食べていたら、あの子だけが持つ、自分とは相容《あいい》れない特徴的な空気が、庫裏のほうで突然暴発したようになったのだ。あの子にとって衝撃的な出来事があったのだと直感した。

伏せっていた状態からは回復したらしい。忌々しさが募った。

「午後は焚き木拾いの日です」金井が高らかに言った。「冬はもうすぐそこです。雪に覆われてしまっては、燃料になるものは拾えません。これが最後の機会と思って、たくさんしっかりと拾うように」

ハナエと節子がこっそりと顔を見合わせ、不安げな表情を作った。健次郎の遺体は山から運び込まれてきたことを、一同は聞き知っているのだ。

清子は静かに箸を置いた。

午後、上着を着た疎開っ子たちは、先行する地元の子たちに続いて山へと向かった。地元の子らの中に、リツはいなかった。麓で教師らが号令をかけると、子どもたちはいつものとおりに落ちた枝を探して森へ分け入った。疎開っ子は大概麓に留まるが、今日に限っては、男子たちが地元の子に負けじと奥を目指した。不幸が起こった場所への、ちょっとした冒険心からだろうか。女子の方は放っておいてもよかろうとみなしたのか、金井は男子と一緒に山を登った。

清子も山深くに足を進めた。かといって、男子や金井と行動するのでもなく、常のように一人で焚きつけとなりそうな枝や木の皮を探した。川の音が聞こえてきた。あの子と対《たい》峙《じ》した後、夢中になって手を洗った川の水は、ひどく冷たかったが清く澄んでいた。

水の近くにいれば、体や服が汚れてもすぐに何とかできると思った清子は、音の方へと寄った。あまりにそばだと、拾った枝なども湿ってしまうので、適度な距離を保つ。

地面に目を凝らすと、二つに割れた蹄《ひづめ》の足跡が、うっすら見えた。清子は上流へと遡《さかのぼ》っていくそれをたどった。獣道なのか、歩きやすくもあったのだ。

川に近づいていないのに、しだいに水音は激しくなる。音が空気を揺るがし、体内にまで響いてくるのがわかる。

他の子らと少し離れすぎたか、そう思ったとき、木々の間から滝が見えた。引き寄せられるように、清子は滝に近づく。

よくある田舎の山の中で、その滝は場違いなほどに立派だった。仰ぎ見る滝口は、健やかに育った高木の梢と遜色《そんしょく》ない位置にある。幅はそれほどでもないが、水量は申し分ない。透明な水が高みから勢いよく、滝壺へと一直線に落ちていく。滝壺の昏《くら》さに反して、高所にある滝口や、落ちながら振り撒《ま》かれる細かな飛沫は、陽射しを撥《は》ね返して輝き、まるで現世と常世《とこよ》の境目にあるかのように荘厳だ。

疎開して初めて、目を奪われるものを見つけた清子は、しばし我を忘れてその場に佇んだ。

しかし、突如リツの気配が清子を襲った。しかもそれは、今までにないほどの悪意に満ちて、津波のごとくになだれ込んできた。

はっと視線を向けた先に、痩せた少女の黒い影があった。影は滝の脇の身も竦むような岩場を、猛烈な速さで降りてきた。両手両足を駆使した少女の動きは、人間とは思えなかった。

リツはすぐに目の前まで迫って来た。そして、すぐそこまで来ても止まらなかった。

「おめが来だがら」

清子は滝壺へと突き落とされた。

＊

源助の制止を振り切り、リツは小屋を飛び出した。追いかけてくる源助との差はすぐに開いた。

源助の小屋で気を失っている間、リツはもうろうとしながら、封印していた光景の一つ一つを嫌というほど見た。受け入れがたい感情を慰めてくれるものはなにもなく、持て余したそれらはやがて、残らず『憎悪』へと変換された。

あいづのお守りのせいだ。あいづのお守りだったがら。あいづが呪いばがげでおいだんだ。んだがらこうなった。あいづがこごさ来でがらなにがが変わった。滑らがなものがざりざりになった。山の空気騒ぎ出した。嫌なやづ、嫌なやづ。

あいづさえ来ねば令状だって来ねがったんでねぇが。あいづが全部悪い。

死ねばいい。

目覚めたとき、源助の小屋の突き上げ窓から差し込む陽の色は、既に昼過ぎのものだった。自分を見下ろす源助と目が合った。

「リツ、いげね」

リツは聞かなかった。跳ね起きて小屋を駆け出た。清子を殺すつもりだった。どこにいるのか。寺か。無我夢中で山中を走り、川を渡り、滝の上に出たところで、目指すものを見つけた。

殺してける。殺せば元さ戻る。健次郎兄つぁんも帰ってぐる。だって全部あいづのせいなんだがら。

清子は驚いた表情をしていたが、その瞳の蒼の中にははっきりと嫌悪が表れていた。その目を見るのが、いよいよリツには耐えがたかった。

「おめが来だがら」

こんなことになった。いなくなれ。永遠に水の底に沈め。

清子の体は、怒号のように落ちてくる大量の水を受けて、すぐに見えなくなった。

「来だがら悪いんだ」

——リツ。おめさんさいづが特別な日来るよ。本当だ。

胸を躍らせて待っていたのが、あいつと出会う日だったなんて。

昏い滝壺を凝視する。水はとめどなく落ち、滝壺深く潜り込んでいく。

突然、リツは横から腕を摑まれ、頰を張られた。

「愚か者《ほでなす》が！」

首飾りを盗ったとき、自分を非難する源助をリツは想像した。だが今の源助は、その想像をはるかに超えた憤りを露わにしていた。どんな悪さをしても、源助にぶたれたことはなかった。そこで、リツもようやく憑《つ》き物《もの》が落ちたようになった。

——おら、なにしたの？

「おおい、誰が。誰がいねぇが。誰が来でけろ」

法螺貝《ほらがい》のように、源助の声は山の中で木霊《こだま》した。源助は聞いたことがないほどの大声で、人を呼び続けた。すると、少しして枝を抱えた男子が二人、姿を見せた。

源助は性急に彼らに命じた。

「大人の男さ呼んでぎでけろ、大急ぎでだ」

戸惑い顔の少年らを、源助は一喝した。「早ぐ行げ！」

二人の少年は山を駆け下りていった。

入れ替わりに、金井と数人の男子がやってきた。女教師が訊いた。「どうしたんですか？」

「わらすが落ぢだ」

「えっ」金井は血相を変えて水際に走り寄った。「誰が。どの子が落ちたんです」

「浜野清子だ」

金井は両手で口を覆った。「どうして」

源助の声を聞きつけたのだろう、山に入っていた子たちが、一人、また一人と集まってくる。男子だけではなく、足元を気にしながら女子まで来た。

「集落の人に聞いたことがあります」金井の声はわなないていた。「この滝壺に落ちたら、命はないと」

子どもたちがざわめく。いつしか人を呼びに行った少年たち以外はすべて集まり、恐る恐る、あるいは興味深げに滝壺を覗き込んでいる。

滝壺は、夜よりはるかに昏い。なにも見えない。ざわめいていた子どもたちが静まり始める。水と風の音だけが聞こえる。

少年らが集落の男を三人連れて戻ってきた。力がありそうな若い男は信行だけで、他は高源寺の住職と初老の農家の主《あるじ》だった。皆、息を切らしていた。

「こごは、助げには入れね」信行が滝壺の渦を睨んで、言葉を絞り出した。「入った者も溺《おぼ》れでしまう」

——渦さ沈んで、浮がんでごねぇ。

金井が地面に膝をついた。なす術はなかった。リツは自分の両手を見た。この手で清子を落とした。この手が人を殺した。

鳥が滝の上を飛んだ。初冬の陽は早くも落ちかけ、山の中は黄昏《たそがれ》の色に染まりつつある。

「はずはねぇ……」源助がひとりごちた。「ここで死ぬはずはねぇんだ」

そのときだった。

一人の女子が短い悲鳴をあげた。リツは目を疑った。闇深いはずの滝壺から、一閃《いっせん》の光が生まれている。

光は水面をくぐるように川下へと流れていく。源助が川沿いにそれを追いだした。少し遅れて、他が続いた。

山中を流れ下りながら、光はだんだん弱く、ゆっくりとなった。

「おなごだ。おなごだぞ」

リツにもそれが見えた。滝壺から離れ、水が浅くなるにつれ、流れる人影がはっきりとなる。もんぺを穿いた両脚。おさげが解《ほど》けた髪。

足元の悪い中、皆が駆け寄るより一足早く、清子は導かれるように川岸に打ちあがった。

清子の胸元で輝いていた光は、消えようとしていた。

第六話 「交」

昏いと思ったのに、昏くない。瞼を透かして眩しいものが胸元にあるのがわかる。冷たいけれど、寒くない。水は優しい。包み込まれながら、流れていく。運ばれる。自分の体が優しく地面に押し上げられ、水の流れを感じなくなったとき、清子は少し寂しく思った。

――浜野さん、しっかりなさい。

声が聞こえる。硬くいかめしい女の声だが、口調は慌てふためいている。眼鏡《めがね》の女の顔が、まなうらに像を結ぶ。他にも人の気配が近づいてくる。

私はどうなったんだろう。

「浜野さん、しっかりなさい」

金井が川岸に流れ着いた清子に駆け寄る。信行や他の男たちもそうした。疎開っ子たちはすぐには近づかなかった。しかし好奇心はあるのだろう、じわじわと距離を縮め、大人の背中越しに様子を窺う。

リツは源助のあとにぴったりついて動いた。源助は老いを感じさせない機敏な動きで、清子の傍らに滑り込むように膝をついた。リツは立ったままでいた。

清子の胸元で発光しているものを、リツは見つめた。目が眩《くら》みそうなほどの光を放っていたそれは、今やすっかり鎮まり、燃え尽きかけた炭のようだ。だから、その形がはっきりとわかった。

光っていたのは、はだけた胸元から覗くあの首飾りだった。

「目を開けなさい、浜野さん」

——目を開けなさい、浜野さん。

胸元にあった眩しさは、はっきりと弱まりつつある。消えてしまいそうだ。悲しくなる。いろんな声が呼びかけてくる。体がさすられ、拭かれる感触を覚える。水の気配が消えていく。

やめて。

清子は全身の表皮に痛みを感じた。

大人たちが大声で呼びかけ、体をさすったり、手拭いで拭いたりしている。清子は身じろぎもしない。しかしリツにはわかる。心はうごめいている。生きている。だって自分の耳がこんなに騒ぐ。

清子の瞼が、ぴくぴくと痙攣し、ゆっくりと開かれた。

夕暮れどきの森の中、清子の目の蒼はいっそう異質だった。金井ですら腰が引け、尻もちをついた。

蒼の眼球は、居所を知っていたかのように、ぐるりと動いてリツを捉えた。

瞬間、ぱん、と固いものが破裂する音がして、光を失った首飾りが砕けた。

＊

清子の眼前は、真っ暗になった。だがそれは刹那《せつな》のことで、その次には自分の胸から飛び散っていく木片を、はっきりと見た。

壊れた。粉々になった。

欠片の一つが、川面に落ちた。そのまま流れていく。

清子は飛び起きて、それに手を伸ばした。届かなかった。辺りを見回した。石や湿った土、落ち葉の上に散らばった首飾りの欠片を、這《は》いつくばって夢中で集める。

まだだ。全然足りない。どうしよう。

手の中の欠片の一つが、指の間から零れ落ちた。

そうして、ふと気づく。さっきまで、大人たちの声がしていた。呼びかけられ、体を拭かれていたはずだ。特に近くから聞こえたのは多分、金井の声だった。でも今はしない。

はっと顔を上げる。リツがいた。いや、リツしかいなかった。他のみんなは消えていた。

リツは川べりのニレを背にして立っていた。その視線の先を追う。川が流れている。水面には森の木々の影と、炎の色をした光が落ちていた。光は常に動き、形を変え、水とともにはじけた。烏《カラス》が鳴いた。見上げると、里からねぐらへ戻ってくる無数の黒が、金に縁どられた紅の雲にまだらを作っていた。

空と枝先が触れ合うところを風が駆け抜け、それを合図に辺りは宵の気配が濃くなった。

――国民学校の先生は、アメリカやイギリスを悪いやづって言う。んでも、おらは、あのわらすのほうが好かね。

リツの声が、直接頭の中に響いた。清子はリツを見据えた。リツも大きな瞳でこちらを睨みながら、敵意を示すように顎を引いて言った。

「おめ、なんでこごさ来だ」

ここというのは、山のことか。それとも、疎開のことか。ただ、どちらにしても清子の答えは一つだ。

「好きで来たんじゃない。でもお上の命令なんだから、私がここにいるのだってお国のためよ。帝国民はみんな心を一つにして戦っている」いつもは気弱な清子もリツにだけは負けたくなくて、必死で声を振り絞った。「でも、あんたは違うのね。米英より私の方が嫌だなんて」

「じゃあ、戦争がながったら、おめに会わずに済んだんだ」リツは鼻の付け根に皺をよせ、犬歯を剝《む》きだした。「おめもいながったし、健次郎兄つぁんも」そこで一転、口がへの字になる。「兄つぁんとも、ずっと一緒にいられだのに……なんで戦争ばしてるんだべ？」

「なんでって……お国のためよ。そう学校で習わなかったの？」

リツは頭を振った。「おめにはわがらね。兄つぁんはおらに優しくしてくれだ。んでも、いなぐなってすまった」

「みんな我慢している。あんただけが辛い顔をするのは甘えよ。弱いんだわ」

「弱えだって？　おらは弱ぐね。おめだって」リツは怒鳴った。「おめだって、戦争してなげれば、家にいられだでねぇが！　いづだってしみったれでで、こいなとごろ嫌だって顔をして、みんながらも除《の》け者で、泣ぎそうになってるぐせに。本当は帰りだぐで仕方ねぇぐせに！　弱虫！」

家。お母さん。

——お母さん、私やっぱり。やっぱり、東京に残りたい。

その母からもらった首飾りはもう……。

——これは、お母さんのかわりにあなたを守るものよ。あなただけのもの。あなたのためだけに、お母さんが作ったの。

私だけのために、大黒柱をくりぬいてまで作ってくれたのに。

清子は必死にかき集めた首飾りの欠片を、泥ごとリツにぶん投げた。

「あんたのせいで、壊れたじゃないの！」

あんなにあっけなく。どうして。私はなに一つ悪くないのに。清子の唇は震えた。張り上げる声も揺れた。

「大事な……お母さんからもらった、なにより大事なものだったのに！　あんただって、わかってない。あんたと私は違うの。あんたは拾われ子だから。親に捨てられたみなしごだから！　だからわからないの！　あれがどんなに大事だったか！」

リツは唇を噛んだ。

「みなしご……」

「そう、みなしご。私には立派なお母さんがいる。あんたとは違うわ。だから、あんたはこんなひどいことができた。盗人《ぬすっと》みたいな真似《まね》も、人を滝壺に突き落とすことも！」

反論できるほど、リツは頭が回らないらしかった。憎々し気に清子を睨みつけるだけだった。清子も同じように視線を返した。すると、リツは自分の足元からなにかを拾い上げ、放ってよこした。

清子は放られたものを見た。

それは土と同化してしまいそうな色合いをしていた。しかし、よく見ると若干色が薄く、どこかしら透明感もあるのだった。形は丸っこく、大きさは親指と人差し指で作る輪くらいだ。

そして、中心部へ向けて弧を描きながら収束していく線があった。

清子は大事な首飾りに似たそれへ、自然と手を伸ばしかけた。

「やだ」

清子は慌てて手をひっこめた。それは蝸牛だった。驚いた清子の目の前で、ぬらぬらした軟体が長い眠りから覚めたように体を伸ばし、不気味にうごめいた。

「あげる。そいづをかわりに首がら下げだらいい」

リツは言い放った。蝸牛は清子の靴を這い上がってきた。清子は胸が悪くなった。払いのけたくても、気持ち悪くて手が動かない。山寺での生活で、多少の虫には慣れたつもりだったが、その蝸牛は特別な力を持っているかのように、清子を本能的に怯《おび》えさせた。

蝸牛が体をくねらせ、殻が傾いだ。清子の目に、殻の渦巻きが再度飛び込んできた。

――かわりにあげる。

リツの声が、再び頭で響く。渦巻きの模様が時計回りに動き出す。渦巻きはこちらへ迫ってくる。蝸牛が肥大しているのだ。清子はたまらず目をつぶった。そうすると、自分自身がぐるぐると回転している感覚に陥った。

清子は回りながら暗闇に飲み込まれた。滝壺に落とされたときとは異なり、今度は本当に真っ暗だった。自分を優しく取り巻く水も、瞼を透かして励ましてくれる光もなにもない。清子は猛烈に寂しくなり、こみ上げる涙を抑えることができなかった。

誰かの手が目尻を拭った。

目を開けると、見慣れない天井と弱く光る電灯が見え、老女が自分を覗き込んでいた。

「目が覚めだげえ？」

涙を拭いてくれた手が、そのまま清子の頬を撫でた。その皮膚は硬く、積み重ねてきた労働の年月を物語っていた。

「大変だったねえ」

庫裏の台所で見かける住職の母だ。名前は確か、タマといったか。清子は自分にかけられている布団を手で探ると、顎まで引き上げた。普段使っている冷たく薄っぺらいものとは違う、手触りの良い、清潔そうな布団だった。客人用かもしれない。

「もう大丈夫だっちゃ。さっき、村医者の先生にも診《み》でもらった。おめさんさ気を失ってだがらね。そう長え間《なげ》でねぇけれど……覚えでるがい？　山でなにがあったが」

「……リツという子に、滝壺に突き落とされました」

タマはうんうんと頷いた。「おめ、よぐ助がった。よがった……南無釈迦牟尼仏、南無釈迦牟尼仏……」

「……ここは？」

「こごはこの婆つぁんの部屋だ。今晩はこごで寝なさい。今は熱もねぇし、医者も心配ねぇど言ったんでも、なんせ、この時期さ水に落ぢだんだ。脇間じゃ風邪を引いでしまうがもしれねぇがらね」

「……ありがとうございます」

しかし清子は、部屋の中に色濃く残るリツの気配を感じ取っていた。

「ここに、あの子がいたんですか？」

「あの子はいづもこの婆つぁんの隣で寝でるんだ」

やっぱり。清子は布団の端を握り締める。「あの子も今晩ここで寝るんですか？」

リツと布団を並べるなんて、考えただけで総毛立つ。改めてリツへの嫌悪は、特別なものだと自覚した。いじめっ子と脇間で寝るのとはわけが違うのだ。

「リツは山だっちゃ。炭焼ぎの源助さんのどごろだ」タマは顔中に皺をちりばめて微笑んだ。「おめがゆっくり休めるように」

「私のため……？」

「リツがおめにしでがしたごどは、すっかり聞いだよ。源助さんがなにがらなにまで、信行さ話したんだ。んだがら、この婆つぁんも信行がら聞いで知った……おっかねぇ、とんでもねぇごとだ。おらも長ぐ生ぎでるが、あいなにぞっとしたごとはねぇ……。リツは源助さんが預がるど言ってぐれだんだ。おめの具合によっては、明日も明後日《あさって》も小屋さ置ぐってね。おめがちゃんと良ぐなるまでは、あの子は帰って来ねぇ。離したほうがいいど源助さんも言うがらね。当然だっちゃ」

　清子を優しく見つめるタマの老いた目の奥には、悲しみが透けていた。

「あの子より……私を大事にしてくれるんですか？」

「リツがうぢの寺さ来だのも、なにがの縁あってのごどだべ。仏様のお導ぎさ。おめも同じ、大事な寺の子だ。どっちがどうづーんでねぇんだっちゃ。今はおめがここで養生する番だづーだげのごと。あの子も病み上がりだんでも、源助さんのどごろなら慣れでる。それはそうど、なにが食われそうがい？」

　少しならと清子が頷くと、大根粥を炊いたから運んでくると言い、タマはゆっくり立ち上がった。

「おめはひどい目に遭ったよ。あそごさ落ぢで助がったづー話は、この婆つぁんも聞いだごとがねぇ。健次郎も……死んだ。おめが初めでだ。リツには……どう灸を据えだらいいのが」

清子は頭を動かして、タマの動きを追った。

「取り返しのづがねぇごとになるどごろだった。んだがら……良がった。もぢろん、おめがこうやって生ぎでるごとが、一番良がった。でももう一づ……考え方によっちゃあ、おめはリツを助げでぐれだ」

思わず訊き返した。「私がどうして？」

「おめが滝壺がら戻らねがったら、リツは現世で殺生づー悪行を犯すごとになってだのしゃ。仏様さ顔向げがでぎねぇ。おめはリツが人殺しになるどごろを助げだんだ」

「そんな……」

清子は何と言っていいかわからなかった。こともあろうにあのリツを助けてしまった？自分が生きることで？

タマはふすまに伸べかけていた手を引っこめ、清子へと振り向いた。

「おめは我慢だらねぇべね。当だり前だ。滝壺さ突ぎ落どされるなんて……すまねがった。本当にこのどおりだ。今はこの婆つぁんがリツのがわりに謝るよ。あの子が帰ってぎだら、本人がらも謝らせっからね」

すまねがった、タマは清子の枕元で土下座をした。それから、粥を持ってくるからと、再度言い残し、いったん部屋を去った。

タマの足音が静かに廊下を遠ざかっていく。

あの子のために庫裏のお婆さんが土下座までした。

あの子には、かわりに自分がと畳に額をつける人がいるのか。

清子は無意識に胸元に手をやった。

そこにはなにもなかった。

＊

高いところへ強引に引っ張り上げられるように、リツは目覚めた。軽いめまいに顔をしかめる。

目の焦点が合ってくると、おぼろに周囲が見えてくる。粗末な造りの小屋。閉じられた突き上げ窓。電灯とは違う、炎の明かり。

寺ではなく源助のところにいる。

「気づいだが」

体臭のこもったせんべい布団から身を起こす。源助が囲炉裏端で、胡坐をかいていた。組んだ脚の間に深い鉢のような器を置き、棒でなにかをすりつぶしている。

「おめはしばらぐこの爺つぁんのどごろにいろ」

「待ってろ。団子汁《だんごじる》を食わせでける」

源助がすりつぶしているのは、川魚の身のようだった。そこに、白っぽい石に似たものを、一摑み入れる。源助がそれを大事にしているのを、リツは知っていた。馬の餌《えさ》にするような小さいじゃがいもを安く手に入れ、冬にそれらをわざと凍らせてつぶし、乾燥させてはまたつぶす。それを繰り返すと、じゃがいもはからからの石みたいになって、保存がきくようになる。源助が鉢に入れたのは、それだ。

囲炉裏にかけられた鍋では、魚のアラが煮えていた。源助はそこから木のさじで汁をすくい、鉢に入れてまたしばし練った。それから中身を少しずつ手で丸めて、鍋に落とした。

リツは言われたとおりに黙って団子汁ができるのを待った。

――愚か者《ほでなす》が！

源助の手を見ていると、頰を引っぱたかれたことが思い出されて、リツは叩かれたところに右手を当てた。

「痛がったが」

リツは頷いた。

「なすて叩がれだが、わがるが」

「……あいづを滝壺さ落どしたがら」

「爺つぁま……」

「自分で悪いごとだど思うが？」

リツは俯いた。源助は答えを強要しなかった。塩壺からほんの少しの塩をつまみ、鍋に振り入れ、さじでひと回し、ふた回しして椀によそい、箸をつけてリツに渡してくれた。

リツは温かいその汁をすすった。魚の出汁《だし》が染み出ていて、薄い塩味がうま味を引き立たせていた。その汁を吸った団子はもっちりと適度な歯ごたえがあって、長いこと粥で過ごしたリツに、物を食べているという実感を与えた。

次から次へと湧く唾液と競争するように、リツは団子汁をかきこんだ。源助は食べずに、細長い棒で囲炉裏の火をつついていた。

「ゆっくり噛んで食え。おがわりはある」

リツは頷いたが、ゆっくりというのは難しかった。結局リツは三杯おかわりをした。お腹が破裂しそうになるまで忙《せわ》しなく箸を動かし、団子を噛みしめ飲み下し続けた。

満腹してようやく落ち着くと、源助が言った。

「おめは健次郎ばよっぽど好ぎだったんだなや」

健次郎の名前を聞いたとたん、リツの顔にかっと血が上った。血は目の周りに集まり、涙に変わった。健次郎はもういない。どこに行っても、どんなことをしても、会えない。声も聞けない。

リツはおいおいと泣き出した。涙を拭うこともせず、みっともない泣き顔を隠しもせず、感情をむき出しにして嗚咽《おえつ》した。

あまりに激しく泣き続けたので、リツはせっかくの団子汁を吐いてしまいそうになった。源助が落ち着かせるように背をさすってくれた。乱れた呼吸を整えるように息を吸い込むと、リツは自分の目がよく開かなくなっていることに気づいた。すっかり腫れ上がってしまったのだ。

「健次郎兄つぁんに、元気で、帰ってぎで、ほしかったの」リツは源助から渡された手拭いで涙や鼻水を拭きながら、心のうちを源助に話した。「あいづの首飾り、お守りだって聞いだがら。んだがら、けろってお願いした。兄つぁんに、あげだがった」

「わがってる。んでも、くれねがったがら、盗ったんだべ。それも悪いごとだ」

「おらに罰当だっても、いいど思った。兄つぁんが、大丈夫だら。でも」腫れ上がった瞼をかき分けるように、涙がまたあふれてくる。「あいづのお守り、何の役にも立だねがった。んだがら、頭さ来だんだ。あいづが来でがら、いいごとなんて、なにもねぇ。あいづが……全部、悪いって、思って」

「リツ。おめがもし一人で東京さ行ぐごとになったら、どう思う」

「え……それは」リツは口ごもる。「……嫌、だど思う」

「んでも、行がねばならん。そのどぎお別れに健次郎がらなにがもらったら、どうする」

「大事にする」

「あの子にぐれど言われだら、やるが？」

「あげるわげね」

「じゃあ、わがるな。あの子悪ぐねぇごとが」源助は囲炉裏の灰を棒でかき回す。「なのにおめは、あの子を滝壺さ落どした。そのせいで、あの子のお守りは」

リツも覚えていた。突然砕けたのだ。その後のことは覚えていない。びっくりして気を失ったようだ。

「川さ飛んで流れでしまった欠片もある。よしんば全部拾えでぐっつけだどしても、あの子は認めねぇべ。一度壊れだものは元通りにはならねぇ。おめが健次郎にもらったものを壊されだら、どいな気分だ？」源助の顔にかかるざんばらの髪の毛の奥に、リツは清子と同じ蒼を見た。「リツ。おめがあの子を嫌いなのも、その気持ぢをどうにもでぎねぇごとも、この爺つぁんにはよぐわがる。んでも、今回ばがりは謝らねばならね。口先だげではなぐ、心からだ。真っ当さ生ぎだいなら、必ず、せねばならね」

リツはうなだれながら、嗚咽の名残を必死になだめた。源助が今度は白湯《さゆ》をくれた。椀を両手で持って、涙を堪えつつそれを飲んだ。

「おめとあの子が、相容れねぁーのは、仕方がねぇ」源助がぼそりと言った。「んでも、人どして踏み越えではならんごとはある。どいなに嫌いでわがり合えねでもな」

その一言で、リツは目覚める間際に見ていた夢を思い出した。

「それ、あいづ……」リツは言い直した。「き……清子さ言われだ。違うがらわがらねぇんだって」

源助はほんの僅か、口の端を上げてリツを見た。「いづだ？」

「おらの夢の中で」

源助の目が、すうっと糸のように細められた。「さっき、目が覚める前だな」

「うん。変な夢だった。清子ど二人で森にいだ。そごでなんで戦争してるんだべっつったの。だって、戦争してながったら、兄つぁんだっていなぐならねがったがら。したっけ、言い合いになって、おめはみなしごで自分ど違うがら気持ぢがわがらねぇ、んだがら……ひどいごとがでぎだんだって」

「そうが」

「爺つぁま。あの子どおらは海ど山なの？　海ど山で違うんだら、わがらねでも仕方ねぇのしゃ？」

「あの子さ海ど山の話はしたのが？」

「ううん、しねぇ。でもあの子どおらがぢっとも同じでねぇのは、本当だっちゃ。もし同じなら、憎だらしいなんて思わねで、ぶづがらずにもいられだのがな」そしてリツは国民学校の先生に教えられたことを付け加えた。「もしかして、戦争もそうなの？　アメリカやイギリスのやづらは、清子みだいな蒼い目《まなご》で、赤鬼みだいで、日本人どは違うんだべ？

違うがら戦ってるの？」

　源助は長く息を吐いて、しばらく目をつぶったままでいた。老木のようにごつごつした手で、灰をかき回していた棒を握り締め、気難しげに眉間にしわを深く刻む。

　リツは椀を脇に置き、居住まいを正して、源助の次の言葉を待った。

　やがて源助は目を開けた。

「なすて戦うが……それはどもあれ、リツ。おめとあの子は、確がに違うが、なにもがもがさっぱり違うわげでねぇぞ」

「おなごってごと？」リツは口を尖らせた。「おら、もしもおらがやろっこんでも、清子のほうがそうでも、きっと嫌いだべ」

「そごだ、リツ」源助は棒を灰の中に突き刺した。「おめとあの子は嫌い合ってる。嫌い合ってるお互いの気持ぢは、一緒だ」

　首を傾げるリツに、源助は続けた。

「んだがら、なにもがもは違わねぇんじゃ。あの子どいなに違ってでも、リツ。おめはあの子がおめに向げる気持ぢだげは、わがるはずじゃ。それはおめがたがいでる嫌いど同じなんじゃ」

「おらがたがいでる……」

「他にもある。リツ。おめは健次郎好ぎだったっぺ？　清子はお母つぁんが好ぎだ。心の中で一番大切な人じゃ。健次郎も母親が恋しかった。あの子のほうは健次郎の気持ぢをわがってだぞ」源助はまた棒を手に取り、灰を均《なら》し出した。「健次郎があの晩でがげだのは……生みの母の村さ行ごとしたんだべ。おめは気づがねがったが、健次郎は、おめと同じ高源寺の養い子だった」

リツは仰天した。「兄つぁんも?」

「隠し立でもしとらんかったんだがな。あの子のほうはなんで気づいだがな。名前だべな。とにがぐ、山向ごうの集落のどごがに、健次郎の生みの母がいるど、この爺つぁんが教えでしまった……あの晩は急いで寺ど集落を往復するだめに、無理な山越えをしたんだべ。雪降ってだのにな。それほど母が恋しかったが」源助は湿っぽい咳払《せきばら》いを何度かした。「大事な人や物を思う気持ぢも、同じじゃ。誰の気持ぢが勝づも負げるもねぇ。お互いに汲んでやらねばならね。わがるな、リツ。謝れるな?」

「……謝っても、あいづは許してぐれねぇよ」

「だどしても謝れ。自分悪がったど思うんだら、謝らずにはいられねぇはずだ」

リツは鼻から垂れて来る涙をすすった。清子は大嫌いだ。でも、源助に言われたように、立場を置き換えて考えてみれば、自分の非は明白だった。健次郎にもらったものを盗まれたあげく、めちゃくちゃにされたら――。

「……ごめんなさい」

「相手が違う。あの子さ言え」

「はい」

「なら、いい」

リツは自分の膝に目を落として、しばらく考えた。

「爺つぁま。それでもまだわがらねぇよ」

「なにがじゃ」

「おらと清子は、嫌い合ってる。互いを憎だらしいど思ってる。そごも同じだっていうんでも、ほいなのが同じんでも、何の役にも立だねぇよ。嫌い合っていれば、喧嘩するのが当だり前だっちゃ。もしおらが清子を憎だらしいど思ってながったら、滝壺には落どさねがった。清子がおらのこどを好ぎだったら、お守りをぐれねぇにしても、違う断り方をした」

「ほだに好かんか」

「どいなに嫌いっつっても足りねぇぐれぇ」リツは鼻の下を手の甲で拭った。「憎いんだら、やっつけだい。やっつけられればいいど思う。爺つぁまはおらと清子にも同じどごろがあるっつった。じゃあ、戦うのは、お互い違うがらじゃなぐで、お互い嫌いだがらかもしれねぇ。憎だらしいがお揃《そろ》いだったら、いがみ合うのしゃ」

するど、源助はふっと笑った。

「リッツは弱えな」

——弱いんだわ。

夢の中で清子に煽《あお》られたことが思い出されて、リッツは気色《けしき》ばんだ。「弱ぐね！」

「いや、弱虫じゃ」

「なして」

「今だって、ごしゃいだべ。ごしゃいで自分の感情をこの爺つぁんにぶづげでぎだ」源助は手の棒を、ゆっくりと灰に突き刺した。「おめは憎しみを相手にぶづげるもんだど思ってる。憎らしさを争いの理由にすっぺどしてる。それは弱えもんの考えだ」

「じゃあ、強い人はどうするの」

「本当に強い者は、憎しみを相手さ向げね。その、自分の憎しみど戦う」

リッツはどう返していいのかわからなかった。源助の言うことがさっぱり呑み込めなかったのだ。だが、源助は構わないようだった。

「強ぐなれ、リッツ。あの子も同じものをたがいでる。本当にあの子をやっつけだいなら、あの子が嫌いでどうすっぺもね自分の気持ちど、まずは戦え。そして勝で。あの子にでぎねでおめがでぎだら、真実それが、おめの勝ぢじゃ」

リッツは俯いた。「自分の気持ぢど喧嘩するの？」

源助は無視した。「リッツ。そろそろ爺つぁんは寝るぞ」

源助は囲炉裏端で横になり、そこらの布や莫蓙を体に巻いた。リツはあまり眠気を感じなかったが、仕方なく布団にもぐった。

囲炉裏の火が小さくなった。

＊

翌朝、清子はタマの部屋に運ばれてきた大根粥の残りをいただいた。美味しそうにたいらげる清子を見て、タマは安堵の色を隠さなかった。

「大事を取って、午前中もございなさい。お医者さまにもう一回診でもらって、みんなのどごろへ帰るのはそれからだ」

心配の種を完全になくしておきたいのだ。清子はどこにも不調を感じなかったが、素直に「はい」と答えた。

村医師の往診を受け、驚かれた。

「この季節さ滝壺さ落ぢだうえ、流されだのに、怪我一づなぐ風邪も引がねぇなんてなあ。奇跡だ」

お墨付きをもらった清子は、昼食の後から通常の疎開生活に戻ることとなった。

布団をきっちりと畳み、タマに髪の毛を梳《くしけず》ってもらい、いつものおさげに編む。それから昼のすいとんを食べる。タマは清子が食べている間、一人にはしなかった。「六年生なんだねえ」「来年は卒業なんだね」と、話しかけてきた。昨晩は布団を並べて寝たものの、タマは清子の体調を慮ったのだろう、電気を消した後はなにも話さなかったのだ。

とはいえ、話しかけるといっても、タマは当たり障りのない話題しか出さなかった。負担にならないようにという優しさを感じ取った。誰もが気にする清子の瞳の色についても、なにも言わないし、じろじろ見たりもしない。清子はふと、健次郎もそうだったことを思い出した。

「滝壺さ落ぢで生ぎ延びだ命だ、うんと幸せにならねぇど」次の問いも、ごく自然なものだった。「卒業したら、どうするのしゃ？」

「私……女学校へ行きたいって思っています」

なにもかも気遣われているのに、そっけない返事をするのは申し訳なく思われ、そう口にする。

「へえ、女学校がい。立派だねえ」

「この戦争が終わるまでは勤労奉仕でしょうが、いずれ我が国は勝つはずです。そうしたら……勉強したいです」漠然と見ているだけだった夢が、タマを相手に声に出すことで、明確な形を成してくる。「できればその先も……母を手伝いながら、東京女子高等師範学校に行きたいです」

女学校へ行く。それは今の清子の心に、すとんとはまった。そのために、命を拾ったのかもしれないとすら思えるほどに。

——お母さんはあなたがきちんと学んで、立派な大人になってくれたほうが嬉しいわ。

「母も……私が受験するのを望んでいるはずです」

あのまま死んでいたら、どんなにか母を悲しませたか。話しているうちに、清子はいよいよ、きちんと学び、立派な大人に、教師になろうと決意した。そんな清子の言葉を、うんうんと聞いてくれるタマの優しさも心地よかった。

「ほだに勉強好ぎなのがい」タマは目を細めた。「えれえねえ。リツにも見習ってほしいもんだっちゃ」

あの子の名前を耳にして、表情を少し強張《こわば》らせてしまったようだ。タマの顔にも後悔が滲み出た。

「申し訳ながった、本当さ」タマはまた詫《わ》びを口にした。「あの子は気性が激しい。やろっこにも平気で向がっていぐ。でも今回はほいなのどは違う」

清子はなにも答えなかった。タマを謝らせているのは気が引けたが、リツを許したように受け取られてしまうのは嫌だった。

タマが食べ終わった清子の膳を下げようとしたので、それを制した。

「大丈夫です。私が下げます。食器も洗います」

タマは笑った。「あんたは、良い子だね。よく躾《しつ》けられている。親御さんばしっかりしとるんだね」

清子も微笑んだ。

ともに廊下を進み、庫裏の台所に行く。洗い場の横で、当番の子らが食器を拭いていた。事もあろうに、それはハナエと節子だった。彼女らは清子に気づいて、あからさまに顔色を変えた。

妖怪だから、生き残った。

ハナエと節子の顔は、はっきりとそう言っていた。

清子は胸元を触った。慣れ親しんだ感触はなく、心もとなさが急に膨らみ始める。

清子の仕草《しぐさ》で、彼女らの肩にさらに力が入るのがわかった。

ハナエが節子に耳打ちをした。

——あの変な首飾り。光って壊れたあれ、なんなの?

よくは聞こえなかったが、口の動きでなんとなく読み取れた。

「手を止めない」金井が二人を注意した。「浜野さん。もう元気になったのね」

金井が清子の回復を喜んでいるのは間違いない。しかしやはり、引率教師としての面子《メンツ》が保たれたことを、より喜んでいるようにも思う。さらには、金井の眼鏡の奥の目も、清子に対して含むものがあるのだった。怪異そのものに接するような。

いつもみたいに涙ぐみかけて、ぐっと堪《こら》えた。誰が何と言おうと、母は自分が助かったのを喜ぶはずだ。ならば、生き残った事実に胸を張ろう。立派な大人を目指そう。

清子はことさら目の色を見せつけるように視線を返した。台所は剣呑《けんのん》な空気になった。

「本当さ良がっただ」台所にいたサトの声が、大らかに響いた。「大事なぐ元気になったなんて、こいなに良いごとはねぇべ？　ねえ、ハナエつぁん、節子つぁん、先生」

ハナエと節子はそそくさと洗い物を終え、本堂へ戻った。金井はタマとサトに礼を述べ、清子へは「授業中、体調が悪くなったらすぐ教えなさい」と言い含めて、同じく台所を後にした。

かいがいしく動くタマとサトは、どこか働き者の母を思わせた。清子はゆっくりと丁寧に、使わせてもらった食器を洗い、水を切ろうとしたときだった。

椀を取り落としそうになった。

勝手口が開いて、リツが姿を現した。タマとサトに囲まれて、つかの間和やかだった気持ちが一変する。

清子はリツに据えた強い視線を逸らさなかった。しかし、リツはひるむことなく、清子に歩み寄ってきた。

「ごめんなさい」

そのままリツは、おかっぱ頭を下げた。東京の国民学校にあった奉安殿にそうするような深い礼だった。

今度こそ清子は、椀を落としてしまった。この子が自分から非を認めるなど。謝らせるとタマも言っていたから、予想はしていた。しかしそれは、タマらにこっぴどく叱られた後に、嫌々ながらやるものだと想像していた。

リツはまだ頭を上げない。髪の毛が垂れて、露わになったリツの浅黒いうなじ。首の骨が浮き出ている。

目の前のリツは、本気で反省しているように見える。

それでも清子は、無言でそこを立ち去った。なんの返答もしたくなかった。また、タマとサトがいる場で謝るのも卑怯《ひきょう》だと思った。許すという言葉を引き出すために、二人を味方につけたような感じがした。

もちろん、直情的なリツにそんな腹芸ができないことも、わかっていた。戸を開けたときからリツは自分としか目を合わさなかった。タマやサトのほうは一度も見なかったのだ。

二人がいてもいなくても、あの子は私に謝った。

清子は普段なら絶対にしない乱暴な足取りでそこを立ち去り、本堂へ向かった。口の中の肉を嚙んだ。涙が出そうなのに、それでいて無性に腹が立って仕方がなかった。タマに自分の夢を語ったときの穏やかな気持ちは、吹き飛んでしまっていた。

遠ざかる清子の足音は、いつもより長く響いた。リツは清子が落としていった椀を拾い、洗って拭いた。

＊

「リツ」

タマが寄ってきた。サトもだ。

「おめに仕置ぎをしねばならね」タマは見たこともない厳しい目で宣言した。「おめが真っ先さ謝らねがったら、引っぱだいでだよ。もぢろん、謝ったがらいいってもんでね。覚悟しなさい」

「うん。わがってる。爺つぁんにもごしゃがれだ」

「清子つぁんは行ってしまったんでも、あの子は悪ぐね。腹を立てでは駄目だ。おめにその資格はねんだっちゃ。これがらうんと手伝いをしてもらうよ。それがら、仏壇のお部屋さ行って、仏さまにも謝りなさい。この婆つぁんがいいど言うまで正座をするんだ」

仏間に置いてあった健次郎の国民服や帽子を思い出した。リツの声は震えた。

「……はい」

リツはタマとサトの命じるままに、井戸から水を汲み、根菜を洗った。風呂釜の水も半分ほど汲んだ。さすがのリツも体力が落ちている。タマはちゃんと見ていたのか、息が上がった頃合いで仏間へ行けと言った。

リツは仏壇の前の、真新しい遺品に膝を寄せるように正座して、目をつぶって手を合わせた。

タマが入ってきて、隣に座った。

「四苦八苦の教えは頭さ入ってっぺ？」

「うん」

「八苦を言ってごらん。生、老、病、死……」

寺で育ったリツにとってそれらは、教科書に書かれてある事柄よりも耳になじんだ言葉だった。

「五蘊盛苦《ごうんじょうく》、愛別離苦《あいべつりく》、怨憎会苦《おんぞうえく》、求不得苦《ぐふとっく》」

「自分の心や体思うままにならねぇ苦しみ、大好きな人ど別れる苦しみ、憎だらしい人ど出会ってしまった苦しみ、欲しいものを得られねぇ苦しみ。今のおめなら、きっと全部わがっぺ」

リツは健次郎の国民服と帽子を見つめながら、頷いた。

「おめは苦しみに負げで、あいなごとをしでがした。いいがい、なげねばいげねぇよ。仏さまも住職もなげねば駄目だっつってる。苦しまねぇだめには、欲も憎しみもなげるんだ」

「爺つぁまは、憎しみど戦って勝でっつった。なげるの？」

タマはしばし考えた。「根っこは同じごどがもしれねぇね。勝でだら苦しみの言いなりにはならねぇのだがら」

「どうやったらそうでぎるの？」

「難しいね。んでも、なげねばおめは、過ぢを繰り返す。地獄さ堕《お》ぢるよ」タマはリツの膝に手を置いた。「そうだ、リツ。これがらおめ、かあっと頭さ血昇ってなにがをしでがしそうになったら、心の中で般若心経《はんにゃしんぎょう》を唱えなさい。南無釈迦牟尼仏を十回唱えるのでもいい。走り出す前さ、そうするんだ。いいね？」

「南無釈迦牟尼仏……」

「そうだっちゃ。そうしたらぎっと、お釈迦様我慢する力を貸してぐれる。リツ、己を律するづー言葉がある。自分の中の欲望さ負げねぇで抑えるごどだ。この律するって字はリツど読む。おめの名前だ」

「律する……」

「わがったげえ？　ほれ、南無釈迦牟尼仏を唱えなさい」

リツは健次郎の遺品に「南無釈迦牟尼仏」と十回唱えた。

こちらから謝ったのに無視した憎たらしい清子を思い、唱えた。十回ではなにも変わらなかった。仕方がなく、もう十回、さらに十回と唱え続けた。

「リツ。清子つぁんへの償いも、しねぐぢゃならねぇがらね。忘れるんでねぇよ」

「償いって、なにをすればいいの?」

「それは自分の頭で考えなさい」

タマはそう言って出て行った。

正座する爪先の感覚がなくなってきても、憎たらしいと思う気持ちは消えなかった。捨てることもできそうになかった。けれども、脚のしびれのせいか、少しだけ気持ちの波が落ち着いた。すると、清子が自分を許さないのは、当然なのだと受け入れられた。自分はそれだけ悪いことをした。ましてや元から嫌われている。

リツはため息をついて膝を崩した。


夜、また雪が少し降った。リツは朝早くからタマとサトを手伝った。言われたことを全部終えてから朝食をいただき、国民学校へ行くために寺を出た。

雪がぱらつくようになって、見てはいけない女の姿をあまり見なくなった。足元が悪い中を長く歩けないせいか、それとも健康を害したのか。

リツはほんの少し寂しくなった。

午後には鍛錬の授業があった。疎開っ子たちも学校を訪れ、一緒に校庭に並んで人型を竹槍《たけやり》で突く練習をした。

「えいっ」

ひときわ勇ましい声とともに人型を突いたのは、清子だった。初めての授業では、上手くいかずに槍を落としたのが信じられないほど見違えた。教師も褒《ほ》めた。

「今の浜野さんを手本にしなさい」

他の子どもたちの奇異の目を毅然と受け流す清子に、かつての弱々しさは感じられない。

リッと視線が合った。

清子は冷然と見返してから、ぷいと横を向いた。

授業が終わってから、リッは山へ向かった。薄く積もった雪を踏み分け、源助の小屋に着く。

「爺つぁま」

源助は「なんだ」と中から応じた。「戸は開いでるぞ」

源助は囲炉裏の前で、火を搔く棒を片手に座っていた。自在鉤《じざいかぎ》には鍋がかかっていたが、中身はただの湯だ。

「いづもはそのまま入ってぐるのに、なした」源助は自分の隣を視線で示した。「火さ当だれ。寒がったっぺ」

リッは教科書が入った鞄を戸口に置き、源助の隣で火に手をかざした。

「爺つぁま、謝ったよ」炎が小さく爆ぜた。「んでも、思ったどおりだった」

「許してぐれねがったが。そうだべな」

「あの子、何が変わった。ここへ来だどぎはみんなに除け者にされでしょんぼりしてだのに」

仲間外れなんてどうでもいいみたいな態度になったと教えると、源助は棒を片手に、低く笑った。

「生ぎでおれば、人は変わる」

「婆つぁんに、償いをしろども言われだ。なにをするがも自分で考えろって」リツは源助が持つ棒の先を、なにとはなしに眺めた。「なにをしても変わらないに決まってるけど、なにをすればいいんだべ」

「そうだなあ」

源助は棒を操りながら、もう片方の手で空いた椀を引き寄せ、それに白湯をそそぎ、リツにくれた。リツは湯気を立てるそれをふうふうと吹きながら、もう一度「なにをすればいいんだべ」と呟いた。

源助は無言だった。棒で炭の位置を転がして変え、燃え尽きたものを崩して灰にする。リツがもっと小さいころ、源助はその灰に動物たちの絵を描いてくれた。山にはいない生き物も描いた。奇妙な形のそれを、源助はクジラといって海にいるのだと、リツに教えた。

鹿よりも熊よりも、はるかに大きいのだとも。

リツには想像がつかなかった。

棒の先がかつてのように、線を生み出していた。リツは興味を惹かれて、それを眺めた。

丸だ、と思った矢先、棒の先は線の始まりの内側に入った。源助は内側でまた一回り小さな丸を作りかけた。今度も繋げることなく、さらに線は同じように続いた。

滝壺に巻く渦。あるいは夢で見た蝸牛の殻。

それらよりなにより、清子の首飾り。

源助はその模様を、描いては灰を均し、再び描くことを繰り返した。

＊

年の瀬も押し迫ったある朝。

清子はなんとなく不穏な心持ちで目覚めた。

首飾りをなくして以降、心もとない日々が続いていた。疎開っ子たちからは、いっそう浮いた存在となった。胸元の空虚を埋めることはできなくて、食欲もあまりなかった。痩せて衣服も緩くなっていた。

だが、その朝の不穏さは、いつもの心もとなさとはまったく違っていた。

リツとも関係なさそうだった。

この胸騒ぎは何だろう？　清子は縁側に出て空を仰いだ。

リツもまた、雪を載せた森の梢の上に広がる空を見ていた。冬空の色は、去年と変わらないように思える。けれども、なにかが違う。

視線をゆっくりと動かす。

なにかが来る。音はまだ聞こえない。けれども、微かな震えが耳に伝わってくる。

リツの視線は、海の方向へと向いた。

第七話　「攻」

「寝ねぇのがい、リッ」

　電気を消した部屋の中、タマの声が天井からリッの方へと弧を描く。言いながら、首を動かしたのだ。リッは耳を澄ませながら慎重に寝返りを打ち、体をタマの方へと向けた。

「婆つぁま、なにが聞ごえるよ」

「なにが？」タマは訝《いぶか》しんだようだ。「婆つぁんは聞ごえねぇね。婆つぁんだがらかね。耳遠いんだ」

「遠ぐがら聞ごえる」

「なにも聞ごえねぇよ。気のせいさ」タマの手が、リッの布団の端を軽く叩いた。「目閉《まなご》じなさい」

　リッは仕方なく従った。けれども、空気がほんのわずかに揺れているのがわかる。風ではない。むしろそれは、風を貫いてやってくる。

リツは耳に神経を集中し続けた。空気の震えは、先ほどよりも近づいてきている。

なんだろう。

どんどん、こちらへ来る。

来る。

突如、音が暗闇を突き抜けた。

*

布団にくるまっていた清子は跳ね起きた。ハナエと節子もだ。

「なに？」

「警戒警報？」

仕切りの向こうでも、他の子どもたちがざわめいている。女子の誰かが短い悲鳴をあげた。

清子は迷わなかった。暗がりの中、すぐさま身支度を整え、枕元の防空頭巾をかぶった。

ハナエと節子も清子の行動を見て、続いた。防空頭巾の紐をしっかりと結んだと同時に、金井の声が響いた。

「みんな、防空壕へ行く準備をしなさい」

ほどなく、疎開児童十六人全員が、防空頭巾をかぶった身なりで、金井の前に並んだ。

金井は言った。

「お寺の裏の防空壕に避難します」

金井の声はいつもよりも低く、震えていた。警報のサイレンは、まだ鳴りやまない。

外へ出ると、冬の夜をサイレンの音が駆けまわっているのが、いっそうはっきりする。田舎の集落全体が、ざわめいている。とても寒い。

初雪のあとも雪は何度か降ったが、今は凍《い》てついた地面が出ていた。

「こっちだ」

カンテラを手にしたサトが、金井の横に立った。サトは先導するように本堂の横を回り、裏手へと進んだ。

防空壕の入り口の戸は、周りを煉瓦《れんが》で補強されているために、地面から少し盛り上がっているように見える。サトは戸の取っ手を引いた。中は外よりも真っ暗だった。サトが身を屈めながら暗がりに潜り込んでいく。そのカンテラの明かりで、どうやら地下壕に繋がる階段があるようだとわかった。

「来でください」

サトに促され、疎開児童たちも急な階段を下りた。外よりは暖かかったが、空気は澱《よど》んでいた。清子はつい顔をしかめた。

大人の背丈ほどの勾配を下りきると、細長い空間があった。天井は低く圧迫感はあったが、その分奥行きがあった。壁や天井は板でしっかりと補強されていた。突き当たりと両側には、腰をかけるための段差が作られてあった。

天井からぶら下がる先の曲がった針金に、サトはカンテラをかけた。

「詰めて座りなさい」

金井が短く指示を出した。と同時に、金井は手近にいた清子を前方へと押し出した。清子は一番奥の突き当たり、入り口から見て右端に座った。隣にはハナエが、その向こうには節子が腰かけた。その他の児童は防空壕の両脇に並んで座った。

子どもとはいえ十六人も入ると、防空壕はとても窮屈な感じになった。金井とサトが短く言葉を交わした。漏れ聞いたそれによると、住職と信行は別の防空壕へ行くらしかった。

「あど、二人」

サトがそう言ったのを、清子は聞き逃さなかった。清子は入り口を睨んだ。

サイレンの音とともに、タマと、そして、おかっぱ頭のリツが入ってきた。

リツと目が合い、互いに逸らす。

視線を落としたリツは、最も入り口寄りにいた男子の隣に座った。リツのさらに向こうには、タマが腰を落ち着けた。サトと金井は地べたにしゃがんだ。

防空壕の戸が再び閉ざされる。サイレンの音がほんの少し弱まる。しかし、消えはしなかった。

十六人の疎開児童と金井、そしてリツと寺の女二人。ちょうど二十人だと、清子はわけもなく思う。爆撃音は聞こえない。これから聞こえるのか。サイレンが鳴った以上、爆弾を抱えた敵機が近くまで来ていることは事実なのだ。認めたくなくても。

どこまで近づいているのか。狙いは、自分たちが列車を降りた町だろうか。

サイレンは止まない。まだ警戒警報だ。

その警戒警報がいったん途切れた。

防空壕の中の雰囲気が、緩くほどけかける。

しかし次に、警報はより切迫を伝える空襲警報に変わった。

疎開児童たちの口から、悲鳴がほとばしり出た。

「嫌だ」ハナエが防空頭巾の上から耳をふさいでいる。「嫌だ、嫌だ」

警報に紛れて、はるか高みからエンジン音が聞こえる気がする。清子は無意識に胸元に手をやって、なにも触れないことにはっとなった。

わずかな震動を感じた。防空壕の壁を支えている板が軋んだ。

「どこかに落ちた」男子の一人が言った。「爆弾だ」

それに呼応して、清子以外の疎開っ子たちはまた声をあげた。金井の叱責が飛ぶ。女子の幾人かが泣きだした。

清子は口元を両手で覆い、背を丸めた。

こういうことから逃れるために、田舎に来たのに。爆撃機は、この集落まで来るだろうか。爆弾を落とすだろうか。

爆弾が落とされたところを、実際に見たことなどない。でも、わかる。理由はわからないが、わかる。まざまざと脳裏に浮かぶ。

海原の彼方から、爆撃機は押し寄せて来る。黒々と群れを成して。巨大な鉄のイナゴだ。それらは爆弾という卵を抱えている。その重たいものを、なにはばかることなく産み落とす。

卵は割れて中身が飛び散る。中身は炎だ。夜が吹き飛ぶ。でも爆弾の炎の明るさが照らし出すのは、恐怖だ。爆音でサイレンの音もかき消される。誰もが叫ばずにはいられない。叫んでも爆弾は落ちて来る。止まらない。どんどん明るくなる。炎に巻かれる。臭い。いろんなものが燃える臭い。嫌な臭い。煙。立ち昇る炎。炎の竜巻だ。あっちにもこっちにも上がる。渦を巻いて天を突く。熱風が吹く。熱い。熱い。髪が焦げる。皮膚が焼ける。瓦が崩れる。家も崩れる。電柱が倒れる。炎に包まれた看板が落ちる。お店の看板。いっぱいある。

清子の頭の中で勝手に描かれる阿鼻叫喚《あびきょうかん》の光景は、なぜだか今爆弾が落とされているだろう近隣の町ではなく、母のいる東京のものへとすりかわっていた。

東京が燃える。

男も女も、赤子を抱えた人も、背に負ぶわれた年寄りも、防空壕へ逃げる。入ったら最後、動けない。どうすることもできない。外がどんなに燃えても。息ができないほどに中が熱くなっても。

清子ははっと我に返った。

もしもここに爆弾が落とされたら、こんな間に合わせみたいな防空壕など、ひとたまりもない。

——これは、お母さんのかわりにあなたを守るものよ。

もう、守られていないのだ。

地に足がついていないような心細さに、清子の眼前が暗くなる。

また、震動が防空壕を揺るがす。間違いない。どこかで誰かが、逃げまどっている。身を焦がす熱や炎から。逃げ場はあるのか。防空壕の中で、蒸し焼きにされながら怯えているのではないか。

もう少し後には、その誰かは自分になるのではないか。

——死ぬかもしれないの？

リツから滝壺へ落とされたときには覚えなかった感情が、サイレンと不気味な震動とともに清子を襲った。

――死んで、ここで終わるの？

清子から最も離れたところで、リツの体を抱いているタマを見やる。滝壺から生きて戻ったとき、あの老いた優しい手は、清子を癒してくれた。老女のかいがいしさに心を開いた清子は、おぼろげな夢を口にし、形を得た。

――私、女学校へ行きたいって思っています。

そんな夢も全部消え失《う》せる。自分でもどうにもならない巨大なもののせいで。

怖い。

その感情を、清子は初めて自覚した。

「いやだ、怖い」ハナエが今にも泣きそうだ。「どうしてこんなところにまで」

いつも意地悪なハナエも、同じ気持ちなのか。

ハナエの言葉のすぐあと、三度目の震動があった。今度は前よりも強く感じた。子どもたちは一斉に飛び上がった。

「どこに落ちたの」

「まだ遠いよ」

「町の方角だ」

「静かにしなさい」金井は感情的に叫んだ。「こんなことで動揺して、それでも誇り高い小国民ですか。戦地の兵隊さんたちの勇敢さを思いなさい」

その叱責で、六年生は口をつぐんだ。清子も唇に前歯を食い込ませた。だが、一人だけ堪え性のない子がいた。五年生の男の子だった。寺を抜け出して家に帰ろうとした二人のうちの一人だ。

「母さん、父さん」ともあろうに、ぐずりだした。「死にたくないよ」

「黙りなさい」

「日本は神様の国なのに、爆弾落とされるなんて」こけた頰が涙で濡れる。「おかしいよ。なんですぐ勝たないいんだよ」

「黙りなさいと言っているでしょ」金井は怒鳴った。「清やロシアにも勝利した我が国ですよ」

するとと彼と一緒に駅へ逃げたもう一人も、引きずられるように喚きだした。

「ここに来る前、お父さんが言ってた。日本は勝てないって。本当はいろんな戦いで負けてるのに、新聞やラジオが言わないようにしてるだけなんだって」

防空壕内の空気が変わった。すし詰めの穴倉の中、金井が腰を上げた。

「なんで戦争なんか始めたんだって、お父さ――」

金井がその子をぶった。

を振り払った。

「間違いは正さねば」

サトも「わらすは怖がってるだけだよ」と金井の手を押さえた。金井は般若の顔でそれを振り払った。

「私は教師ですっ」

タマとサトは顔を見合わせて、首を横に振った。

どこかですすり泣きが始まった。すすり泣きは赤痢のように、疎開っ子たちに伝染した。

「泣くのはやめなさい」

金井の叱責は逆効果だった。堪えていた子も顔をゆがめた。疎開っ子で泣いていないのは、清子だけだった。ハナエなどはもはや、絶え間なくしゃくりあげている。

「情けない！」

清子だって泣きたかった。じっとしているのが怖くてたまらなかった。ここよりも、山に入ったほうがいいのではないかと思った。敵だって爆弾は無駄にしたくないはずだ。きっと誰もいない山には落とさない。そういえば、源助はどうしているのか。避難はしていないだろう。山中にいるからではなく、どこにいようと、源助は自分の命を惜しんで右往左往する人ではない気がした。

「先生」タマが声をかけた。「およしなさい」

清子はリツを見た。リツも青い顔をしていた。

あの子も怖いのか？

清子は眉根を寄せた。私を滝壺に突き落とすために、足が竦むような急斜面を駆け下りてきたくせに、それでも怖いのか？

清子は足元に目を落とした。ここに母がいればいいのにと思った。どうせ助からないのなら、母と一緒に死にたかった。

東京を離れるとき、列車の窓越しに言葉を交わしたあれが、母との最後の会話になるのか。

もう、会えないのか。

警報は解除されない。

そのとき、清子は思いがけないものを見つけた。防空壕の固められた土の上、ちょうど腰をかける段の隅に張りつくように、それはあった。

清子は一瞬、お守りが戻ってきたのかと思った。目に留まったものは、それと似ていた。丸っこくて、渦を巻く模様がある。

大きな蝸牛だった。

とっさに思い出したのは、滝壺に落とされ、気を失っている間に見た夢だった。あの夢の最後で、清子はリツから蝸牛を投げつけられた。これを首飾りのかわりにすればいい、という暴言とともに。

夢の中では、気持ち悪かった。しかし、防空壕の片隅に潜んでいたそれは、殻に閉じこもり、まるで自分たちとともに、恐怖のときが過ぎるのを待っているように見えた。

清子は上体を前に折って、蝸牛に顔を近づけた。

これが本当にかわりになればいいのに――切実に願った。母がくれた首飾りによく似たこれにも、私を守る力があればいいのに。

現実から逃げるように、清子は想像する。

そう、この蝸牛は特別。たぶん、私の首飾りの生まれ変わり。だから、ここで怯える子どもたちを守るために、不思議だって力を発揮できる。山よりも大きくなって、殻も鋼鉄より硬くなって、爆弾だってものともしない。角だけじゃなくて、強く鋭い槍を出す。私たちのために、敵をやっつけてくれる味方――。

寓話めいた世界が、清子の頭に描かれる。蝸牛が米英の爆撃よりも強くなるなんて。でも、作り話なら許される。寓話なら、背丈が一寸しかない子どもだって、鬼退治に出かけられる。

生きてここを出て女学校を受験し、勉強を重ねて東京女子高等師範学校に行けたら。そうして、もし教師になることができたら、教室の子どもたちに、今しがた想像したおとぎ話を聞かせようか。いや、教え子じゃなくてもいい。生きて東京に戻って、女学校に入学できさえすれば。巡り巡って私よりも想像力が豊かな子に、今の想像がもしも届いたら、きっとその子はこのおとぎ話を、さらに楽しいものに磨き上げる。目を引く絵が添えられた本になるかもしれない。いろんな人が手に取って読む。五十年後の人も、百年後の人も、百五十年後の人だって。題名はなにがいいだろう。『蝸牛の怪物』？　いや、でもこの蝸牛は味方なんだから――。

いつの間にか、清子の恐れは薄らいでいた。蝸牛を見つめながら、柔らかく微笑んですらいた。そんな自分に気づいて、慌てて顔を引き締める。金井に見咎められたら、なにを言われるかわかったものではない。

様子を窺う。金井はもちろん、誰も清子のささやかな変化に、気づいてはいなかった。

清子はそっと地面に手を伸ばし、蝸牛の殻に触れた。ひとときだったが、それは確かに自分を慰めてくれた。想像という逃避の世界へ招き入れてくれた。

ありがとう。

清子は心の中で蝸牛に囁いた。

それからしばらくして、警報は解除された。

集落に爆弾は落ちなかった。

恐怖の涙で顔を濡らした疎開っ子たちは、防空壕を出るときは安堵の涙にくれていた。

清子は最後まで泣かなかった。妖怪だ、アメ公との雑種だと差別されるたび涙ぐんでいたのに、堪えきった。まるで、滝壺の底に弱虫の涙を捨ててきたかのようだった。

見ると、リツも泣いてはいなかった。

清子は寺の中に戻る前に、夜空を見渡した。街の方角の空が、若干明るい気がした。夜明けにはまだ間がありそうだった。けれども、今夜は誰も眠れないだろう。

自分も、寝ない。

それから、東京の方角を見た。

生き延びた――清子は実感していた。

必ず帰る。絶対に死にたくない。


翌朝、隣町に爆弾が落とされたと聞いた。清子たちが疎開列車を降りた駅から十五キロくらい先にある工場のある町だった。三人が死んでいた。

きっとその三人も震えながら、死にたくないと思ったことだろうと、清子は目を閉じた。

昼食の後、金井は家にあてて手紙を書くように指示した。

「昨夜のことがありましたから、ご家族は心配しているでしょう」

書いた手紙を読み返して、清子は長く吐息した。空襲に際しての無事を伝えるのはいいとしても、通り一遍のことより、本当に書きたいことは他にある。

寂しい。会いたい。帰りたい。リツから滝壺に突き落とされて、ひどい目に遭ったことも。

けれども、手紙は金井に検分される。以前も書き直しを要求された。泣き言や、ちょっとでも疎開先に対して不満があると取られるような内容は許されない。

案の定、金井に文句をつけられて、しょげたように卓に戻る子が何人かいる。たぶんその子らは、空襲が怖かったとか、もう疎開は嫌だとか、思っても表に出してはいけないことを書いたのだ。昨晩は金井だって、内心怖がっていたのは手に取るようにわかったのだが。

清子は服の上から胸元を触った。

なにもないというのは、なんと頼りないのだろう。

磨き抜いたメノウみたいな手触りと硬さ。それでいて、長く触っていると、中から温みが伝わってくる、母が作ってくれた首飾り。

あの首飾りがどうなったのかを教えたいと、一瞬思ったものの、書かなかった。金井の目を気にしてではない。首飾りについては、検分に通るとしても秘密にしておきたかった。

あんなことになったと知ったら、母はさぞがっかりするだろう。せっかく作ったのに、と。

母にも言えないことができたと悟ると、清子はいっそう寂しくなった。

清子は書いた手紙を金井に渡した。金井は一読して、それを受け取った。

お母様

お元気でしょうか。私はおかげ様で元気で過ごしています。十班みんな元気です。我が国の勝利を信じて、日々を過ごしています。

新聞で読んだかもしれませんが、昨晩、こちらに敵機が来ました。でも、敵機が爆弾を落としたところは、私たちが疎開しているところから少し離れていたので、何ともありませんでした。防空壕の中でじっとしていたら、大丈夫でした。

ですので、心配はいりません。

こちらは東京より少し寒いですが、これも鍛錬の一つと思い、我々小国民のみならず、土地のみんなで耐えています。高源寺の皆さんは、相変わらずよくしてくださって、なにも不自由はしていません。

我が国の勝利を信じて、来年も小国民の務めを果たしたいと思います。

お母様も、どうかお元気でお過ごしください。

昭和十九年十二月

浜野清子

＊

寝巻の浴衣に着替えながら、リツは昨晩の空襲を思い起こしていた。

サイレンが鳴り響いたとき、タマは老女とは思えぬ動きで飛び起きた。タマがそんなに機敏に動くのを、リツは初めて目にした。それだけタマはびっくりしたのだ。リツも驚きはしたが、一方でやっぱりとも思った。なにか、得体のしれないものが迫っている気がしていたからだ。リツの耳は、音としては明確に聞こえない空気の震えを、ずっと感じ取っていた。

タマに連れられて、防空壕へと歩きながら、リツは敵機のエンジン音を聞き分けようとした。エンジン音の聞き分けは、国民学校の授業の中で、唯一リツが他の子よりも抜きん出ていることだ。でもあのときは、どの機が飛んできているのか、さっぱりわからなかった。サイレンのほうがずっとうるさかったからだ。

爆撃が始まり、リツも怯えた。このまま爆撃機が集落まで飛んできて、爆弾をどんどん落とされたら、朝を待たずにここで死ぬと確信した。

「自分は死ぬ」とはっきり思ったのは、生まれて初めてだった。住職が誰かを弔っても、健次郎の死に衝撃を受けても、あくまで自分は横から見ているだけだった。自分の命がなくなることの恐怖を、リツは思い知らされた。

生きていれば最後に死がある。寺で育ち、源助の狩りも見てきた。だが、昨晩リツは思ったのだ、それが今の自分にやってくるだなんて、嫌だと。

健次郎も、死の瞬間にこんな怖い思いをしたのかとも思った。

疎開っ子らは泣いていた。女教師も冷静じゃなかった。清子だけが静かだったが、怖かったはずだ。滲み出る張り詰めた気配や、俯いて身を硬くしていた姿から、それが察せられた。

あのとき、また一つ、清子と同じ気持ちになったと感じた。

着替え終わり布団に入ると、タマが覆いをかぶせた電灯を消した。

「今夜は静がに決まってる。ゆっくりお休み、リツ」

「婆つぁま」

「なんだい?」

何となく聞きそびれていたことを、リツは訊いた。「あの子がここで寝起きしてだどぎ、婆つぁまとお話した?」

それを尋ねることは、自分の過ちを掘り返すことでもある。にもかかわらず問うたのは、清子が防空壕で涙を見せなかったからだ。源助にも話したが、滝壺の一件以来、清子は変わった。リツはその変化を、タマと過ごした時間にあるのではないかと想像したのだった。

「お話はしたよ。んでも、特別なごとはなんにも言わねがった」

「それでもいい。どないなお話したが、教えで」

「んだっちゃねえ……まずはおめがしたごとを謝った」

「うん」

「礼も言った。リツも感謝しながげりゃいげねぇよ。あの子は生ぎで、おめが人殺しになるのを救ったんだ」

　リツは掛け布団を鼻まで上げた。「うん」

「おめは清子つぁんを見習いなさい。あの子、女学校を受験するそうだっちゃ。そうして、師範学校さ行ぎたいんだど。勉強好ぎなんだねえ」

「おらは好かん」

「んだがら見習えっつったのさ。女学校さ行げどは言わねぇよ。ただおめは、勉強をぢっともしねぇがら」タマはふうと息を吐いた。「清子つぁんとお話した中で、一番胸さ響いだのは、受験のごとだ。こうしたい、ああなりだいっていう思いをたがいでる子、こいな田舎で死んでしまわねで良がったよ。婆つぁんは、心の底がら、あの子が望むどおり女学校さ行って、師範学校さ進めだらいいど思うよ」

　ひとしきり話して、タマは「お喋りはここまでだよ、リツ」と終止符を打った。

「お休み、婆つぁま」

「お休み、リツ」

リツは目を閉じて、タマが話した清子の未来を考えた。

女学校に行くつもりなら、試験を受けなくてはいけない。だとしたら、春には東京に帰るのか。

――清子つぁんへの償いも、しねぐぢゃならねぇがらね。忘れるんでねぇよ。

どうしたって清子は嫌いだ。罪滅《つみほろ》ぼしをしても、許してくれそうにない。疎開が終わったら、二度と会うこともない。

でも、タマの言うとおり、人殺しになるのを救われたのも事実だ。罪滅ぼしだけではなく、お礼もしなくてはならない。でも、具体的になにをするかが、まだ思い浮かばない。

リツは頭まで布団に潜って、体を丸めた。

＊

空襲の衝撃も癒えぬまま、年は改まった。

元旦、清子たちはいつもよりも少し早めに起床し、身支度を整えた。鍛錬の授業などを共にしている国民学校に行き、奉安殿に揃って礼をし、お腹を空かせて戻ってきたら、庫裏の方からとてもいい匂いが漂ってきた。

高源寺のタマとサトは、疎開っ子にひもじい思いをさせないために、集落からできるだけ多くの食料を集めたに違いない。健次郎の一件で喪中であるにもかかわらず、配膳された元旦の食事は、正月らしく、小さな丸餅が一つ入った雑煮《ぞうに》だった。それに糠漬けと黒豆の煮つけ、量は多くなかったが、サツマイモのきんとんまであった。子どもたちは歓声をあげ、金井に行儀が悪いと叱られた。しかし、その金井も、高源寺の心遣いに胸打たれている様子だった。配膳当番の子どもに交じって、かいがいしく皿を運んできてくれるタマとサトに、金井は深々と頭を下げた。

清子はゆっくりと味わってそれらを食べた。子どもたちは日ごろ甘みに飢えているので、金井の目を盗んできんとんの皿を舐《な》める子も少なくなかった。ハナエや節子ですらそうしていた。清子も指を使って、すべてをこそげとり、口に入れた。

心のこもった元旦の食事をいただいたあと、金井の訓示が始まった。新しい年も、小国民としての心構えをなんどきも忘れず、お国のために尽くせる大人になるよう、いっそう励むようにという内容だった。

清子は姿勢正しくそれを聞きながら、雑煮やきんとんの味を思った。どんな料理も、母の味が一番に違いなかったが、タマとサトが作ってくれるものも負けていないと、最近は思うのだ。他の班の子がどんな料理を食べさせてもらっているかは知らないが、高源寺以上に心づくしのものをいただいているとは思えなかった。

——この集落で忌まわしいのは、あの子だけ。

あの子も、雑煮の餅を味わったのか。きんとんの甘さに、頰を緩ませたのか。

あの子と同じことをしたと考えると、先ほどの料理の美味しさが薄らいでしまう気がしたので、清子は考えるのを止めた。

*

元日、庫裏の手伝いを済ませ、しばらく用がないのをタマに確認してから、リツは山を目指した。

麓の集落では、ほとんどとけてしまっている雪も、山に分け入ればそこここに残っている。寒さはこれからがより厳しくなることを、リツは経験で知っている。しかし、山の森がすっかり雪に覆われたとしても、リツは小屋まで登っていける。どこをどう進めばいいのかは、なんとなくわかる。もし迷うことがあったとしても、雪には獣の足跡が残っている。足跡の先には大抵、源助が仕掛けた罠がある。罠の場所がわかれば、今いる位置も大体わかる。リツの頭の中には、源助がどこにどんな罠を使うのかが、すっかり入っているのだ。

小屋の戸を開けて開口一番、リツは言った。

「明けましておめでどう、爺つぁま」

源助はざんばらの髪の隙間からリツをちらと見やり、片方の頬を引き上げて笑った。新年のあいさつは返って来なかった。源助に言わせれば「山の獣や鳥っこが正月を祝うか？」なのだ。

囲炉裏端に座り、かじかんだ手を火にかざす。源助は眠そうに囲炉裏で赤く燃える炭を、いつもみたいに棒でつついている。

「あのね。前も言ったけど、おら、あの子さ、償いだげじゃなぐで、お礼もせねばねんだ」

「そうがい」

「なにをすればいいど思う？　爺つぁまなら、どうする？」

源助の持つ棒の先が、炭の周りの灰に移動する。

「それを考えるどごろがら、償いの始まりだべ。タマさんにも、自分で考えろって言われたんだべ？」

源助はすげなかった。タマといい、年寄りはたくさんものを知っていて教えてもくれるのに、時々それを出し惜しみする。仕方がないと諦《あきら》め、リツは源助の棒の先が生み出す線を眺めながら、考えをめぐらせ始めた。

源助は、以前も描いたのと同じものを描いていた。

ぐるりと丸を描くかと思いきや、線を繋げずに内側へ入り、またぐるりとやる。渦巻き模様だ。

滝壺にできる渦、地を這う蝸牛の殻。

清子の首飾り。

線に呼ばれるように、健次郎の声が頭の中でよみがえった。

——んだがら明日、二人で清子つぁんに返すべ。

「そうが」リツは頷いた。「かわりの物だ」

棒の動きが止まった。リツは立ち上がった。

「そっくりな物を作って返す。爺つぁま、んだね？」

「そっくりか」源助は棒を灰に突き立てた。「おめがそうだど思うんなら、やってみろ」

「わがった。爺つぁま、鉈貸して。川っぺりに山桜《やまざくら》倒れでだんだ。切ってぐる」

源助の返事を待たず、リツは源助の狩猟道具類の中から鉈を取り、小屋を駆け出た。そして、桜の幹のなるべくきれいなところを切り出し、意気揚々と源助の元へ戻った。

「爺つぁま、ここで作らせで」

良いと言われないかわりに駄目だとも言われなかったので、リツはそうすることにした。

＊

松の内が過ぎてすぐのある日、金井は男子児童二人を連れ、配給品を受け取りに町へと行った。残された子どもたちは自習を命じられたが、真面目にやったのは清子くらいで、ほとんどは近くの子と、ひそひそ話をしていた。

「家に帰りたい」

節子に呟いたハナエは、打ちひしがれていた。空襲警報と爆撃音に怯える一夜を過ごして以来、清子への意地悪もいささかなりを潜めている。元日の雑煮ときんとんは、子どもたちをいっとき元気にさせたが、死を間近に感じた衝撃と恐怖は、それだけで消え去るものではない。

死ぬならその前に家族に会いたい。

子どもたちの間には、そんな思いが満ち満ちて、はち切れんばかりになっていた。あの夜をきっかけに、必死に堪えてきた里心が一気に膨らんだのだ。

昼前に、金井とともに町に行った男子二人が、本堂に戻った。定められた配給日に男子が順番で金井のお供をするのは、いつものことだったが、この日、帰ってきた二人の顔つきは普段と違い、落ち着きがなかった。

いたらしい。

「他の先生たちと、こそこそしていたんだ」

どうやら配給の際に、金井は他班を引率する教師と落ち合い、なにやらやりとりをしていたらしい。

「空襲もあったし、先生同士でなにか考えているんじゃないかな」

「なにかって、なんだよ」

「先生は、みんなの前で話すって言って、帰り道でも教えてくれなかった」

「もしかしたら」節子だった。「東京に帰れるんじゃない？」

誰もが一斉に節子を見た。節子はもうすっかりその気で、顔に喜色をあふれさせている。

「だって、隣の町に空襲があったのよ。そういうのから逃げるために来ているのに。だったら、疎開しなくても同じってことになったんじゃないかしら」

「そうね」ハナエが賛同した。「どこでも同じなら、家に帰りたいわ」

清子は仲間に加わらず、教科書に目を落とした。滝壺から生還し、タマと語ったのを機に、本腰を入れて勉強をしたいと思うようになった。女学校へ行くという夢が明確になると、受ける意地悪も以前よりは気にならなくなった。

ともあれ、帰りたいのはここにいる誰もがそうだろうが、先だっての一夜の件だけで帰京の判断が出るなんて、とうていあり得ない。二人は自分の都合の良いように、物事を考えているだけだ。

案の定、男子の一人が異を唱えた。普段から勉強ができるほうの子だ。

「疎開はお国からのお達しだった。だったら、帰っていいという許可が出るとしても、お国が出すはずだ。俺たちの学校の疎開先に爆撃機が来たってだけで、そんなことになるかな」

「じゃあ、先生はなにを相談してたの？」

すると、金井が本堂に戻って来た。

「みんな、きちんと並んで座りなさい。大事な話があります」

眼鏡の奥の目が十六人をそれぞれ見渡す。金井は咳払いを入れてから、思いがけなくも口元を綻ばせた。

「あなたたちのお父さま、お母さまが、こちらへいらっしゃいます」


金井が言ったことを、清子はにわかには信じられなかった。他の子たちもそうなのだろう、座は騒然となった。涙ぐむ女子もいた。

金井が告げたのは、保護者の来訪だった。集団疎開の児童が東京に帰るわけにはいかない。しかし、親がこちらに来ることはできる。疎開してきてから数ヶ月が経ち、年も改まった。空襲の一件もあり、保護者側からも一度子どもの顔を見たいという要望が強くなった。

学校は保護者に報せを出し、希望する親の来訪を許可したのだという。

「今月の末になります。十班の親御さんは、皆さんいらっしゃることになりそうですよ」

みんなの親が来る。ということは、母もだ。

母に会える。

滝壺深くに沈んだように、清子の周りから音が急速に消えていった。かわりに、どきどきと高鳴る鼓動が内側で響いた。もう会えないのかと防空壕の中で絶望したときは、こんな未来が待っているとは思わなかった。母が来てくれる。声が聞ける。優しく微笑む顔が見られる。

あまりに心臓が跳ね回り、苦しさを覚えた清子は、胸に両手を当てた。

とたん、現実の音が戻った。体中の血が下へと落ち、清子は青ざめる。

母からもらった首飾りは、もうない。それを知られてしまう。

悲しませてしまう。

第八話　「効」

薄暗く寒々とした本堂の中が、ほかほかとした期待に沸きたっているのがわかる。明日、ここに疎開っ子たちの親がやって来る。誰一人例外はない。清子の母もだ。清子も首を長くしていた。同時に、せっかく別れ際に持たせてくれた首飾りの顚末《てんまつ》を、知られるのが残念でもあった。

首飾りがないと気づけば、母は理由を訊くだろう。訊かれたら、どれだけ理不尽な目に遭ったのか、残さず聞いてもらおうと清子は思っていた。

タマやサトからは十分な詫びを受けたし、自分の体も今は元気だ。だが、清子が最も痛めつけられたところは、目に見えない。その傷はまだ血を流している。傷を見せられるのも、手当てできるのも、母しか考えられなかった。きっと、本堂にいる誰より、母が恋しいのは私だ。

母の優しい笑みを思うだけで、かつての弱さが顔を覗かせ、涙が滲みそうになる。だから、口の中を嚙んだ。

嚙むと痛みで冷静になった。

自分はもう六年生だ。乳飲み子ではない。なのに、傷つけられたからとその様を晒《さら》して痛いと喚くのは、幼すぎやしないか。

事の次第をつまびらかにすれば、リツのひどさも、清子はひとつも悪くないこともわかって、慰めをくれるだろう。だが、母はすぐに東京へ帰る。寺をはじめ集落に泊まるところはない。夕方前には寺を出て、その日の宵の列車で帰京する強行軍だと聞いていた。

また、別れ別れになるのだ。ひとたび離れてしまえば、日々の出来事を逐一話すことはできない。手紙の内容は、金井に検分される。

事態がわからなければ、母は心配をつのらせるだけだ。そんな思いはさせたくない。

首飾りのことは、いったんごまかそうと、清子は思い直した。三月になれば、国民学校は卒業だ。受験もある。東京に帰れる。

帰ったときに、すべてを話そう。案じさせたくなかったと素直に打ち明ければ、母も許してくれる。我慢しよう。母のためなら、できる。

＊

綿入れを二重に着込んだリツは、身を切るような寒さの中、風呂釜の湯を沸かすべく、焚き口の前で火を見張っていた。ときどき加減を見て、薪や冬の前に拾っておいた小枝をくべる。焚き口が外にあるために、冬の風呂焚きは難儀な作業だった。

かじかむ手を焚き口にかざして暖を取る。あたりはすっかり暗くなっていて、天を仰ぐと一面に星が見えた。

本来は、風呂を焚く日ではなかった。明日、疎開っ子たちの両親が訪ねて来るから、タマが沸かしてやろうと言い出した。余計な労働のしわ寄せは、リツに来た。タマとサトが夕食の支度で忙しいとき、リツは外にいて手伝わなかった。働かなかったその分、風呂の支度をしろと命じられた。

源助のところで、清子に渡す首飾りを作っていたから、遅くなったのだ。木を彫る道具を貸してくれるのは源助しかいない。

リツは作り始めたころに比べて、ノミや小刀の扱いに、とても慎重になっていた。怪我をするからだ。それでもまだ上手くいかないときがあって、左手は傷だらけだ。

力任せに形を作ろうとすると、思いがけない部分まで砕けてしまったり、ときには大きく割れてしまったりする。そうして、考えているよりもどんどん小さくなってしまう。リツは何度もやり直している。

源助は、リツの作業に一度も口を出さない。最初に、ノコやノミなどの扱い方を簡単に説明してくれたが、あとは知らんふりだ。リツが「ここを丸っこぐするにはどうしたらいいの？」と尋ねても、教えてはくれない。

「もう一度やってみろ」

そう言うだけだ。

ただ、最初に一つだけ確認のように訊いてきた。

「リツ。おめはどないな物を作るづもりだ？」と。

リツは「そっくりな物を作る」と答えた。

それに対して源助は、なぜか、含むものがあるような笑いを漏らした。

清子の首飾りは本当に綺麗な円形で、表面は滑らかに磨かれ、艶があった。その中に、中心に向かって渦を巻く模様がある。リツはノミを握るたびに、それを作る難しさを痛感させられた。

作ったのが清子の母親だとしたら、相当手先が器用だ。

あの形と模様を模倣しようとすればするほど、上手くいかない――。

湯加減を確かめる気配が、壁を隔てた風呂場から聞こえた。

「いい塩梅さ沸いだよ。リツ、もういいよ」

サトの声だった。

リツは細長い枝を焚き口から突っ込み、燃えている薪の位置を整えて、庫裏へ戻った。

「ごぐろうさん。寒がったっぺ？」

お勝手にいたタマが、声をかけた。リツは「うん」と返事をして、糠床をかき混ぜるタマの隣にしゃがんだ。

＊

床についても、清子は寝付けなかった。この夜が明ければ、明日になる。母に会えるその日になる。母も今ごろ、清子たちがここに来たときのように、夜行列車に乗っているだろう。一秒ごとに、母は近づいている。そう思うと胸が躍って、夜は深くなるのに、目はますます冴《さ》えわたるのだった。

眠れないのは他の子も同様で、同じ脇間に布団を敷くハナエと節子も、何度も寝返りを打っては、ときおりひそひそと話をした。二人の声は低かったが、興奮は伝わってきた。ふすまの向こうからも、子どもたちが動く音が、いつもより頻繁に聞こえてきた。

就寝して、どのくらい経っただろうか。ようやく子どもたちの身じろぎも落ち着いた。

どうやら起きているのは自分だけらしいと判断した清子は、そっとふすまを開けて、隣の物置きに移動した。

冬になる前は、ここで雨戸を少しだけ動かして明かりを取り、一人で勉強をした。今は寒くてとてもできないが、清子は自分の体を抱きながら、そのころを振り返った。

健次郎も生きていた。まだ見ぬ母に思いを馳せて、夜中、一人で庭に佇んでいた。

気の毒に。

清子は改めて、健次郎の死を悼んだ。母親を恋い慕う気持ちを共有していた彼は、願いを果たせずじまいだった。

夜が明ければ、自分は母と会える。

清子の興奮はゆっくりと満ち足りた気分に変わっていった。首飾りについて秘密にしなければならないことを考えると、寂しさに似た痛みを覚えるが、会える喜びはそんな感情など覆い隠してしまうほど大きかった。

清子はそっと布団に戻って、目をつぶった。


短い眠りの後、清子は覚醒した。まだ薄暗い中、すぐに布団から出て身支度をする。常ならば、清子が早めに起き出すと、たちまち不愉快な顔になるハナエと節子も、いそいそと起床して布団を畳み、着替え始めた。

清子は自分の髪を念入りに梳《くしけず》り、いつも以上にきっちりとおさげに結わえた。ブラウスの上から、母が毛糸で編んでくれた上着を着こむ。

一月末の朝、外はいつにもまして冷え込んでいた。しかし、この上ない晴天だった。清子らは寺の敷地で体操を行った後、早めの朝食をとった。

「先生は今から駅へ迎えに行きます。午後からは面会の時間で、国民学校の鍛錬の授業には、今日は行きません。皆さんは午前中しっかり教科書を読んで、静かに待っているように」

無論、金井の言いつけは守られなかった。秋口からずっと離れ離れだった親に会えるのだから、無理もない。

「なにか持って来てくれると思うんだ」

「卵焼きがいいなあ」

「お稲荷《いなり》さんをお腹いっぱい食べたい」

彼らの声を聞きながら、清子もなにが欲しいか考えた。たっぷりの綿が入った半纏《はんてん》があったら、もっと暖かく過ごせる。石鹸も小さくなってしまった。きれいなブラウスが欲しい。母が味噌《みそ》で煮つけた鯖《さば》も恋しい。冬の今なら、できたての蒸しパンも。

でも、どんなものよりも、母が来てくれることが嬉しい。何なら手ぶらでも構わないのだ。

子どもたちが入れ替わり立ち替わり外厠へ行くのは、外に出るついでに道を眺めて様子を見るためだろう。そうこうしているうちに、ついに一人の男子が、門に面した側のふすまと障子を開け放した。清子たちが初めて高源寺を訪れたとき、開け放たれていたのと同じように。外気がたちまち本堂内を冷やしたが、誰一人として文句は言わなかった。われもわれもと卓を離れると、開けられたふすまの周囲に集まり、ひたすら表に目を凝らした。

「あの松、なければいいのに」

「私のところからじゃ、全然見えない」

清子もたまらず近づいていって、みんなの後ろから背伸びをした。誰も清子を構わなかった。普段、目の色のことでいじめられ、少しそばに寄っただけで嫌な顔を向けられることも珍しくないのに、このときばかりは別だった。

やがて、一番背の高い男子が声をあげた。

「来たぞ」

疎開っ子たちは、もう待てなかった。みんな一斉に玄関へ走り、靴を適当につっかけて、外へと走り出た。

清子もそうした。門から表の道に出ると、快晴の空のもと、大人たちの一群がこちらへ向かって歩いてきていた。先頭にいた金井が、子どもたちが寺から出てきたのに気づいて、慌てたように手のひらをこちらへ向け、制止しようとした。止まる子などいなかった。金井についてきた大人たちも、金井を追い越して我が子へと駆け寄った。

一組、二組と、親子が久々に手を取り合う。母親の首に抱きつく子もいる。歓喜の声が生まれる。

清子はそんな声をよそに道端に佇んで、遠くからゆっくりと歩いてくる人影を見つめた。陽光がその人の白い顔を照らす。外套《がいとう》を着こんでいてもわかるほっそりとした体格。いつもは背筋を伸ばして歩くのに、やや上体を前にしているのはなぜだろう。

荷物を背負っているからだと気づいた途端、清子の足は動いていた。他の子のように全力で走っていくなんて幼いと思っていたのに、清子の足はどんどん速まった。母親はそんな清子の姿ににっこりした。

「お母さん！」

「清子」清子の母は蒼い目を優しく細めた。「会いたかった」

頬に当てられた母の手は冷えていた。清子はその手の上から自分の手を重ねた。母の笑みが深まった。

それから清子は、母が背負ってきた荷物を持とうとした。母は「ありがとう」と礼を言いつつ、任せなかった。不満げな清子に、母は片手に持っていた風呂敷包みを渡してきた。清子はそれを受け取り、寺へと連れだって歩きながら、空いたほうの手で下から母の背の荷物を支えた。

リツは国民学校の校庭で、藁の人型を突く鍛錬の授業を受けていた。寒さは厳しかったが、体を動かす鍛錬の時間は、国語や算数より好きだ。

今日は、疎開っ子たちがいない。

リツは表の道を見やった。だんだんと近づくざわめきを聞き取ったからだ。

大人の声のざわめきだった。子どもみたいにはしゃぐことはないが、黙ってもいられずに、同じ道を行くもの同士で語らっている。

槍の根元を凍った地面に立てて、リツはさらに耳をそばだて、目を凝らした。

よそ見を咎められ、そのときだけ教師のほうを向く。教師の目が離れたら、すぐまた道を見る。

ざわめきは次第にはっきりとした。リツが人型を一突きして列の最後尾に戻ると、金井を先頭に大人たちの集団が集落のさらに奥へと、通り過ぎていくところだった。

やってきた保護者は、ほとんどが母親だった。皆一様に結構な量の荷物を抱えている。

あの中に、清子の母親もいるのか。

リツが思った矢先、一番後ろを歩いていた女がこちらを向いた。

リツがいるところと道までは、二、三十メートルほどの距離があったので、女の顔形はぼんやりとしか見えない。しかし、女のその挙動から、初めて疎開っ子らが高源寺に来た日のことが思い出された。あの日リツは、敷地の片隅から本堂を覗いた。子どもたちはみな背を向けていたのに、清子だけは、リツがそこにいるのをわかっていたかのように振り返った。

女は、まるであのときの清子だった。だから確信した。あれが清子の母親だと。

リツは敵と対峙した獣のように身構えた。

だが、清子の母親は立ち止まり、きちんと身体《からだ》をリツへと向けて、片手に下げていた風呂敷包みも、いったん地べたに置いた。そして、丁寧に腰を折った。おざなりな会釈などではなかった。二人の間には誰もおらず、礼は間違いなくリツへのものだった。

ひりひりと肌を刺すなにかは、確かに飛んでくる。しかし、清子と比べてそれはずっと弱く、まろやかだった。

清子の母親は、頭を上げてややしばらくリツを見つめ、また歩き出した。

「さっきから、どごを見でおる」

怒鳴り声がした。リツの脳天に教師の拳骨《げんこつ》が落ちた。近くにいた男子児童が二人笑った。教師は「鬼畜米英ど戦うだめの鍛錬で、笑うどは何事が」と、その二人にも鉄拳をくれた。

鍛錬の授業の後、リツは飛んで寺に帰った。

昨日までは、疎開っ子たちが親と会うところなど見る気はなかった。タマとサトがどんなに良い親がわりでも、本物ではない。十六組の親子たちが一堂に会しているところを目の当たりにしたら、必ずや自分は『みなしご』だという事実を突きつけられる。それは愉快なものではない。夢の中で清子に「みなしご」と言われたときも、腹が立った。

だが、嫌な気持ちを差し置いても、清子の母親に興味がわいた。

どうしても好きになれない清子の母親が、きっちりと頭を下げたのだ。清子に似て嫌な奴《やつ》なのではと、リツは想像していた。それが覆された。

どんな人なんだろう？　あの首飾りを作った人は。

もう少し近くで、顔を見てみたい。清子に似ているのか。きれいな人なのか。

瞳の色は。

白い息を吐きながら、リツは寺を目指して走った。

＊

親たちがやってきて、本堂は窮屈になったが、その分暖かくもなった。昼食では親子が隣り合わせに座り、芋粥《いもがゆ》を食べた。

子どもたちがひもじくしていないか、案じていたのだろう。どの親も食べ物を持参していた。蒸かしたサツマイモやリンゴ、ゆで卵などが、大事そうに荷物の中から取り出され、子どもたちに渡される。

「清子、これも食べなさい」

清子の母は、荷物の中からアルミニウムの弁当箱を取り出した。蓋を開けると、焦がれていた蒸しパンが入っていた。丸くて黄色いそれは、輝かしい太陽みたいだった。清子はすぐそれを手に取り、一口大にちぎった。冷えて少し硬くなってはいたが、ほおばるとかぼちゃの甘い味がした。清子は夢中で食べた。

「美味しい」

母は微笑んだ。

「お母さんも食べない？」

「あなたに食べさせるために作ったんだから、いいのよ」

これらを作るための材料を、母はどう工面したのか。食べながら清子は考えずにいられなかった。小麦粉、砂糖、塩。ここに来ると決まったときから、自分の食事を切り詰めたに違いない。

そんな母の姿を想像して、清子は喉が詰まったようになった。ゆっくりと咀嚼《そしゃく》していると、母は清子の頭をそっと撫でてくれた。

「お母さん。東京に帰ったら、私にも蒸しパンの作り方を教えて」

「いいわよ」母は清子の目を覗き込んできた。「勉強ははかどっているの？」

清子は辺りに注意を払った。清子たちは本堂の隅にいて、ハナエや節子たちからは距離があった。他のみんなも、それぞれの親となにかを食べながら語らっている。金井は庫裏側の壁際に控えていた。

「寝ている脇間の隣が、物置きなの」清子はこっそりと打ち明けた。「だから、他の子が寝静まった後にそこへ行って、一人で教科書を読んでいたわ」

「頑張っていたのね」

「でも、今は無理。雨戸を開けなきゃ月明かりが取れないんだけれど、開けたらとても寒くなってしまうの。だから、昼間の明るいうちや、消灯前に、できるだけ……」

清子は相槌を打ちながら聞いてくれる母を、まじまじと見た。昼の日の下で久しぶりに顔を合わせたときは、嬉しさが先に立って気づかなかったが、母は少々やつれていた。もともと細面だったが、記憶していたより頬の肉が落ちているし、目の下にも青黒い隈《くま》がある。ねじりながら後ろで結いまとめた長い髪にも、白いものが多くなっていた。

「お母さん、具合は悪くない？」

尋ねると、母はやんわりと首を横に振った。「夜行で来たからちょっと疲れているだけです。あなたに会えたから、それも吹き飛んでしまったわ。それより、そろそろ不自由しているだろうと思って」

　母は背中に負ってきた荷物を解いて、清子の衣服や日用品を出した。清子が欲しかったものすべてが、用意されていた。石鹼に手拭い。衣服もあった。ブラウス、もんぺ、水色の毛糸で編まれたカーディガンも。だが、よくよく見てみれば、衣服の布地は新しくなかった。もんぺの柄や毛糸の色にも覚えがある。母の着物の柄や肩掛けの色だった。母が身に着けていたものを、清子のために作り直したのだ。

「お母さん、これ……」

「いいのよ。お母さんは何とでもなります」清子の頰に母の手が当てられた。「それよりもあなた、もしかして、苦労をしているのではない？」

　母の視線は、清子の胸元に下りた。清子は思わずそこに手をやった。衣服越しに、体の感触が伝わる。それはすなわち、あるべきものがないということだった。

「私……」

　母はやはり気づいたのだ。深い海のような優しい目に、失望の影がよぎったように見えた。清子は申し訳なさに俯いたものの、決意したことを忘れてはいなかった。心配をかけてはいけない。死にそうな目に遭ったなどと、けして悟られては――。

「ごめんなさい」

　清子は外厠へ行くふりをしてその場を立った。悟られてはいけないと考えた途端、隠し事がありますと、顔に出てしまいそうだったからだ。

外履きをつっかけて、本堂の縁側に沿って奥へ走り、立ち止まる。ちょうど、夜中に健次郎が佇んでいた辺りまで。

清子は心を落ち着かせるために、意識的に深呼吸した。母とともにいられる時間は短い。一秒も無駄にはしたくない。心のうねりを鎮めてすぐに母のもとへ戻り、不注意で失《な》くしてしまったと、いっときの嘘をつかなくては。

「清子」

はっと振り向くと、母が立っていた。

「あなた、お母さんを見くびるのではありませんよ」

「見くびるだなんて」

「嘘もいけません。お母さんがあげたあの首飾り、どうしたの？」

答えられずにいると、母は問いを重ねてきた。

「もしかして、壊れてしまったの？」

詰問する口調ではなかった。反対に、切ないほど優しかった。

いっそ、詰問されたほうが持ちこたえられた――清子は自分の顔が歪むのをどうすることもできなかった。母が近づいて来て、清子の体を抱きしめた。

「大変なことがあったのね」母は清子の頭を撫でた。「苦労なんてものじゃない、あなたの無事が危ぶまれることが」

　滝壺の一件以来、意地悪や白眼視に俯かなくなった。今ではなく先を見つめるように努めていれば、毅然とした振る舞いができるようになった。強くなったと自分でも思っていた。

　なのに、清子は母の胸にすがって号泣していた。疎開してきて味わったあらゆる感情が、すべて涙に変わって、あふれ出たのだった。母の体は寄り添っていると温かくて、安心して、また涙が出た。母からはほのかに甘い安らぎの匂いがした。

「あなたが無事でよかった」

　母は清子の耳元で囁いた。

「ごめんなさい。どうしようもなかったの」清子は涙ながらに訴えた。「大事にしていたの。いつも首に下げていた。でも、お風呂をいただいているときに盗まれて」リツの顔が頭に浮かんで、母の襟元《えりもと》をついきつく握ってしまう。「嫌な子がいるの。いるだけで虫唾《むしず》が走る。その子が盗んだの」

　清子は涙とともに、リツのこと、健次郎のこと、逆恨みのあげく、沈めば二度と浮き上がって来ないという滝壺に落とされたこと、奇跡的に助かったそのとき、首飾りが光って割れてしまったこと、いきさつの全部を打ち明けてしまった。

「せっかくお母さんが作ってくれたのに。一生大事にするつもりだったのに」

「ああ、あの子……」母があやすように背中を叩いてくれた。「リツというのね」

「会ったの？」

「見かけただけよ。でも、あなたがあの子を嫌に思うのはわかるわ。あの子のせいで、首飾りは壊れたのね」

「そうなの。滝に落ちたあと、砕け散ったの。冷たい水に濡れたからかしら」

「いいのよ、清子。それでよかったの」

「よかった？」清子は納得できない。「どうして？　私は死にそうになって、そのうえ首飾りは壊れたのよ」

「あれは壊れていいの」母の手が清子の濡れた頬を拭った。「言ったでしょう？　あなたを守るものだと」

清子は首飾りを渡されたとき、母に言われたことを思い出した。

――これは、お母さんのかわりにあなたを守るものよ。あなただけのもの。あなたのためだけに、お母さんが作ったの。

「あれは、守ることができたときに壊れるものなの」

「本当に？」

「そうよ。お母さんも昔もらったの。あなたと同じように、あなたのお祖母《ばあ》さまから手渡されたのよ。お父さんと一緒になるために、ずっと住んでいた村を離れる朝だった……いい機会だから、あなたに話しておきましょう」

二人は縁側に腰かけた。

清子は両親のなれそめを知らなかった。双方の祖父母に会ったこともなかった。幼いころ、祖父母に会いたいと母にねだったとき、困ったような悲しいような顔ではぐらかされたのを覚えている。そのとき清子は、なにがしかの秘密と理由の存在を察知した。以降、自分からは祖父母について水を向けたことはなかった。

「お母さんは、東京からずいぶんと西に下った、ここよりも小さな村にいたの。男たちはみんな海に出て、漁をして暮らしていた。あなたのお祖父《じい》さまもそう。今思うと貧しくて不便だったけれど、集落での暮らしは平穏だった。なぜなら」

濃淡の差はあれど、みんな蒼い目をしていたからと、清子の母は言った。

「でもお母さんは、村に行商に来たお父さんを好きになってしまった。お父さんもお母さんを好きになってくれた。村の外の人は、たいてい私たちの目を気味悪がって、できるだけ関わらないようにするか、いじめるかのどちらか。かつてに比べればだいぶんましになったとお年寄りは言っていたけれど、それでも差別されたわ。あなたもわかるでしょう？なのに、お父さんだけは違った。優しかったの。行商をしていたお父さんは、年に数度、季節の変わり目にやって来た。それを待ち焦がれて、何年かして……お母さんは村の男の人と結婚しなくてはいけなくなった」

「婚約をしたということ？」

「村の人間同士で結婚するのが当たり前だったのよ。蒼い目の私たちは特別だから。それから、もう一つ理由があったの。村には言い伝えがあったの。村の外には、私たちとは違った特別な民がいると。その民とは、会えば必ず憎み合い、争ってしまう。だから出てはいけないのだとね」

「あっ。もしかして、リツは」

「きっとそう。その子は私たちとは憎しみ合う宿命の、もう一つの特別な民。だからさっき、あなたが嫌に思うのがわかると言ったのよ」

「お母さんも、そんな相手に会ったことあるの？」

母はちょっとの間、遠い思い出を懐かしむ顔になった。「そうね……あるわ。あなたが生まれる前、まだ東京にもいないころよ。一目見て、言い伝えは本当だとわかった」

「その人とは、憎み合って争った？」

「お父さんがそばにいなければ、そうなっていたかもしれないわね。お母さんはお父さんに支えて助けてもらった。本当にお父さんのおかげだけど、今思うと、言い伝えの相手と会うことができて良かったと思っているわ」

それは、にわかには信じがたい言葉だった。「なぜ？　会わないほうがいいに決まっているのに」

「お母さんはその相手に、自分を律することを教えてもらったと思っているからよ」母の口調に迷いはなかった。「ともあれ、よそで生まれ育った普通の人間であるお父さんと一緒になるためには、誰にも知られず、村を逃げなければならなかった。でも、あなたのお祖母さまだけは気づいていた。お母さんが勝手をすることをわかって、黙っていてくれた。そうして、こっそりと家を出るときに、あの首飾りをくれたの」

清子は一度も会ったことがない祖母を想像した。思い描いた顔は、母に似ていた。

「お母さんは、いつお祖母さまから首飾りの作り方を教わったの？」

「教わったことはないのよ。お母さんがまだあなたくらいの歳のころに一度だけ、初めて船に乗る兄のためにお祖母さまが作っているところを見たけれど、それだけ。お祖母さまはいくつも作るものじゃないと言っていた。ただ作るだけでは意味がないとも。生涯に数度、本当に必要なときに作るのだと」

意味がないとはどういうことかと、ささやかな疑問が頭をもたげたが、清子はもう一つの疑問を先に口にした。

「お母さんの首飾りはどこにあるの？　今も首に下げているの？」

母は首を横に振った。「お母さんのも壊れたのよ」

「いつ？」

「お父さんが亡くなったとき。あのとき、お母さんも一緒に死ぬところだった。でも、こうして生きている。そのわけは、首に下げていた首飾りが、光って割れたから。身がわりになって守ってくれたの。あなたと同じなのよ」母は清子に言い含めた。「壊れていいと言ったのは、あなたを守り抜いた証《あかし》だからよ。役目を果たしてくれて、お母さんもほっとしたわ。ちゃんと効き目のあるものが作れたんだって」

「作るのは、難しいの?」

「兄の首飾りを作るあなたのお祖母さまに、お母さんも同じことを訊いたわ。生半可には作れないものだって言っていた。だから、作り方は教えられない、自分も教わったわけではない、教えられないところが一番大事なのだと」母は昔を懐かしむ目をした。「お母さん、それがずっとわからなかったわ。でも集団疎開が決まったとき、あなたにはどうしても首飾りを作らなきゃと思ったの。大事なことはわからないままだったけれど、とにかくあなたのために作らずにはいられなかった……ようやくわかったわ、その大事なこと」

「それはなに?」

母は苦笑した。「今あなたに訊かれて、教えてくれなかった理由もわかった気がするわ。教えられないのよ。いいえ、教えてもどうにもならないと言ったほうがいいかしら」

「難しいのね」

「難しくはないわ。でも、もしその大事なことを教えてもらって、そのとおりにしようと無理に意識しながら作ったら、それはきっとただの木彫りの首飾りにしかならないでしょうね」

「お守りにはならないのね」

「そう。言い換えれば、首飾りがお守りになるときは、自然と大事なことができているのよ」

清子は考え込んだ。難しくはないのに、教えられない。難しいと感じたら、ものにならない。何のことか。教えることを仕事にしたい清子にとって、それは興味深い疑問だった。いつの間にか、涙はすっかり止まっていた。

「私にも作れるかしら」

「あなたにはその力があるはず。特別な血をひくものだけが、あの首飾りに力を込められるから。でも、どうして？　あげたい人がいるの？」

「お母さんに」

「ありがとう、とても嬉しいわ。でも、今はその言葉だけで十分よ。お守りを作るより、あなたは三月の受験に備えて励まなくてはね」

そうだった。清子は背を伸ばし、母の目を見て力強く頷いた。母は安心したように笑んだ。若干やつれたとはいえ、母はやはり美しいと、清子は思った。

「私、あともう少し、休まず励みます」

「あなた、東京を発《た》ったときよりも強くなったわ」母は清子の肩に手を置いた。「体に気をつけて、なにもかも怠りのないようになさい。お母さん、あなたが帰ってくる日を楽しみに待っていますよ」

「はい」

「あなたの大好きなものを用意して待っているわ。蒸しパンよりも、とっておきのものをね」

清子の胸が弾んだ。ひと月と少し我慢すれば、母が待つ東京へ帰れる上に、大好きなものを用意してくれているのだ。何だろう?

「なんとか、手に入れる目星はついたから、楽しみにしていなさい」

請け合う母に、清子は「はい!」とようやく明るい声を出せたのだった。

「戻りましょう。冷えたでしょう?」

子どもみたいに泣いてしまったが、清子の心は雨上がりの空のようにすっきりと晴れ渡っていた。

「私、目が赤くないかしら」そこで清子は、かつて見た源助の右目の蒼を思い出し、母に話した。「そのお爺さんは片方だけなの。片方だけの人は、私やお母さんの仲間? それとも違う?」

母は不思議がった。「お母さんの故郷には、片方だけの人はいなかったわ。そういう人もいるのね。きっと、はるか過去まで遡れば、繋がりがあるのかもしれないけど……お母さんにもわからないわ」

「そうなの……」

「とにかく、あなたの目は、とてもきれいよ」母の口調に迷いはなかった。「誇りを持ちなさい」

＊

本堂がいつになく賑やかだったので、疎開っ子と彼らの親がそこにいるのはすぐにわかった。

どうやって中を覗こうかと、リツは思案したが、良案は思いつかなかった。そっとふすまを開けるしかない。でも、清子ならすぐに気づきそうだ。

と、そのとき、まさにそのふすまが開く音がした。とっさにリツは、そばにあったご不浄に隠れた。戸の隙間から見ていたら、出てきたのは清子だった。こっちに来るのかと青くなったが、靴をつっかけて外へ飛び出していった。

どうやら、本堂の裏手に向かったようだ。

続いて、涼し気な佇まいの女が、清子の後を追って本堂を出た。リツに頭を下げた、件の女だった。

リツは首を傾げた。外厠へ行ったのか？　それにしては、明らかに様子がおかしかった。いつもの清子であれば、隠れているこちらの気配にも気づいたのではないか。

リツは本堂の周囲をめぐる縁側を、注意深く進んだ。清子の影が見えたら、また隠れなければならない。とりあえず、居場所を知りたかった。

清子と母親の居所は、縁側を北に折れる手前でわかった。二人は本堂の裏手に近い角にいた。このまま行けば、いずれどちらかの目に留まってしまう。リツは少し考え、物置きを利用することに思い至った。自分の耳なら、縁側の突き当たりにある物置きの中に入れば二人の話が聞ける。あの物置きには、北の入側を通って入れる。普段の清子になら気取《けど》られるかもしれないが、先ほどの様子なら、ばれないだろう。

リツは立て付けの悪い戸を、なるべく音を立てないようにこじ開け、物置きの中へと入った。

狭く暗い空間に、どうしてか清子の気配が残留しているように思われた。本堂から聞こえる話し声や笑い声に緊張しつつ、リツは慎重に二人がいるであろう場所へ、寺の内部から近づいた。

閉ざされた雨戸にわずかな隙間を作り、顔を近づける。耳も澄ませた。

「嫌な子がいるの。いるだけで虫唾が走る」

清子の声だった。自分のことだ。リツの心臓がばくんと拍動した。声のしたほうに眼球を動かせば、清子は母親に抱きしめられている。

「その子が盗んだの」

リツは激しく動揺した。自分のことを悪く言われているからではない。命拾いしたのを境にどこかきりりと変わった清子が、嗚咽し泣いていたからだ。やはり、いつもとは違う。リツが近くにいるのにも気づかない。

清子は母親の腕の中で涙にくれながら、リツの所業をなにからなにまで話した。リツは黙って聞いているしかなかった。清子の声で語られるリツは、自分勝手でどこまでも悪い少女だった。リツは清子にどう思われているかを、今さらながら思い知った。

「ああ、あの子……」

清子を慰める母親の視線が動き、戸の隙間へぴたりと定まった。

「リツというのね」

清子の母親は微笑み、こちらに軽く会釈までした。リツは退散しようと思ったが、踏みとどまった。それは、こちらに気づいているはずの清子の母親が一瞬見せたその笑みと物腰で、リツの無粋を許したとわかったからだ。むしろ、私の娘をどれだけ苦しめたか、壊れた首飾りがどんなものだったのか、きちんと知ってほしい――そう訴える目をしていた。

リツは覚悟を決めた。

そしてその大きな耳で、母子の会話を、一言も余さず聞き取ったのだった。

源助から聞いた海と山の物語を彷彿《ほうふつ》とさせる話を、清子の母は語っていた。自分も憎み合う相手と会い、その相手から自分を律することを教えられたと。

以前、リツはタマに己を律するよう言い含められた。清子の母がリツを目にしても落ち着いていたのは、きっとそれができているからなのだ。できる人はちゃんといるのだ。

さらには、首飾りの秘密について。

母子が本堂に戻っていくのを見送りながら、リツは清子の母親が語った言葉を反芻《はんすう》した。

――教えられないところが一番大事なのだと。

――もしその大事なことを教えてもらって、そのとおりにしようと無理に意識しながら作ったら、それはきっとただの木彫りの首飾りにしかならないでしょうね。

大事なことなんて、考えもしていなかった。リツの頭にあったのは、とにかくそっくりに仕上げる、それだけだった。

そっくりに作るためには技術が重要だ。でも技術なら教えられる。教えられないところが一番大事なら、そっくりに作るだけでは駄目だ。

このままでは、まがい物をあげてしまう。罪滅ぼしにも、お礼にもならない。いや、そもそもそういった目的のために作るものではないのだ。清子の母や祖母に、そんな気持ちはなかっただろうから。

まがい物と知れば、清子は受け取らないだろう。

リツは物置きを出て、庫裏へと戻った。

それにしても、清子があんなに泣くなんて。お母さんに会えたのなら、嬉しいはずなのに。

リツは清子の涙の意味を考えた。だが。

――親に捨てられたみなしごだから！　だからわからないの！

悔しいが、これぞという答えは見つからない。

じゃあ、自分があれほどまでに泣いたのは、いつだったか。

――おめは健次郎ばよっぽど好ぎだったんだなや。

激情のままに清子を滝壺に落とした夜、しみじみと源助に言われたことが思い起こされた。

健次郎の死を受け止めたあのとき、リツは身も世もなく泣いた。あのときの感情をどう言い表していいのかわからないが、とにかく悲しくて、寂しくて、辛かった。言葉ではなく、涙そのものがリツの心だった。

健次郎が好きだったから、あんなに泣いたのだ。涙があふれて止まらなかった。

清子の涙もそうなのか。

もしも奇跡が起きて再び健次郎に会えたとしたら、言葉で感情を伝えるかわりに、同じように泣き喚くに違いない。「リッつぁん、帰って来だよ」とあやすように背を叩かれたら、もっと涙が出る。

自分が健次郎のことを好きだったように、清子はお母さんのことが好きで、恋しくて、会いたかったのか。ずっと我慢していたのか。

誰かを恋い慕う感情は同じなのか。

リツは、初めて清子の心の端っこに触れた気がした。

ほんの少しだけだけれど、同じ部分がある。自分には母親はいないけれど、誰かを恋い慕う気持ちはわかる。

意外なことにその理解は、リツに嫌悪感を覚えさせなかった。清子に関することで悪感情を抱かないのは、初めてだった。

恋い慕う相手からの贈り物を、自分は駄目にした。

リツは駆け出し、源助のいる山を目指した。

最初からやり直そう。そっくりは大事じゃない。償いばかり考えてもいけない。自分が犯した間違いの罪滅ぼしのつもりなら、巡り巡って自分のために作ることにもなる。

清子は母親に作ってやりたいと言っていた。母親も清子にはその力があると答えた。そこに、罪滅ぼしは関係ない。

清子が母親に向ける気持ちと、自分が健次郎に向ける気持ちが似通っているなら、こう考えてみよう。健次郎に作るとしたら、どういう気持ちで作る？

元気でいてほしい、死なないでほしい、守られますように、そう思うはずだ。

清子へのお守りを作るなら、その気持ちをそっくり清子へ向けて作るのだ。たとえどんなに大嫌いでも。

――本当に強い者は、憎しみを相手さ向げね。その、自分の憎しみど戦う。

この戦いに勝てなければ、お守りは作れない。

山に入ると、雪が足元を危うくさせる。しかしリツは、いっそう足を速めた。

＊

夕刻、別れのときが来た。

男の子も女の子も寂しがって泣く中、清子だけは泣かなかった。もう十分に泣いた。これから先は、帰京と受験のことだけを考えて、その日のために頑張るのだ。

清子の決意をわかっているのだろう。母は微笑んでいた。

「汽車の時間がありますから。それでは親御さんは一緒にいらしてください」

金井が他班と合流するところまで先導するが、子どもたちは同行を許されなかった。

「お母さん、私必ず女学校に合格してみせます」

「信じていますよ」

母はそう言うと、微笑みをふと消して、真剣な面差しになった。そして顔を寄せて、清子にだけ聞こえるように言った。

「お母さんは、この戦争は間違っていると思っています」

清子は絶句した。藪《やぶ》から棒《ぼう》に、母がこんな不敬《ふけい》なことを言うなんて。しかし、母は失言を恥じているようにも、後悔しているようにも見えなかった。母の蒼は、しっかと清子を見据えていた。

「時に誰かを憎く思うのは、仕方がないことなのかもしれない。けれども、争いにまで至らせるのは無意味だと、お母さんは思うの。どんな大義があるとしても、この戦争のせいで、大事なあなたと離れ離れ。これだけで、お母さんはむなしいわ」

争い合うのはむなしい――母は繰り返した。

「嫌いだという感情をただぶつけるのは、お腹が空いたから泣く赤ん坊と同じ。憎しみを抱いても、争わないでいることはできるはずです。目の色のせいであなたが他の子と上手くいかないのを、お母さんは知っています。加えて、あなたはここで敵対する宿命の相手と会ってしまった。あと一ヶ月とはいえ、辛い時間になるでしょう。けれども、だからといって自分の気持ちをそのままぶつけては駄目」

「じゃあ、どうすればいいの？」

「自制しなさい。好きな相手には、自然に気持ちの良い振る舞いができるもの。だから嫌いな相手には特に意識して、誰よりも丁寧に、親切になさい。あなたを差別する人たちにこそ、いっそうの礼を尽くさなければならないと心得なさい。そうすれば、相手の態度も少しずつ変わっていく。これは村を出たお母さんが経験で学んだことよ」

清子はすぐに良い返事ができなかった。母はそれを責めず、「あなたならやれるわ」と告げた。

母の信頼を感じ取り、清子はそれを裏切ってはならないと思った。「……やってみます」

母は安堵の息をついて、清子のおさげ髪を撫でた。

「でも、本当に……あなたが生きていてよかった。これは、親として当たり前の感情だけではありません」

「えっ？」

「あなたは生きなくてはならないの。この蒼を持つものとして、生きて繋いでいかなくては」

「どういうこと？」

「くじけそうなときがあっても、生きることは諦めないで。お母さんもそうして生きて、あなたを生んだわ」母の目は吸い込まれそうなほど蒼かった。「忘れないで。必ず生きなさい。この先、どんなことが待ち受けていても」

清子から体を離し、最後に「では、また次にあなたと会える日を楽しみにしていますよ。あなたの大好きなものは、必ず用意しておきますからね」と告げ、母は背を向けて歩き出した。

荷物を減らした母は、来たときとは打って変わって、背筋を伸ばした美しい姿勢だった。

清子は、保護者たちの最後尾を歩く母の姿が消えるまで、じっと見つめていた。

第九話 「考」

山に分け入っても、駆けるリツの足は止まらなかった。斜面を登るごとに爪先は冷たくなる。雪もまだ残っている。ところどころ顔を覗かせている土も、固く凍り付いている。普通の人間ならば、必ずや足を滑らせる。走ることなど到底できないはずの場所を、驚くべき速さで登ってゆく。

リツは、荒い息を吐きつつ、無我夢中で源助の小屋を目指した。

そっくりに作ればいい。それを返せば償いになるだなんて、どうして、それでいいと思い込んだのだろう。

——あの子が首にがげでだ丸いものはな、あれは……。

源助から聞かされていたのだ。あれはお守りだと。だからこそ、どうしても欲しくなった。大好きな健次郎に生きて帰ってきてほしかった。

あれを作っている最中、一度だって清子の無事を願ったことはなかった。

口から吸い込む冷気が、喉で細かな氷になる。リツは咳き込んだ。喉の内側が破れたように痛んだ。さすがに足が止まる。手近な木の幹に右手をついて、さらに咳き、その合間にえずいた。胃の中のものが少し逆流して、よだれとともに地に落ちた。

呼吸が落ち着くと、リツは吐き出したものに足で雪をかけて隠した。唇を手の甲で拭って、遠くの梢の先の空を睨み上げる。太陽は見えなかった。それでも、日が短くなる時期よりも長くなる今の時期のほうが、空は明るい気がした。

枝先の木の芽に膨らみを見て取る。

耳が水音を捉えた。

川は見えない。滝も見えない。冬の山の中は白と黒の世界だ。

だが、なぜか晩秋の風景が思い出される。

リツは歩きだした。脳裏に浮かんだ光景を、目の前の景色に重ねながら。かつての景色の中には、地に落ちる枝を拾おうとしている清子がいた。

近づくリツに、清子はこちらを向く。こちらへ来るなと牽制する蒼い目。

激しい破砕音がした。その音はリツの中で鳴った。記憶の中の音だ。立ち止まってあらゆる感覚を研ぎ澄ます。なにかがある。あるから、あのときの清子が見えて、音を聞いたのだと、本能が教えた。

斜面に横たわる老松を見つけた。老松は、辺りの木々を巻き添えにしないよう、見事に隙間を選んで倒れていた。枯れて色を変えた針葉、枝、幹に、雪を負っている。雪は死者の顔にかける白布を思わせた。

うつ伏せになった健次郎の姿が、一瞬頭をよぎった。

リツは松に近づいた。そして、傍らに膝をついて、丁寧に幹にかかった雪を取り払った。

大きな縦の亀裂が現れた。内側からとんでもない力で引き裂かれたみたいだった。

左手の傷に冷たさが染み、払う雪に薄く赤がついた。

あのとき清子は、集めていた焚き木を落として、この亀裂に目を丸くしていた。

――おめのお守り、けろ。

この松は身を挺《てい》して、私のわがままを止めようとしていたのかもしれない。今さら取り返しはつかないけれども。

倒れてしまったのは、裂けたせいだろう。老いた松は、傷に耐えられなかったのだ。

この松の命が尽きたのも、私が悪いのかもしれない。そう思って、リツは呟いた。

「ごめんね」

雪の上についた膝頭が、じんじんと冷えていく。それでもかまわず、リツは黒々と口を開いた亀裂の周りを撫でさすった。表皮は剝がれたが、冬のせいなのか、その幹は朽ちていなかった。さすっているうちに、松独特の芳香が立ち上ってくる気さえした。

亀裂の中へ指を差し入れる。中は、外気よりもほんのりと温かかった。引き出した指の匂いを嗅ぐと、やっぱり胸につかえていたものがすっと揮発していくような、清々しい香りがした。

表皮が剝がれたところを、指で押してみた。

思ったより堅い。堅すぎれば、形を整えるのは難しくなる。

しかし、リツはこの松しかないと思った。

それに——リツは繰り返し松を撫でた——自分が清子に「けろ」と詰め寄らなければ、この松も冬を越せていた。もっと長く生きていられた。なのに、自ら裂けて、リツに過ちを教えてくれようとした。

——教えられないところが一番大事なのだと。

清子の母が言っていたことは、さっぱりわからない。

——教えられないのよ。いいえ、教えてもどうにもならないと言ったほうがいいかしら。

だったら、源助に訊いても無駄だ。

けれど、もしかしたら。もしかしたらこの松なら、なにか語りかけてくれるのではないか。自分と清子の目の前で命を散らせたこの老松なら。朽ちていないのも、今倒れているのを自分が見つけたのも、偶然かもしれないけれど、それだけじゃないかもしれない。

「お願い。手伝ってけろ」

リツは語りかけた。

「おら、馬鹿だがらわがらね。んでも、なすてもやらねばなんねぇんだっちゃ」

リツは立ち上がった。もんぺに付いた雪を払い落として、老松を見つめ、源助の小屋を目指して、また駆け出した。


リツは源助の小屋から鉈を借り、倒れた老松のところへ戻った。

少し乱れた息を深呼吸で整えて、見つけたときのように傍らにひざまずき、両手を合わせた。

「ごめんね。痛がったらごめんね」

死んで倒れた松が、痛いと訴えるわけなどない。さすがのリツもわかっていたが、謝らずにはいられなかった。

それから、老松の幹に鉈を振り下ろした。

＊

表まで出て保護者たちを見送ったあと、疎開っ子らは金井に促されて高源寺へと戻った。

疎開っ子の足取りはおしなべて重かった。靴底で地面を擦る音が、そこここでした。清子の足もそうだった。岩でも括りつけられたかのように感じられ、きびきびと歩を進めることなど、できなかった。

もう見えないのはわかっている。けれども母の姿を求めて、振り返った。駅へと続く道の先に、人影はやはりなかった。なにも育てていない冬の田畑、葉を落とした木、貧しげな農家。

清子は両目をつぶり、さらに瞼に力を込めた。自分の肩に手を置く。抱きしめてくれた母の温もりを思い出しながら、触れてくれたところを辿った。温もりは寒風に飛ばされ、かわりに冷たさが清子の手に伝わってきた。

あと一ヶ月。この我慢には終わりがある。清子は自分自身を叱咤《しった》した。今日母に会えた。首飾りを失ったいきさつも話して、許してもらえた。逆に良かったと言われた。壊れたのは首飾りがちゃんと守ってくれたからだと。

効き目のあるお守りを作ることができて、ほっとしたと言った母の声からは、本当に安堵の感情があふれていた。清子はしっかりそれを聞き取った。

他にもいろいろなことを言われた。一足一足を踏みしめながら、それらを忘れぬよう心の中で繰り返す。

――その民とは、会えば必ず憎み合い、争ってしまう。

大きな瞳に敵意を込めて睨んでくるリツの顔が、頭の中で像を結んだ。

――自制しなさい。

――嫌いな相手には特に意識して、誰よりも丁寧に、親切になさい。

言われたとき、自信はまったくなかった。今もない。だが、やってみると答えた。母の信頼に応えたかったのだ。それに加えて――。

――お母さんは、この戦争は間違っていると思っています。

あの衝撃の言葉。日本は正しい神の国だ。天子様が間違えるはずなどない。ラジオや新聞、学校の先生もみんなそう言っている。清子は今もそれを疑ってはいない。

母ではない別の誰かが言ったのなら、その誰かを軽蔑した。しかしながら、母の言葉なのだ。考えもなしに不敬な言葉を発する人でないのは、清子が一番よく知っている。

清子は母の気持ちに寄り添いたかった。だから、深慮した。争いとは。国と国が争うこととは。国は人の集まりだ。兵隊も人だ。艦船や爆撃機にも人が乗っている。戦争は人の塊同士の争いだ。

鬼畜米英の民と日本の民は、母が教えてくれた宿命の相手のように、会えば必ず争ってしまうのか？　だから、こうなっているのか？　小さくほぐしてみれば、自分とリツみたいなものなのか？　赤鬼たちは、全員リツなのか？　逆に赤鬼たちから見れば、日本人はみんな私なのか？

違う。私は学校の子たちと違う。ハナエや節子と違う。なによりリツと違う。だったら敵国民も、みんなが同じなんてことはない。

だとしたら、米英国民の中にだって、私とそっくりな子がいるかもしれない。その子はお母さんが大好きで、友達はいなくて、大人になったら先生になりたいのかもしれない。級友とは違う目の色をしていて、化け物扱いされているかもしれない。

清子は不思議な気分になった。もしそんな子がいたら、いがみ合うより、仲良くしてみたいと思ったからだ。だって、頭の中のその子は憎くない。リツなんかよりはるかにいい。憎くない子もいるかもしれないのに、みんなまとめて敵として争い合っている。どうしてだろう。

それが戦争というものなのかもしれないが、清子の中には違和感が残った。

――時に誰かを憎く思うのは、仕方がないことなのかもしれない。けれども、争いにまで至らせるのは無意味だと、お母さんは思うの。

心の中の違和感に目を凝らしてみたが、確固たるその正体を清子は見いだせなかった。戦争も、人の心も、大きくて難しすぎた。でも、母の言葉と違和感は忘れずにおこうと思った。

――忘れないで。必ず生きなさい。この先、どんなことが待ち受けていても。

清子は足元に落としていた目を上げた。前を歩くハナエと節子が、寄り添い合ってぐすぐすと泣いていた。気づけば、涙を拭い、洟をすすっているのは二人だけじゃなかった。

帰り道の清子は泣いていなかったが、母の前では、もっと泣きじゃくった。

みんな寂しいのだ。再会の大きな喜びは、その分、別れの寂しさを募らせる。もし、自分にも寄り添うことのできる友達がいて、その子が別れの辛さにすがって泣いてきたら、きっと堪え切れずに、一緒になって涙した。

自分には友達がいない。母も差別を受けてきたと言っていた。

寂しさをもらわないですむということは、かわりに、嬉しさや楽しさももらえない。この蒼い目のせいだ。

でも、亡き父は蒼い目の母を好きになったのだ。

――あなたの目は、とてもきれいよ。

そのとき、清子の中で母の声が響いて、一つの気づきが芽吹いた。

もしも自分がみんなから嫌われるのなら、それはこの目のせいではなく、みんなから嫌われる振る舞いをしているせいなのではないか。そういえば、健次郎は目のことを気にしなかった。だから自分も、母への思慕や首飾りのことを素直に話せた。

他人を目の色で試し、判断して、心を閉ざしていたのは自分のほうなのかもしれない。

母が自制しろと諭したのは、そんな無意識の思い違いを諌《いさ》めようとしていたためでは。

さっき戦争のことを自分なりに考えて、違和感を抱いた。憎く思ったとしても、争うことは無意味なのだ。

戦争はどうにもならないけれど、身近なところで母の言葉を実践することはできるかもしれない。そうしたら、母の真意にも近づける。違和感の形も、もっとよく見えてくるだろう。

清子は自分自身に言い聞かせるように頷いた。

我慢するだけの一ヶ月にはしない。もっとやれることはある。母と再会したときに、この子はなにも成長していないとがっかりさせたくはない。なにか大好きなものを用意して待ってくれているという母を喜ばせたい。母が喜んでくれたら、女学校の受験だって、いっそうの力を発揮できるはずだ。

清子は沈みゆく夕刻の陽を顔いっぱいに浴びた。

夕食をいただいても、就寝するときになっても、疎開っ子らは別離の悲しみに沈んでいた。ハナエと節子はずっとうなだれて、口数も少なかった。

いつものように清子を無視して布団に潜り込んだ二人に、清子は意を決して声をかけた。

「おやすみなさい」

暗がりの中、二人は何事かとばかりに視線を向けてきた。さすがに微笑み返すことはできなかった。二人からの返事もなかった。清子は布団をかぶり、畳んで枕元に置いた水色のカーディガンに、指先で触れた。

いいのだ。返事がなくてもいい。母ならば同じく「おやすみなさい」と挨拶したはずだ。だから、明日目が覚めても、「おはよう」と言うのだ。そして、二人にだけではなく――。できるだろうか。いや、するのだ。

清子は柔らかい感触に名残を惜しみながら、布団の中に手をひっこめた。

「おはよう」の挨拶を自分からすると、ハナエと節子は顔を見合わせ、怪しむ様子を隠さなかった。言葉は返ってこず、ひそめられた眉と険のある目つきが、「おはよう」のかわりに突き返された。

「……どういう風の吹き回しよ」

やがて、ハナエが訊いてきた。節子も追従《ついじゅう》した。

「なにか企《たくら》んでいるの？　お母さんからもらった干し芋はあげないんだから」

清子は緩く首を横に振った。あの子どうしたの、盗まれないうちに食べちゃったほうがいいわ、などと、耳打ちし合う二人の声が聞こえた。

清子は髪を編み、母の香りの残るカーディガンを着込んで身支度を整えると、手拭いを一つ持ち、本堂を出た。夜行列車に乗った母は、まだ東京には着いていないだろうと、朝の空を見上げ、山の方角から吹き降りてくる寒風に首を竦めた。

冬になって、朝の洗顔に行くのをおっくうがる子どももいたが、清子はいつも朝一番に顔を洗う。よほど天候の悪い日でなければ、外の井戸まで行く。集落は東京よりはるかに冷え込むが、この冬は雪や霙が降るよりは晴れる日が多かった。

入側を進む清子は、普段になく緊張していた。玄関に行くということは、庫裏に近づくことだ。庫裏にはあの子がいる。ハナエと節子には自分から挨拶ができた。「おやすみなさい」はつれなくされたが、へこたれずに朝も「おはよう」が言えた。

あの子と顔を合わせても、言えるだろうか。その光景を想像すると、頭の中がこんがらがる。それ以上考えることを、全身が拒絶する。

会いたくない。

だが、一方でわかってもいた。あの子の気配が近づいている。階段を下りてきている。手拭いを握り締めた。

本堂と庫裏を繋ぐ廊下に出たとき、リツが姿を見せた。

いち早く互いの気配を悟るのは、初めて会ったときからだ。いきなり目が合った。二人同時に足を止める。

リツの唇は固く結ばれ、身じろぎもしない。

清子は唾を飲んだ。鼓動が高鳴り、口の中で歯がカチカチと音をたてた。首飾りを盗られたときのような悪寒が走ると同時に、苦く酸っぱいものも胃の腑からせり上がった。思わず口を押さえた。吐きそうだ。腐敗した臓物を鼻先に突き付けられたよりおぞましい生理的な嫌悪感が、清子を襲った。

この子にだけは無理だ。萎《な》えかけた清子の内側から、母の声が聞こえた。

――あなたならやれるわ。

動くのを拒否する唇を懸命に動かす。

「……おはよう」

ようやく一言を絞り出して、限界が来た。清子は玄関を出て井戸へと走った。リツの顔なんて見ていられなかった。

井戸の手押しポンプに体重をかけ、ほとばしり出る冷水を両手ですくい、顔に当てた。服が濡れたが、痛いほどの冷たさはいっそ心地よかった。

吐き気が冷水に流されていく。

言えた。言えた。

鉢合わせする直前まで苛まれていた、リツへの本能的な拒絶感は、難しい課題を一つやり遂げた達成感へと変貌していった。

濡れた顔に手拭いを当てて、ようやく一息つくと同時に、次を思う。これが最初で最後ならば、何の意味もない。あの子と私は敵対する宿命にあるのだ。拒絶感や抵抗感が薄れるとは思えない。もしかしたら、慣れないばかりか、ますます嫌になるかもしれない。

首飾りについての過ちが許されたと、あの子は勘違いして、つけあがるかもしれない。

それでも言うのだ。次も自分から、リツに挨拶する。胸を張って、母と再会するためにも。

＊

リツは自分の耳を疑っていた。爆撃機のエンジン音を、同級生の誰よりも正確に聞き分けられる自慢の耳なのに。

清子がおはようと挨拶してきた。そんなことは、いまだかつてなかった。高源寺の大人から挨拶の大事さを説いて聞かされることはしばしばあった。でも、清子との間でそのようなことがあり得るのだとは、考えたこともなかった。

なんだ、今のは。

挨拶を口にして、即座に去っていった。こちらからなに一つ返す間もなかったから、それを期待しての「おはよう」じゃなかったのだ。そもそも、とても苦労した末に言った感じだった。

無理をしてまで、なぜ挨拶をしてきたのか？　昨日、清子は母親から海と山のことを——会えば必ず憎しみ合うさだめの相手がいることを教えられていた。清子の「嫌な子がいる」という打ち明け話からそういう話になったのだから、むしろできるだけ避けたり、無視をしたりする言い訳ができたようなものなのに、今まで一度もしなかった挨拶をしてくるとは。

無造作にかけた手洗いの水が、左手の傷に染みた。


朝のお勝手はうんと手伝った。昨日の夕餉《ゆうげ》の支度は、源助の小屋にいたためになにもできず、タマに叱られてしまったからだ。

嫌々ながら国民学校へ行く。リツは一刻も早く、首飾り作りに取りかかりたかった。学校の授業が終わると、高源寺には立ち寄らず、まっすぐ山に向かった。

源助は囲炉裏端で昼寝をしていた。リツが鉈で切り取ってきた、弁当箱ほどの大きさをした老松の一部は、ノミややすりといった工具と一緒に、昨日置いたそのままの状態で、土間の片隅にあった。

リツはそれらを持って囲炉裏端に座り、「爺つぁま」と声をかけた。源助は唸って体を起こし、ざんばらの髪をかき上げた。

源助は自在鉤に鍋を引っ掛け、汲み置きの水を入れた。白湯をもらえるのだと、リツは冷えた手を揉みながら嬉しく思う。

「作れそうが」

源助には昨日のうちに、こっそりと聞いた首飾り作りのあれこれと、もう一度作る決意をしたことを話していた。

「うんと考えでみでいるんだんでも、やっぱり大事なごとはわがらねぇよ」

「そうか」

「爺つぁまはどう思う?」

「教えられるごとでねぇのだべ? なすて人さ訊ぐ」

そのとおりだった。

「この爺つぁんが言えるのはな」源助は視線でリツが抱えているものを示した。「それでもおめは松を切ってたがいでぎだ。大事なごとがどうであれ、作らずにはいられねぇ……ほいなごとだ」

立ち上り始めた湯気の向こうで、源助が木杓子《きじゃくし》と椀を手にした。

「うん、んだっちゃね。あ、爺つぁま。今朝ね」

リツは沸きだした湯のぽこぽこという音を聞きながら、朝に起こった驚きの一部始終を教えた。

「あの清子が言ったんだよ、おらに。おはようって。いぎなり……言いづらそうだったんでも、確がに聞いだんだ」

「ほう」源助は白湯の入った椀を手渡してくれた。「そりゃあ、たまげだな。あの子がなあ」

「爺つぁまでもたまげるっぺ？」

「ながながでぎるごどでねぇな。こどに、あの子の歳じゃ……」白湯を一口すすった源助が、無精ひげの口元を袖で拭く。「おめのしたごとを考えだら、口をぎぐのも嫌だべ」

言われて、リツの肩は自然と落ちた。

「清子がら挨拶してぐるなんて。どうしたんだべ」

「あの子にはあの子の考えがあるんだべ」

「それってなんだべ？」

「知らん。ほれ、膨らんのが」

源助はにべもなかった。リツはこっそりと唇を尖らせてから白湯を飲み、椀を両手で包んで指先を温め、ノミを手にした。

——おはよう。

清子の声を頭の中で繰り返していたら、やがて源助がまた口を開いた。

「とはいえ、リツ」だいぶぬるくなったはずの白湯を、源助はゆっくりと口に含んで飲んだ。「あの子が挨拶したごとは大事だ。忘れではいがんぞ」

「忘れようったって忘れられねぇよ。たまげたもん。清子はずっとおらば嫌そうだったがら」

「爺つぁんは、ほいなこどを言っとるんでね」源助はもう一杯、自分の椀を白湯で満たした。「今度はごう想像してみろ。おはようど話しかげだのはおめだ。あの子は返事をしねがった。どう思う？」

「返事をする前さ逃げだよ」

「なんで逃げだんじゃど思う？　あの子のづもりになって考えろ。おめがもしあの子さ自分がら朝の挨拶をせにゃならんとなったら、どうじゃ？」

リツは言われたとおりに考え、顔をしかめた。「嫌だど思う。おらからおはようなんて、言いだぐねぇよ」お守りの首飾りは作るが、別に好きになったわけではないのだ。「だって清子どおらは海ど山なんだべ？　今までだって、ずっと挨拶なんてしねがったんだ」

「健次郎にならおはようど言えだが？」

「言えでだよ」

「あの子も、母親にならそうだべな。でも今朝あの子は、おめにも言った。おめはどうだ？　おめならあの子さ自分のほうがらおはようど声をがげだら、どないな気分になる？」

リツの鼻の付け根には、幾筋もの皺が寄った。「思うだげで嫌だよ。なんて言ったらいいんだべ、ええど……」ごちゃごちゃと渦を巻く気持ち悪さや腹立たしさを表現する、上手い言葉が見つけられず、リツは癇癪を起こしそうになる。「負げだ気になるど思う。おらのほうが下手さ出るってごどだべ。あの子をいい気にさせっちゃ」

「リツ、それだ。忘れるな」源助は左目だけでじっと見つめてきた。「あの子もおそらぐ同じだ。大事なのはな、大嫌いなおめをいい気にさせだどしても、あの子は挨拶をしたづーごとなんだ。自分が嫌な思いを引ぎ受げ、おめにいい思いをさせる道を選んだ。少なぐども、今朝はな」

老松から切り出した塊を、リツは見つめた。ノミで角を少し落としてみたが、すぐに止める。

「前にこの爺つぁんは言ったな。本当に強いもんは、憎しみを相手さ向げん。自分がそれど戦うど」

清子を滝壺に落とした夜だ。「聞いだよ、爺つぁま」

「あの子はおめへの気持ぢど戦った。そして、今朝は勝った。些細《ささい》な勝ぢだが、おめにでぎねがったごどを先にした。いいが、リツ。ゆめゆめ、いい気になんぞなったらいがん。おめはなんにも勝ってはいねぇのだがらな」

リツは松の塊とノミを床に置いて俯いた。敗北感がリツの胸を満たした。ひどく悲しく、そして自分自身にがっかりとなった。

「木を彫らねぇのなら、帰れ。寺の手伝いを一生懸命しろ。タマさんらの役さ立で。おめのだめにもなる。彫らねぇのにここさ入り浸るど、本当さ来だいどぎに来れねぐなるぞ」

「もう少しだげ」

「頑固だな。まあ少しならいい」源助はふんと鼻先でリツのあがきを笑った。「お守りの首飾り……おめは健次郎になら、やすやすと作れっぺな。あの子も、母親にならば」

老翁はごろりと横になった。リツはとりあえず木を両足で固定し、ノミの刃先を定め、粗く形を整えはじめた。

「お母つぁんか……」

清子の母は聞き耳を立てる自分を受け入れ、語り続けてくれた。鍛錬の授業中に初めて目を合わせたときも、こちらへ飛んでくる棘の先っぽは優しく丸い感じがした。

自分を律することができているあの人と、同じものが作れるだろうか。

作れたら、清子は受け取って首にかけるだろうか。

想像してみる。輪になった紐に頭を通す清子。しかし、頭を通して上げた顔は、健次郎にすり替わってしまった。

もともとお守りをあげたかったのは、健次郎だ。

松の中に入る緻密な木目がゆらりと歪み、健次郎の輪郭を形作る。リツの頭の中が、健次郎の思い出でいっぱいに満たされる。

あげたかった。兄つぁんにあげたかった。死んでほしくなかった。兄つぁんを守りたかった——。

槌《つち》で柄頭《えがしら》を叩いた。

全力を振るったわけではなかった。なのにそのひと叩きで、老松は悲鳴めいた音をたて

て、真っ二つに割れた。

リツは倒れた老松のところまで山を下り、また程よい大きさに木を切り出して源助の小屋へと戻った。

割れた松の塊が、リツの作業していた場所にそのまま残っている。

丸っこくするために角を落とそうとしたはずなのに、刃を当ててもいない中心からぱっくり割れたのだった。リツは半ば呆然《ぼうぜん》としながらも、清子と対峙したときの光景を頭によみがえらせた。あのとき、老松は自ら身を裂いた。さっきも自ら砕けたとしか思えなかった。

なにがいけないのか。

「リツ」源助が厳しく尋ねた。「それが割れだどぎ、おめなにを考えでだ？　なにを思ってお守りを作ってたのしゃ？」

「兄つぁんのこと……」リツは説明した。「本当にあげだがったのは、兄つぁんだがら、知らねぇうぢに思い出してだ。兄つぁんにあげるのなら、簡単さ作れっぺって爺つぁまも言ったし」

源助はすべてを得心した様子で、瞑目《めいもく》した。「その松さ感謝しろ。その木はおめに間違

いを教えでぐれでおる」

「なにが間違っているの？」

「健次郎にあげっぺど思って作ったもんは、健次郎しか守らん。それごそあの子にどっては、ただの木彫りの首飾りだ」

間違えたままできあがる前に、割れてよかったと源助は言った。

「兄つぁんしか守らね……清子さ渡すお守りなら……」

リツは呟き、両手で割れた木片を全部抱え、しばらくそのままでいた。

「割れだもんは、そこの籠の中さ入れでおげ。そして、今日はもう帰れ」

土間に無造作に置かれた竹籠を、源助が顎で示した。リツは言われたとおりにした。

＊

女学校受験までにやれることは全部やる、清子はそう決めた。しかし、一人でやれることはあまりに限られている。

母と再会した翌日の夕食後、女学校受験に役立つ指導をしてほしいと、金井に頭を下げた。消灯までの時間も惜しいと思ったのだ。すると、眼鏡の女教師は思いの外すぐに要望を受け入れてくれた。

それから金井は、受験のための問題を、毎日一問作って渡してくれるようになった。

「他にも問題を希望するものは名乗り出なさい」

金井の呼びかけに、清子を除く六年生のうち、四人が手を挙げた。そのうちの二人は、ハナエと節子だった。彼女らも受験を考えていたのだ。

毎日科目を替えた問題が、希望者に配られた。一問解けばそれだけ合格に近づくと信じ、清子は毎晩真剣に解いた。答え合わせに金井のところへ行くのは、いつも清子が一番だった。ハナエと節子はたいてい困り顔をしており、特に理数科の算数と理科では明らかに苦戦していた。

好きで得意な算数なら、教えてあげられる——清子は何度か近づきかけては退いた。挨拶以外で話しかけるのは、まだ難しかった。

＊

二月も半ばを過ぎた。

もう一度作ると決意して以来、リツは毎日のように源助の小屋へと通い、切り出した老松と相対している。日参しているとはいえ、源助に釘《くぎ》を刺されたことは肝に銘じており、庫裏の手伝いも手を抜かなかった。

老松はあの後も、リツの気が緩めば必ず割れた。今、手にしている塊は、おおむね角を落とし、輪郭は記憶の中の首飾りに近づきつつある。だが、教えられない大事なことやらは、皆目《かいもく》見当もつかない。

ため息をつくと、昨夜の清子が思い出された。

初めて挨拶をされた日から、朝に顔を合わせれば必ず「おはよう」と声をかけられた。リツは一度もそれに返さなかったが、清子の挨拶は続いている。

しかも、それ以上のことが、昨夜はあったのだ。

昨夜は疎開っ子の女子が風呂に入る日だった。リツは寒さに身を縮めながら、外の焚き口から薪を入れたりなどして、湯を追い焚きしていた。一度沸かしてからそのままだと、後の順番の子が入るときは温《ぬる》くなってしまうからだ。風呂場からは数人――おそらく三人の少女の気配がした。そのうちの一人は清子だということが、リツにはわかった。

ようやく「そろそろいいよ」とタマに声をかけられて中へと入り、暖を取ろうと茶の間に行きかけたとき、清子の気配が濃くなった。脱衣場から出てきた清子とリツは、鉢合わせをしてしまった。

そのとき、清子は言ったのだ。

「ありがとう。お風呂を焚いてくれて。いいお湯だった」と。

最後のほうはまくしたてるような早口で、手にしていた水色のカーディガンに目を落としながらではあったが、聞こえたのは確かにお礼だった。

とにかく、清子はなにか変わった。

「ぼんやりしてるなあ」

源助の声が飛んできた。松とノミを前にしながら手を動かそうとしない様を、叱責するのでも呆れている声音でもなかった。どうしたんだと尋ねているのだ。リツはそれについ甘えて、清子の変化を話した。

「そう言えば、おらだげにでねぇんだ。清子、お風呂の中でも一緒さ入ってだ子さ、話しかげでだ。先さ上がるわ……だったど思う。あの子、友達いねぇはずなのに。今までほいなふうに声がげだごとなんてながったのに」

すると源助は、ふむと呟くと胡坐を組み直し、削《そ》いだ竹を組んで籠を編み始めた。

「それでおめは、相変わらずびっくりしただげが。労をねぎらわれで、嬉しくはながったが」

「嬉しいよりびっくりが先だったんだっちゃ」

源助は器用に竹を引き、深さのある籠の形を作っていく。「驚ぐのはわがらんでもねぇがな。んでも、健次郎さ挨拶や礼を言われだら、びっくりしても、なんか返すじゃろう？ 嫌いな相手にはでぎんか？」声にからかうような笑いの響きが入り混じる。「先さ歩み寄るほうが難しい。おめはあの子さ負げっぱなしだ」

「負げでねぇよ」

「ほう、そうが？　ともあれ、あの子の気持ぢをどないに考えでも、考え過ぎにはならね。よぐ考えろ、リツ。あの子はあの子で、一生懸命やってる。その一生懸命さ、おめはびっくりしただのなんだの理由をづげで、応えではいねぇ……まあ、せいぜい後悔しねぇようにしろ。あの子は六年生だ。来月には東京さ帰って、もう二度ど会えねぇがもしれねぇ」

二度と会えない——リツの脳裏に健次郎の笑顔がよぎった。

＊

——あの子、本当にどうしちゃったの？

——いっときの気まぐれかと思ったのに。

遠巻きにささやく声には、とうに慣れた。

母に諭されて始めた自分からの挨拶は、きちんと続けている。朝はおはようと言い、夜はおやすみなさいと声をかける。返事は今もってないが、決めたことはやりとげるつもりだ。

挨拶だけではない。今までの清子は、ハナエや節子に限らず、疎開っ子らの誰と目が合っても、反応しないでいた。大抵相手が嫌な顔をするからだ。嫌悪の表情をされる前に、自分から顔を背けることも珍しくなかった。けれども、それはやめた。誰かと目が合えば、微笑みを返すように努力した。最初は上手くいかなかった。口の周りがひきつるだけで終わった。しかし、何度となく繰り返すうちに、ちょっとだけ口角を上げられるようになった。今ではおおむね、微笑に近い唇の形を作れているはずだ。

無理はしている。心と表情が一致していないのもわかっている。しかし、諦めずに繰り返せば、反射的に自然な笑みを浮かべられるようになるかもしれない。母に向けるそれのように。

好きな相手には自然とできると母は言ったが、実践してみてその正しさを痛感した。不愉快な相手に礼を尽くして接し、笑いかけることとは、なんと難しいのか。

続いて今までのおのれを顧みる。難しいと感じるということは、それをやってきていなかったということに他ならない。顔を合わせても「おはよう」「おやすみなさい」と言わない相手に、好意を持つわけがない。ましてや不気味で印象の悪い相手なら、ますます悪感情を抱くだろう。

蒼い目を理由に意地悪の炎をつけたのは周りの子だが、炎に油を注いだのは自分自身だったと、清子は気づいたのだった。

だから、もう止めるつもりはなかった。

なにを言われても。相手がリツであっても。

——ありがとう。お風呂を焚いてくれて。いいお湯だった。

お礼を言うのは、挨拶よりももっと勇気と努力を必要とした。でも、昨夜の清子はそれをやってのけたのだった。

もっとやろう、もっとできる。清子は決意を新たにした。

金井の作問による夜の受験勉強は続いていた。

この晩も清子は算数の問題を他の子らより早く解き終え、金井に採点をしてもらった。満点だった。

「東京女子高等師範学校を目指しているのでしたね。教育者という立場から皇国の役に立ちたいと志すのは、立派なことです、浜野さん」

礼を言い、他の子の様子を見た。ハナエと節子は、やはり手こずっている。清子は思い切って近づいた。

「……よかったら、解き方を」教えてあげる、は違う気がして、言葉を瞬時に変える。

「一緒に考えてみない？」

「……あなた、終わったんじゃないの？」

「いいの。まだ時間があるから。底面が一辺十糎《センチ》の正三角形で、高さも十糎の角錐《かくすい》の体積だから」清子は二人にわかりやすいようにゆっくりと、鉛筆の先が震えないように気をつけつつ、ハナエの紙の片隅に式を書いていった。「底面積掛ける高さを三で割ればいいけれど……」わざと途中で止めると、節子が「そうか、一辺十糎だから、十掛ける十ね」と続きを解きはじめた。

二人は正答に辿り着けそうだ。「ありがとう」と言われなかったが、お礼の言葉よりも、自分自身が望む行動がとれたことに、清子は満足した。そっとその場から離れて脇間に行き、寝支度を済ませる。受験に備え、体調管理にも気をつけなくてはならない。寒さと栄養不足で、風邪をひく児童は既に数人出ており、夜はきちんと寝るようにと金井からもお達しがあった。

あとは休むばかりとなったとき、ハナエと節子が連れ立って脇間に入ってきた。着替えて布団を敷く二人がこちらを意識しているのを感じ取りながら、心に決めたとおり自分から彼女らに言った。

「おやすみなさい」

「おやすみなさい」

返ってきたのは節子の声だった。すぐに、しまったとでも言いたげに息を呑む音が聞こえた。ハナエの潜めた声も。

「なにやってるのよ」

「だって、つい」

なぜだか清子は可笑しくなってしまった。二人に意地悪を仕掛けられるたびに悲しかったのに、今暗がりでこそこそやっている様子は可愛らしかった。それから気づいた。二人が僅かなりとも可愛らしく思えるのは、自分の感情のせいだと。節子が挨拶を返してきたのが、嬉しかったのだ。

——そうすれば、相手の態度も少しずつ変わっていく。

母の助言のありがたみを噛みしめ、清子は布団にもぐって目をつぶった。

翌朝、普段どおり誰よりも早くに目覚めた清子は、まだ眠っている二人を起こさぬよう身なりを整え、顔を洗いに外へ出た。山の空気は久しぶりに温み、春の予兆があたりに満ちていた。

ポンプのハンドルが動く音を聞き取る前に、井戸のところに先客がいることに気づいた。見なくても、聞かなくてもわかるのは、相手がリツだからだ。

ハンドル音が止まった。向こうも気づいたのだ。

清子は心臓の上に手を当てて、心を落ち着かせてから、リツの前に姿を見せた。

「おはよう」

言うと、リツは全身に緊張をみなぎらせた。水を汲んだ木桶を抱え上げた両腕は、突っ張っていた。瞬きを忘れた真っ黒な瞳がこちらを見据え、続いて死にかけの金魚のように、唇がぱくぱくと動いた。

「……お、おはよう」

小さな声だった。リツは木桶から水をこぼしながら、勝手口のほうへと逃げた。

今度は清子の口が開く番だった。

松の枝先で、鵯《ヒヨドリ》が鳴いた。

＊

「リツ、なにやってんだい」サトがたくあんを切る手を止めた。「服がべぢゃべぢゃでねぇが。水一づ満足さ運べねぇのがい？」

風邪をひくから着替えておいでと台所を追い出され、タマと寝起きする部屋に行く。半纏からもんぺまでもが、冷たい水を含んでじっとりと重い。体中が自分の意に反してぶるぶる震えているのは、寒さからではなく、清子とのやり取りのせいだった。

源助に言われたことを思い出して、逃げてはいけないと覚悟した。しかし、あれほどに苦しいとは。たった一言挨拶を返せばいいだけなのに、言おうとすると顔の周りから空気が消えて、リツは地面に立っているのに溺れるかと思った。昏い水底に沈んだようだった。

自分の口なのに、ちっともいうことを聞かず、そもそもなにかを言うより息を継ぎたくてたまらなかったが、源助の「おめはあの子さ負げっぱなしだ」という決めつけへの反発、負けたくないという気持ちが、後押しになった。

言葉を返してみて、最初の「おはよう」のとき、清子が逃げた気持ちがわかった。挨拶を返すだけで、こんなに苦しい思いをしたのだ。だとしたら、先に声をかけた清子のほうは、もっと大変だったはずだ。

着替えながら、リツは自分の心を覗き込む。

清子が好きかと訊かれれば、間髪を容れず嫌いと答える。それは変わらない。自分が自分であるのをどうにもできないように。それはあっちも同じに違いない。

でも、出会ったときのままだったら、清子は挨拶や風呂焚きの礼など言わなかった。あの子が少し変わったから、自分も挨拶を返せた。

以前にタマから聞いた、女学校に行って先生になるというのは、勉強嫌いのリツには理解できない。だが、受験のために帰京するとなれば、あの首飾りのお守りがあったほうが、安心して上り列車に乗れるに決まっていた。そして本来なら清子は、その安心を得られているはずだったのだ。年が明けて、都会にはますます、爆撃機が飛んできていると大人は言う。列車もそれで止まることがあると聞く。

リツは自分の両手を広げて見つめた。今すぐ源助の小屋に走って行きたくてたまらない気持ちが、みるみる膨らむ。

――作らずにはいられねぇ……ほいなごとだ。

身勝手に首飾りを壊した自分には、清子を守る責任がある。守りたい。守らねばならない。せめて、母親の待つ東京へ帰るまでは。

部屋の中を見回した。タマが使う裁縫箱が隅にあった。リッはその蓋を開いて、糸切り鋏《ばさみ》を手にした。左腕をまくり、鋏の尖った先を皮膚に押しつけた。痛みに怯《ひる》みそうになるのを、歯を剝き出し、唸り声をあげて堪え、さらに突き刺した。腕から鋏を抜くと、刃が刺さった二ヶ所から血が盛り上がり、すぐさま滴った。とめどなくあふれる様は、涙みたいだと思った。自分と清子の涙だ。リツは止血のために手拭いでそこを縛り、汚した畳と鋏の刃を別の手拭いできれいにした。

傷は熱を帯び、痛みを持ってその存在を訴えた。それでよかった。この傷は印だと思った。作らずにはいられない、守らなければと思った証拠につけた。この気持ちが少しでも薄らいだら、傷を見るのだ。この傷は首飾りができあがるまで治さない。かさぶたが覆ったら、わざと剝がす。いつだって血を流せるようにしておく。

リツは血の滲む手拭いを上着と半纏で隠し、朝の手伝いをしてから国民学校へ行った。そして、学校が終わるや源助の小屋まで飛んで行って、ノミを握った。

――みなしごだから！　だからわからないの！　あれがどんなに大事だったか！

ノミを振るう手を止めると、近ごろのリツは自分の母親のことを考えてしまう。どんな人だったのだろう。きっとあの山向こうの集落にいる。見てはいけない女がそうだという可能性もある。違っていても、たぶん女と同じようなぼろを着て、食うや食わずの暮らしをしている。

健次郎が危険な山越えをした気持ちに、手が届いた気がした。

自分も会ってみたい。母親とはいったいどういうものなのか知りたい。


「おらのお母つぁんって、どないな人だったたんだべ」

リツの言葉に、ざんばらの髪に隠れた源助の眉が、少し上がった気配がした。「なんで、ほいなごとを知りだがる？」

「清子のお母つぁんは首飾りをお守りにでぎだがら。おらのお母つぁんはどうなんだべって思ったたんだ」

母親というものをいくらかでも知れば、首飾りを作るうえでも役立つに違いなかった。

源助の武骨な手が、するすると藁を縒《よ》っていく。

「おめの母親は、作れねぇんでねぇが。嫌なごとを言うが、生まれだばがりのおめを生ぎ埋めにした女だ。貧しかったたんだべが」

「……んだっちゃね。爺つぁまが拾ってぐれだんだったね」そこでリツは思いついたとばかりに、源助のほうへ身を乗り出した。「じゃあ、爺つぁまのお母つぁんはどないな人だったの？」

縒り上げた細縄を横に積み、源助はそれを数本手に取り編み始める。それで、自分が使う草履や茣蓙《ござ》を作るのだ。

「よぐ覚えでねぇな。早ぐに死んだ気がするが」源助はそこで手を止めた。「お母つぁんか……」

「どうしたの？」

「言うんだらおめが、爺つぁんの母親みだいなもんでもあるのよ」

リツはぽかんとなった。思わずノミを握る手を止めて、居住まいを正す。

「なして、爺つぁま」

「そうだなあ。上手ぐ言えるがわがらねぇが……これも機会だ。少し話すか」

そう言って源助は昔語りを始めた。


実際のどごろ、昔のごどはぼやげでるのだ。貧しい暮らしだったのは確がだがな……生ぎでいだだげだ。繭《まゆ》の中で眠るお蚕《かいこ》さんみだいにな。

わしは世の中を疎んでだ。おめの方の集落ども、山向ごうの辺鄙《へんぴ》な集落ども、どっちづがずの炭焼ぎの家さ生まれでな。兄弟もいねぇで、親も長生ぎはせず、十二、三歳のごろには、一人になった。

それでも自分一人で食って寝で生ぎでだげどな、だんだんとむなしくなってぎだ。山の獣や鳥っこを見では、無性さ羨ましくなってな。たががこの命を繋ぐだめだげに、あいづらを殺生して食ってるが、そごまでして生ぎで何になるど思いはじめだ……年を食ってぎだせいが体の塩梅も良ぐなぐでな。ある晩げ、もういっそ死んでしまえど、首を括る縄を片手さ、夜さ小屋を出だ。小屋を出で、首を括るにちょうどいいどごろを月明かりで探して……そうしたらな、泣ぎ声聞ごえだ。土の中がら、か細い泣ぎ声がな。

赤子のおめの声だった。

その瞬間にな、なんか知らんが、目《まなご》に見えるもの、聞ごえるもの、感じるもの……なにもがもが変わった。この爺つぁんが変わった。死にだぐで小屋を出だはずなのに、生ぎろ、死んではいがん、今死んではいがんと、気づいだら無我夢中でおめを掘り出してだ。

もどもどわしの中にあったもんが、あの瞬間出でぎだのが、それども外がら入ってぎだのが、それは知らねぇ。

だげどもな。おめを抱えで高源寺の門を叩いだらな、出でぎだタマさんにいぎなり驚がれだ。土だらげで死にがげでるおめを抱えでだがらだげでねぇ。タマさんは言った。右目をどうしたのが、怪我をしたのが、と。

手鏡を見せでもらって、たまげだわ。爺つぁんの右目だげが蒼ぐなってだがら。まるで、おめを助げだ印みだいに。

そうだ。わしはおめと巡り合って変わった。リツよ。おめが知ってるこの爺つぁんは、あのどぎ生まれだ。んだがら、おがしな話じゃが、おめが爺つぁんを生んだようなもんなんだ。

「おらが爺つぁまのお母つぁん？」

リツは目を白黒させた。源助は背中をのけ反らせ、「んだがら、ものの例えだ」と、かっかと笑った。あまり、首飾り作りのためにはならなかった。ただ一つだけ、人は変わるのだという事実が心に残った。

それから、一つリツは決意をした。

山向こうの集落へ行こう。いつか見た小里まで、山のてっぺんから下りてみよう。母を探し当てられなくても、母が暮らす土地の風の匂いを嗅いでみよう。

でもそれは、首飾りを作り上げて、清子に渡し終えてからだ。お守りを持たせることができれば、きっと清子は東京で母親に再会できる。

今、一番大事なのは、清子を無事に帰京させることだ。

リツはノミの柄を握り締めた。

*

二月最後の日、ついに帰京についての具体的な話が、金井からあった。

「六年生は全員東京へ戻ります」

受験する者はもちろんのこと、他の者にも卒業式があるためだ。

親元へ帰れる、それももはや遠くない先の日に。六年生の疎開っ子は喜びの声をあげた。

ハナエと節子は手を取り合って喜んでいる。それを見て、清子は意識せず微笑んだ。自分も友達がいたら、同じことをしただろう。

節子と目が合った。節子は清子に笑みを返した。節子の視線を追ったハナエもこちらを見た。ハナエはいったん歓喜の表情を消した。しかしすぐに一転、清子を見たままにっこりし、こちらへも手を差し伸べてきた。

清子はおずおずと指先だけで述べられた手に触れた。振り払われなかった。

最近は当たり前のように挨拶を返してくれるようになり、二人から先に「おはよう」「おやすみ」の声がかかることも珍しくなくなっている。

こんな日が来るなんて思わなかった。一から十まで意地悪だった二人なのに。

いや、国が人の集合であるように、一人の中にもいろんな要素があるのかもしれない。

意地悪じゃないところも、二人はもともと持っていた。自分が見つけられず、二人も見せてくれなかっただけで。

そして、あの子。あのリツからも、挨拶をすれば返ってくる。ハナエと節子に比べればぎこちなさは拭えないが、それは仕方がない。対立する運命が、挨拶程度で解消できるはずはないのだから。

ただし、自分の必死の努力は、あのリツすらも変えた。嫌いな相手にも挨拶を返すという一面を、引き出したのだ。

東京に帰ったら、このことを話そう——清子は母の顔を思い浮かべた。お母さんの言ったことは正しかったと。

それにしても、リツの手。どうしてあんなに傷だらけなのか？　清子は家事の手伝いでついた傷ではないかと思った。あの子は不器用そうだ。根菜の皮むきにも難儀していそうだ。あと、あかぎれなどもあるに違いない。寒風の中、外で風呂の火の番をしていたら、しもやけにもなるはずだ。とにかくあの子は、冬の前に比べてずっと、タマやサトを手伝っている。

出会ってしまった憎み合う宿命の子。東京へ帰っても、大人になっても、きっと忘れはしない。

清子はハナエの温もりが残る自分の手を、胸の前で握り込んだ。

ハナエと節子は向かい合って、指を折り数えている。お正月の歌に合わせて、帰京の日までを勘定しているのだ。

もういくつ寝ると……。

親指、人差し指と折られ、すべての指が握り込まれて、小指からまた立ち上がっていく。中指が立ったところで、二人の手は止まった。

第十話 「劫」

丸く形を整えた松の色は、薄霜を被《かぶ》った土くれみたいだ。白っぽい茶色。彫りながらリツはその中の木目を見つめる。うねる線が連なっている。じっと目を凝らし続けると、線はゆっくり動き出す。動きは次第に大きくなり、水面のように波打つ。川が見えてくる。この山の川だ。耳を澄ませば、流れる音も聞きとれる。

どうどうと流れる中に、小さな光がある。光は輝きを増してゆく。深みから浮き上がってきているのだ。それは流れの勢いをいなして、そっと静かに岸へ止《とど》まろうとする。

リツの胸が後悔で疼《うず》く。光は、清子の首飾りが放つものだ。首飾りは、清子を岸へ導いたあと、砕け散った。

松の中に見えるのは、あのときの光だ。

松の中のほのかな輝きに、リツはノミの刃を当てる。光は消えない。次はここだ、ここを削れという導きのようだ。

真ん中へ向かっていく、ぐるぐるの線。光がその線を辿っていく。ノミでそれを追いかける。目が回る。松の木に吸い込まれていきそうな感覚にもなる。でも、やめない。

顔から滴った汗が、松に落ちた。

——あの子はいづ帰るんだ?

源助の声が遠い。リツは答えなかった。源助も繰り返して尋ねなかった。

木くずがリツの周りに散る。すきま風がそれをはらはらと転がす。強い南風が森をざわめかせているのがわかる。でも、風の音は聞こえない。リツは紋様を彫り込み続ける。

リツは深く眠るように作業に没入した。大嫌いな清子のために首飾りを作っているのに、ノミを振るえば振るうほどリツの気持ちは鎮まっていくのだった。

嫌いだという気持ちが消えたわけではない。互いの距離が近づき、気配を感じたときは、つい顔をしかめてしまう。顔を合わせて挨拶を交わすのも、本当は嫌だ。あの蒼い目。なんであんな色なのか。源助の右目は大丈夫なのに、清子の目は引っ掻いて抉《えぐ》り出してやりたくなる。

でも、首飾りを作るときは別だ。梢の先で囀《さえず》り始めた鳥たちの声や、雪解《ゆきど》けで水量を増した水音を聞きながら源助の小屋へ向かう道々で、もう心は集中していく。小屋に着いて手を洗わせてもらい、莫蓙の片隅に正座して彫りかけの松を膝の前に置く。ノミを握る前に、癒えない左腕の傷をひと叩きする。リツはいったん目を閉じて、腹に溜めるように息を吸い込み、長く吐き出す。

それから静かに目を開ける。すると、清子のために彫り上げなければならないという気持ちが固まるのだ。

輪郭を削り終え、今はぐるぐると螺旋を描く模様を刻みつけている。ノミも使うが、小刀も使う。刃を当てる目印の光が見えるようになった理由は、よくわからない。もしかしたら、リツだけに見える幻の光なのかもしれない。爆撃機のエンジン音を誰よりも正確に聞き分けられる、鋭い耳を持つリツだが、首飾りを作っている間は、ほとんどなにも聞こえなくなる。

ただひたすらに中心へ収束する線、松にぐるぐると刻まれていく紋様は、見つめているうちに反対に動き始める。一点に集中していく線が、逆に外へと拡散していく。

すると、リツの心も同じようにとても広いものになる。源助の小屋の片隅で、背を丸めて細かな作業をしているというのに、もう一人の自分は空を飛ぶ鳥よりも高くに上って、大きく世界の全体を見渡す。過去を思い、未来を思う。

清子はあの母親から生まれた。あの母親も、清子の祖母の話をしていた。祖母、母、娘と、首飾りは贈られてきた。

命みたいだ。繫がっている。

なら、清子の命を守ることは、清子一人だけを守るのではない。たった一人ではない。

清子が大人になるのなら――リツには大嫌いな少女が美しく成長を遂げ、教壇に立つ姿が見えた気がした。髪にはパーマネントを当て、白いブラウスにスカート姿、手には白墨《はくぼく》。少年少女たちを前に教科書を読み上げ、微笑みながら蒼い目を中の一人の少女へと向ける。清子がその子の名前を呼ぶ。

清子が本当に先生になるとしたら、ただの清子だけではなく、清子先生を守ることになる。

子どもを生むのなら、母親としての清子を守るのだ。当然、清子の子どもも守る。その子どもの子どもも。

子どもの子どもの子どもも。

そうしてずっと続いていった先に、なにもないことなどきっとない。みんな誰かと出会い、関わっていく。関わって感情を持ち、いろいろに変化していく。なにかが変わる――。

山を下りて高源寺へと戻り、リツは黙々とタマとサトを手伝った。言われたことは何でもやった。

「明日の晩げは風呂を焚いでけっぺね」タマが言った。「本当は焚ぐ日でねぇんでも、明後日にはこごを出でしまうがら」

サトも当然だと頷いた。「夜行列車は疲れっから、温がぐしてゆっくり休んでもらわねえど」

「リツ。大変がもしれねぇが、おめが水汲みがら風呂焚ぎまで全部やりなさいよ。あの子らには帰り支度もあっぺ。最後なんだ、煩わせではいげねぇがらね」

リツは素直に「はい」と従った。源助の小屋には行けそうもないが、仕方がない。

「婆つぁま」リツはタマに尋ねた。「明後日の何時さ帰るの？」

「東京さ行ぐ列車だら、夕方五時過ぎがね」

タマも正確な時刻はわからないみたいだ。とはいえ、このご時世である、時刻表は目安でしかない。空襲警報が鳴れば止まるのだ。

「東京にも遅れで着ぐべね。無事さ着いでぐれるのを祈るばかりだ……最近はあっちこっちに飛んでぎてるみだいだしねえ」

リツは土間の足元に目を落とした。もしも帰京の道中に危険な目に遭ったとしても、お守りがあれば清子は助かるかもしれない。

早く作りたい。作らずにはいられない。お守りの首飾りを、明後日までには作り上げなければ。

「それはそうど、リツ。おめ、痩せだんでねぇがい」

タマの心配そうな視線が、頭から爪先まで何度も行き来するのを、リツは黙って受け止める。

「おめの雑炊さ、イモを多ぐよそっておぐがらね。全部食うんだっちゃ。うぢらはもう十分生ぎだがらね。子どもは栄養を取らねぇど」

サトも同調する。「栄養が悪いがら傷の治りも遅いのがねえ」

左腕の傷のことは、とうに二人も承知していた。ただ、リツが自らつけたとは知らず、山で転んだせいだと信じている。リツも黙っている。

タマが「ちょっとおいで」と言い、いったん茶の間へと移動した。茶箪笥《ちゃだんす》の引き出しを開け、丸い缶に入った膏薬《こうやく》を取り出し、リツの腕の傷にすり込んでくれる。タマは傷に気づいてからというもの、毎日のようにそうしてくれるのだった。

「なんで治らねぇんだべねえ。やっぱり、栄養がね」

リツは心の中でごめんなさいと言った。


その夜、リツは夢を見た。

──おめが来だがら、来だがら悪いんだ。

誰かに突き飛ばされて、水中に落ちた。もがいて水面に浮かびあがろうとしても、絶え間なく大量に落ちてくる水の圧力に、深みへ沈められた。水の底は真っ暗だった。鼻の先も見えなかった。

このまま死ぬのか。

その考えが頭を掠《かす》めたが、リツは落ち着いていた。紙に表と裏があるように、死ぬのかという考えの裏側で、いや、死にはしないという奇妙な確信もあった。

大丈夫、これは自分じゃない。滝壺に落ちたのはあの子だ。そしてあの子は首飾りを持っていた。これは夢だ。夢の中であの子になっているだけだ。これから先のことは、知っている。

リツは自分の胸元へと手をやった。

硬くて丸っこい首飾りがあるはずなのに、手はなにも触れなかった。

突然、水が激しく渦を巻いてリツを翻弄した。水圧が自由を奪う。何とかしなくてはと、水の中で無理やりに目を開けた。

黒い濁流に巻かれながらも、その光景ははっきりと見えた。

清子が手になにか持っている。水の中から空を透かして見たような色で、キラキラしているものだ。細長い。青みがかったガラス瓶だ。清子がそれを持って近づいてくる。差し出された瓶を受け取ろうとした手が空を切る。清子は失せた。

次に現れたのは、大人の清子だ。教壇から教室の一人に目を向ける。今よりも角が取れた声が少女の名を呼ぶ。

――……みやこさん。

濁流とともに、光景も迫っては後方へ過ぎていく。光景の中には、必ず蒼い目の誰かがいて、そして消滅する。大きな建物、奇抜な服装、変わった形の車や列車、乗り物。そびえる高い壁。何のためにあるのか。不思議な音が耳に届く。

――……おお……おおっ……。

その音も消え失せ、リツはただただ、流れ来る黒い水にもてあそばれる。ぐるぐると回り、頭が下になり、足が上になる。今度見えた人々は、服を着ていなかった。いや、なにかは身に着けている。だがその身に着けているものを言い表す言葉を知らない。ボタンがついたものでもなければ、着物とも違う。ズボンでももんぺでもない。とても質素だ。彼らは濁流とともに遠ざかり、今度は一転、煌《きら》びやかな着物の女が見えた。男もいた。冠《かんむり》を頂いている。彼らのいでたちは、昔タマに読み聞かせてもらった、『かぐやひめ』などの本の挿絵を思い出させた。

リツはかっと目を見開いた。目に映ったのは、やはり暗がりだった。でも、現実の闇だった。ちゃんと布団の中にいて、隣にはタマが静かに眠っている。

あまりに奇怪な夢であった。リツはタマを起こさないように横向きになり、膝を曲げ、体を丸めた。

首飾りを彫っている間は、これまで経験したことがないほど集中している。いつも源助の小屋を出るときは、汗で服も湿り、ぐったりと体が重いほどだ。

この疲れが、妙な夢に繋がったのだと、リツは自分を納得させてから、本堂の清子に思いを馳せた。

あの子は今、どんな夢を見ているのだろう？

＊

少し寝たと思ったが、目が覚めてしまったみたいだ。傍らの節子の熟睡ぶりに、清子は夜明けまでの遠さを知る。

なんとなく身を起こし、いくらかの逡巡《しゅんじゅん》ののち、物置きへと続くふすまを開けた。枕元のカーディガンを羽織って、奥へと進む。

疎開してきてしばらくは、皆が寝静まるとここに籠もって、一人で勉強をしたのだった。あの時間は好きだった。一人きりだったが、母がそばにいるような気がした。首飾りも壊れていなかった。胸元に手をやればそこにあって、木の芯から伝わってくる温もりが心を慰めた。

健次郎と話したことも忘れられない。青年とは母を恋い慕う気持ちで繋がっていた。

思えば彼がいたから、いっときリツは取り乱し、自分を滝壺に落とし、首飾りを失う結果となったのだ。

リツ――頭の中に浮かんだ少女の姿に、自然と顔が曇る――あの髪の毛から覗く尖った耳は、人間というより野生の獣を思い出させる。気性も単純で直情的、もっと言えば馬鹿なのだ。そういうところが、とりわけ虫唾が走る。無理やりにでも挨拶をし、向こうからも言葉が返って来るようになっても、変えられない感情がある。あの子と離れると思うと、せいせいする。

それなのに、東京へ帰っても、リツのことは忘れないという確信があった。

きっと、一生覚えている。ふとした折に、あの子はなにをしているだろうと思いを巡らす。それはある意味、あの子の記憶とともに生きていくということだ。リツを知らない自分は、もういないのだ。

喜ばしくはないが、耐えがたいほど嫌でもなかった。この感情が何という名前のものか、清子にはわからなかった。ひたすら胸がざわざわした。

カーディガンを羽織りなおす。風邪をひいては堪らない。帰京すればすぐに受験だ。明日の夜はこんなことをせず、しっかり寝なければ。

清子はそっと脇間に戻って、カーディガンを枕元に畳んで置き、布団に潜った。布団はすっかり冷えていた。その冷たさに体温を移しながら、ふと、このまま帰っていいのだろうかと思った。

家を出る間際、持って行かなければならない大事なものを鞄に入れ忘れている、それと同じような心持ちがした。しばし考え、忘れ物を思い出す。

――いづがリツがおめになにがを乞うだら、一度でいい、聞いてけろ。

――あの子がおめに頼みごとをしたら、一度でいい、聞いてけねぇか。一度でいいがら。

あれはまだ、果たされてはいない。

だが、この期に及んでは果たす機会もないだろう。これは仕方がないのだ。

清子は自分自身を納得させて、眠気が訪れるのを待った。


金井が本堂にいる児童の顔を見回し、声をかけた。

「六年生は集まりなさい」

清子を含め、十人の児童が即座に動き、金井を囲むように正座する。金井はもったいをつけたつもりか、軽い咳払いをして、さらに数秒の間をおいてから、こう切り出した。

「明日、皆さんは東京へ帰ります」

わかっていても、子どもらが喜びの声を抑えられるわけはなかった。それぞれの口から言葉にならない歓声がほとばしり出た。清子ですら、自然に浮かんだ笑みで口が開いた。

「静かに。帰るといっても、明日東京に着くわけではありませんから、落ち着きなさい」

金井は明日の行動予定を一つ一つ確認し始めた。すでに聞かされているものがほとんどだったが、だからこそ、ようやく望んでいた日が来るのだ、現実になるのだという喜びがさらに膨らんだ。

高源寺を午後二時半に出発する。駅まで歩き、他班の帰京組と合流してから全員で改札を通り、午後五時過ぎに出る夜行列車に乗る。

金井は駅まで引率し出発を見届けたのち、五年生のために高源寺へ戻る。班員全員が六年生である第一班の教師が、東京まで引率する。

夜行列車の運行状況は、突発的な出来事によって変化するかもしれない。その際は引率の先生や車掌さんの指示に従うように。

突発的な出来事とは、空襲のことだと思われたが、その不安も、待ちに待った帰京がもうすぐだという事実を前にすると薄らいだ。なにごとも起こらなければ、明後日の今ごろには家にいるのだ。

なにごとも——清子は浴衣の合わせ目に触れた。ここへ来たとき、いつも胸元にあったものは、すでにない。ないものはしようがない。それに、もしも列車に爆弾が落ちれば、いくら首飾りのお守りがあったところで、自分一人だけが助かるとは考えにくい。かわりに、今は孤独ではなくなった。清子に対する級友の態度は、かつてに比べると、ずいぶん優しくなった。

大丈夫、きっとなにも起こらない。帰れる。

「明朝は、起床後すぐ身支度を整えて、帰り支度を始めるように」

そう言って、金井はいつもより早めに子どもらを就寝させた。

清子はきちんと床に入って目をつぶった。

＊

朝起きて、真っ先にリツが思ったことは、「今日、清子ば東京さ帰る」だった。

朝の手伝いを、言いつけられた以外のこともすすんで済ませたら、リツはタマに「おめ、近頃いい子だね」と褒められた。リツは顔じゅう皺だらけにして笑うタマに、心の中で詫びた。

いい子なんかじゃない。リツは今日、学校ではなく源助の小屋へ行くつもりだった。ずる休みだ。でも、あとでどんなに怒られようが、そうしなくてはいけない。清子のための首飾りは、まだ完全にできあがっていなかった。見てくれではなく、直感的に「まだだ」と思うのだ。

もう少し、あと少し手を加えなければいけない気がする。これでいいと感じられるまでは彫るのだ。そして、列車の出発までに手渡す。

国民学校へ行くという顔をして高源寺を出ると、リツは門のところで振り返り、見送っているものが誰もいないのを確認して、学校とは逆方向の山へ向かって走った。

駆け上るうちに、自分の中から言葉が消えていくのを感じた。これから首飾りを仕上げるまで、喋ってはいけない。喋ると一緒になにかが抜けてしまう。今の自分の中にあるものは、全部松を彫るのに使わなければならない。

声もかけずに小屋の戸を開けたリツを、源助は咎めなかった。リツは必死に息を整えながら、心を込めて頭を下げた。リツはわかっていた。源助は今日だからなにも言わないのだ。リツは無言のままで、土間に置かれた桶の前にしゃがんだ。きれいな水が入っている。源助が用意してくれていたのだ。リツはその水で手と口を清めた。

源助にもう一度頭を下げて、置かせてもらっている彫りかけの首飾りと、使わせてもらっているノミや小刀といった工具類を揃えて、莫蓙の片隅に正座した。そのころには呼吸も落ち着きを取り戻した。

首飾りを作り始めた最初のころは、囲炉裏端で火に当たりながらノミを使っていたが、そこではもう彫らなくなっていた。松が割れるたびに、リツは暖かい場所から離れた。リツはこの日、左腕を叩かなかった。そんなことをしなくても、清子のことで頭が一杯だった。

今日が最後。もう二度と会わない。

リツは、螺旋模様を彫り込んだ丸い松をじっと見つめた。やはり、光は現れた。そこにノミの刃を当て、柄頭を槌で叩いた。リツはひたすら光を追いかけ、首飾りを仕上げていった。

やがて、見えていた光がふっと消えた。線香の火が尽きるようだった。リツは我に返った。

中心へ向かって渦を巻く線を彫り込んだ、丸っこい松の首飾りを検分する。清子が持っていたものとは、色合いも、線と線の間の滑らかさも違う。全体としても、リツが作ったほうが大きめで荒っぽい印象だ。

でも、リツはこれでいいという直感を信じることにした。錐《きり》で小さな穴を開け、自分の半纏の前を結ぶ紐を切って、細く編み直したものを通して手が止まった。今、何時なんだろう？

「昼はとうに過ぎだ」源助が突き上げ窓から外の様子を確認し、教えてくれた。「そうだな……この陽の具合だど、じぎに二時半だ」

「二時半？」

「急がねばならね」

源助は長い紐がついた竹の水筒を渡してくれた。いつそれを用意してくれたのか、リツはちっとも気づかなかった。

「ありがとう、爺つぁま」

水筒の紐を肩から斜めにかける。速く走るために余計な荷物は持たない。鞄は小屋に置いて、リツは小屋を飛び出した。


リツが一番速く走れるのは、山を下るときだ。

疾風《はやて》のように獣道を駆け下り、集落の道に出る。平坦《へいたん》になった道は、リツの脚を急に重くさせた。でももう少し走れる。

冬場、光を弱めていた太陽は、青空の中堂々と輝いている。いつしか辺りには、春の匂いが立ち込めていた。田起こしを待つ土の匂い。道脇にはフキノトウがごろごろと芽吹いている。

ずっと季節の変化など気づかずに、小屋への道を行き来していた。リツはもんぺのポケットに手を入れ、一度手巾《しゅきん》の上から首飾りをぎゅっと握りしめる。

行く手に、見てはいけない女を見た。久しぶりに目にしたみすぼらしい姿に、リツの駆け足が緩む。いつも集落に入る手前で佇んでいた女が、このときばかりはふらふらと高源寺近くまで歩を進めていた。

脇を通り過ぎようとしたとき、女が呟いた。

「……いねえ……いねえ」

高源寺の門を目指していたリツは、初めて聞く声を逃さなかった。女は繰り返した。

「もういねぇ……」

「誰がいねぇの？」

女は答えなかった。

リツは高源寺に走り込んだ。清子の気配はなかった。

遅かった。追いかけなければ。

町へと続く道の先に、それらしい人影の塊はなかった。

＊

駅舎に入る寸前、清子は一度振り向いた。自分たちが歩いてきた、高源寺に至る道を。

列のすぐ後ろにいたハナエが問う。

「どうかしたの？」

「ごめんなさい、何でもないの」

清子はすぐに前を向いた。帰京する他班の六年生も加わった四十余名の一団は、引率の男性教師を先頭に整然と並んで改札を抜ける。

なぜか、あの子の息遣いを感じた。

気のせいだと思い直す。駅まで来る暇があるなら、庫裏の手伝いをやらされるはずだ。ぼんやりとした不安感を覚えるのは、寺を出る今日に限って、しばらく姿を見なかったあの見てはいけない女を見てしまったからだろうか。

列を保ったままホームまで進み、他の乗客の邪魔にならないように待つ。下りの方角にうっすら黒煙が見えた。列車が近づいてきている。母と再会できる瞬間も近づいているのだと思うと、清子の鼓動はひとりでに速くなる。しばらくすると、線路の先に重々しい黒の機関車が見て取れた。子どもたちが騒ぎ、教師がそれを制した。

「停車したら、素早く整然と乗って、発車まで黙って待ちなさい」

ほどなく列車は、車輪を軋ませながらホームに滑り込んできた。大きな音が、そこらのざわめきを一蹴する。停車して出入り口が開くわずかな間ももどかしい。

改札のほうから男の怒鳴り声がした。そのとき、教師が大声で六年生に命じた。「乗りなさい」

言われたとおりに列車に乗る。想像したほど混雑しておらず、二人掛けに三人詰めることで、女子は全員座れた。清子はハナエと節子とともに横並びに座った。清子が一番窓側だった。

「停車時間はどれくらいなのかしら?」

ハナエが節子に尋ねているが、節子だってわかるはずもない。また、男の大声が聞こえた。なにかあったのだろうか。出発が遅くなるのは嫌だった。

「待ちなさい、こらっ」

男は誰かを制止している。清子は窓ガラスに顔を近づけ、様子を窺おうとした。

と、弱い電流が体内を走ったような感覚を覚えた。それと同時に、ガラスの向こうを少女が駆け抜けた。小さなつむじ風のようだった。清子は思わず開けた口を手で覆った。

「リツ」

その小さな呟きを聞き取ったかのように、清子のいる窓のところへ戻ってきたリツは、ぎょっとするほどひどいありさまだった。髪は乱れ、汗みずくで、口元はなにやら白く汚れ、全身で荒い息をしている。半纏を着ておらず、薄汚れたブラウスは汗で濡れて肌に張りついている。まだ三月なのに。

「清子」リツは窓ガラスを叩いた。「お願い、開げてけろ」

窓を開けろという意味だろうか？　しかし、そのますぐにリツは逃げた。駅員に追いかけられているのだ。

「あの子、高源寺の子じゃない？」

ハナエが気づいた。節子も見たようだ。「なんでここにいるの？」

「逃げているみたい」

「切符を買わずに入ってきたんだわ、きっと」

清子は席を立って、両腕で窓を押し上げようとした。軋みが酷《ひど》く、それはかなわなかった。リツがもう一度窓越しに顔を見せ、開けろと訴えた。清子は身振り手振りを合わせて答えた。

「駄目。開かない」

納得したかどうか怪しかった。リツはホームを上り側へと駆けていき、駅員の男が数秒後に続いた。

「あなたに用があるんじゃない？」

節子が言い、窓に手を伸ばした。ハナエもそうした。二人の協力を得ても、窓は開かなかった。冬の間に、どこか錆《さ》びついてしまったのか。

引率教師が「発車まで静かに待つように」と、疎開っ子らに念を押す。清子はため息をついて、席に腰を下ろしかけた。

さっきあの子は「お願い」と言った。

――いづがリツがおめになにがを乞うだら、一度でいい、聞いてけろ。

「一度でいい」というその一度はないままに母のもとへ帰る、それでいいと思っていた。どうしようもない。窓は開かないのだ。

でも――。

清子は引率教師を見た。彼は児童に目を配りながら、ちらりと腕時計を確認した。近くに一つ席が空いているが、まだ座りそうもない。

清子は「ごめんなさい」と言いつつ、ハナエと節子の前を通って通路に抜けた。

「どうしたの？」

「すぐに戻るわ」

清子はホームに降りた。即座に本能がざわめいて、リツの居所を教えた。よほどすばしっこく動いたのだろう、駅員の目をくらまして、あの子は今ホームの下り側の端、材木が積んである陰に隠れている。清子は憤慨を隠さぬ顔で闖入者《ちんにゅうしゃ》を探す駅員に、上り方向を指さして言った。

「女の子はあっちへ行きました」

駅員は騙《だま》されてくれた。清子は近寄りたくない気持ちを押し殺し、積まれた材木に駆け寄った。

最後だ。最後だから我慢しよう。頼みを聞くこと、これも母からの忠言に繋がる。嫌いな相手にも礼を尽くすのだ。

リツも気配を察知したのだろう、材木の後ろから顔を出した。

「清子」

「窓は開かなかったの。なに？　用があるんでしょ？」

材木の隙間から近づいてきたリツからは、汗と土埃が混じった臭いが立ちのぼり、清子は眉をひそめた。そんな表情の変化をものともせず、リツは汚れたもんぺのポケットに手を突っ込んだ。摑みだしたのは手巾だ。いや、手巾に包まれたなにか。

機関車がシュッと蒸気を吐き出す。反射的に列車を振り返る。そのとき、目の端に駅員を捉えた。こちらを見て猛然と走ってくる。

「これ、清子」

「何なの」

差し出された手巾には、リツの衣服の汚れや臭いが染み込んでいるようで、手を出す気になれない。するとリツは手巾を外した。

「それは……」

大事にしていたものとは似ていない。でも、なにかははっきりわかった。

「あなた、作ったの」

「たがいで、いって」

リツは血を吐くような咳をした。

差し出された首飾りに、恐る恐る手を伸ばす。盗まれたときの激情と絶望、母の腕の中で泣いたこと、母が話してくれた内容、様々なことが入り乱れて渦を巻き、首飾りを受け取ろうとした清子の手が、つい止まった。

その手に影が落ちた。

「捕まえたぞ」

清子の肩越しにリツの腕を掴んだのは、さっきの駅員だった。怒りで顔を紅潮させた駅員は、情け容赦なく痩せた小さな体を引っ張った。

「君はこの浮浪児の友達なのか？　けしからん。いやいや、さては、おまえはこの子を囮《おとり》に使って入り込んだな？」

清子は首を横に振った。リツと一緒に勝手に構内へ入ったと疑われるなんて、とんだ濡《ぬ》れ衣《ぎぬ》だ。「違います」

「じゃあ、何で嘘をついて一緒にいるんだ。おまえも駅員室に来い」

「清子、これ」駅員に引きずられながらも、リツは必死に清子へと首飾りを渡そうとする。

「これ、早ぐ」

「こらっ、なにを渡すつもりだ」

駅員はさらに激高し、リツの頭を拳《こぶし》で殴った。それでも小さな手は、握ったものを落とさなかった。

ホームから引っ立てられていくリツ。清子へと伸ばされた手が遠くなる。

清子は思わず駆け寄った。駅員がなにか言った。リツの大きな真っ黒い目の中に、小さな自分の姿があった。リツはいっそう懸命に差し出してきた。清子はそれを受け取った。

首飾りを手にするとき、リツの手にも触れた。温かくも冷たくもない。同じ体温だ。そう思った瞬間だった。

汽笛が鳴った。

振り返ると、開いていた列車の扉は閉ざされようとしていた。

「待って」

「おまえ、あれに乗るんだったのか」

列車に向かって走ろうとした清子のお下げが、後方に引っ張られた。駅員だった。「危ない」

「待って、乗るの」

扉は完全に閉じた。

「帰るの！」

列車の車輪が耳障りな音をたてて動き出すのと、それは同時に起こった。清子の手の中の首飾りが、炎のように熱くなった。とっさに手放す。

空中でそれは砕けた。銃声にも似た高い音とともに。

「……割れだ？」呟いたのはリツだった。「ずっと……ずっと大丈夫だったのに、なすて……」

＊

リツは迎えに来た高源寺の三代目、信行と、教師の金井とともに、とっぷり日が暮れた道を歩いていた。

「学校も行がず、あげぐ駅さ忍び込むなんて」

信行が持つカンテラの明かりが目に痛い。リツは真っ暗な中を一人で歩きたかった。そういう気分だった。

「なにより、帰京を心待ぢにしてだ子にあいな迷惑をがげるどは。先生、本当申し訳ねぇ」

「浜野さんには言って聞かせましたから、そんなに何度も謝っていただかなくても」

リツはなにも言わずに足元だけを見て歩いた。でも、なにを目に映しても、清子の顔がその上に浮かんでくる。

――何てことしてくれたの。列車出てしまったじゃない、乗れなかったじゃない！

――あんな物のせいで、あんたのせいで、帰れない。

罵倒は長くは続かなかった。あとはひたすら泣きじゃくっていた。駅員は列車が出るまで駅舎にいた金井に、一連の事情を説明した。金井は翌日の汽車で帰京する手配を取ったが、慰めにはならなかった。

——女学校の受験は、来年なさい。あなた一人のために日程はずらせません。

とどまることを余儀なくされた清子だが、高源寺に戻るのは断固として首を縦に振らなかった。荷物もなにもない清子は、第一班がやっかいになっていた町中の旅館に、一晩泊めてもらうことになった。第一班はみんな帰京したから、部屋がずいぶん空いたのだ。

——清子、ごめんなさい。

金井に連れられて駅員室を出ていく背中に、リツは声をかけた。それ以外は何と言っていいのかわからなかった。清子は振り向かなかった。

初めて顔を合わせたときから今まで一番強い拒絶を、その背に感じ取った。

どうして割れたのかを、リツはずっと考えていた。作りながらぼんやり別のことを考えたとき、松は割れて間違いに気づかせてくれた。しかし、ここしばらくはそんなこともなかった。だから形をそっくりにはできなくても、心は込められたと信じていたのだ。なのに、一番大事なときに割れるとは。もしもあのとき、清子が列車に轢《ひ》かれそうになっていたり、駅員に殴り殺されそうになっていたりしたのなら話はわかるが、違うのだ。あのとき起こったのは、ただ列車が扉を閉めて発車した、それだけだった。清子の身に危険はなかった。

結局、失敗したのか。

清子に渡したかった。ありがとうなんて言葉もいらなかった。ただ、空襲の恐れがある道中で、せめて持っていてほしかった。

こんな最後になるなんて。

リツは俯きながらしきりに瞬きをし、半纏の袖口で鼻の下を拭った。鼻水が垂れてきてどうしようもなかった。信行が懐からごわついた茶色いチリ紙を数枚出してくれた。リツはそれで何度も洟をかんだ。粗悪な紙に鼻の皮が擦れて剝け、血が滲むほどに。

源助がこのことを知ったら、何て言うだろう。せっかく道具と場所を貸してくれたのにでも、起こったことを一番聞いてほしいのも、源助なのだった。

怒られても呆れられてもいいから、ありのまま伝えよう。

ただ、このまま源助と顔を合わせたら、きっと甘えてしまう。健次郎が死んだときみたいに、子どもみたいにおいおいと――。

もうそんなことはしたくない。だから今も我慢している。

これからは一人で泣くのだ。一人になれるときが来るまで待つのだ。そのときが来たら山に登って、そのてっぺんで泣くのだ。

鼻水を拭うのにありったけのチリ紙を使った。首飾りを包んでいた手巾も使った。駅までの往路、首飾りが入っていたもんぺのポケットは、洟をかんだ諸々のもので膨らんでいった。

清子は目の前の光景を見つめる。ここは確かに東京だ。だが、疎開前の見知った景色ではなかった。夜のとばりが去り、夜明けの光が映し出したものは地獄絵図だった。なにもかもが焼け焦げた臭いが鼻を突く。家も、木も、人も。人の形をした炭が、トタンに針金を通した急ごしらえの担架《たんか》に乗せられ運ばれていく。煙が立ち上っている。あれは死体を焼いているのだと、老いた女が淡々と言った。

＊

帰京の列車は夜中に停まって長く動かず、東京に着くのが一日近く遅れた。隣に座っていた中年女が、冷たくなった蒸かし芋を半分に割ってくれた。ずいぶん待って列車は動き出したが、すぐにまた停まった。進んでは停まることを繰り返し、蝸牛《カタツムリ》のように東京へと近づいた。途中の駅で乗り込んで来た客の話し声が、わずかに聞こえた。

――帝都に……大空襲が……。

清子は列車で行けるところまで行き、そこからは歩いた。川べりに差し掛かると、異臭がいっそう強くなった。河原は死体で埋まり、川にも死体があふれかえっていた。道行きの途中で、いろんな人に話しかけて様子を訊いた。三月十日に日付が変わった真夜中、それは起こったという。

あのまま列車に乗っていれば、九日に東京に着くはずだった。

炭と化した死体を片づけている男らに自宅の住所を言い、界隈《かいわい》の住人はどこへ避難したのか尋ねた。かんばしい答えは返って来なかった。聞き出せた徒歩圏内の避難所すべてを回ったが、母はいなかった。

「気の毒だが、あそこらへんの人は……」

「火に巻かれて逃げようにも……」

薄曇りで風が強かったが、不思議と寒いとは思わなかった。

最後に訪れた避難所で、ろくな手当てもされずに寝かされている男性に会った。顔の半分は火傷《やけど》で皮が剝けていたが、胸の名札が読めた。第一班の引率教師だった。

「先生」

声をかけると彼は清子を認識し、蚊の鳴くような声で言った。

「……君は……運がいい……他の子は……」

帰京間際になって、ようやく打ち解けられた二人の顔が思い出される。ハナエと節子。

列車を降りるとき、もう二度と会えないなどとは、想像だにしなかった。

清子は焼け野原を歩いて、家があった近辺に帰った。焼け残った建物はなかった。学校もなかった。目印がないから、焦げ落ちた看板などを頼りに注意深く進み、ようやく懐かしい食堂の屋号を地べたに見つけた。母が一人で切り盛りしていた小さな食堂のものだ。

「……ただいま」

焼けて崩れた壁、柱、瓦。家の中のものも煤《すす》だらけだ。割れた茶碗《ちゃわん》、どんぶり、鍋。母の手が触れていたものを見つけるたびに、清子は自分が身に着けている衣服に触った。カーディガンもブラウスももんぺも、全部母がこしらえてくれた。

炭化した材木は崩れた真っ黒な積み木のようだ。その中から見覚えのあるものを少しでも見つけ出したくて、清子はあたりをかき分け始めた。燃え残りは清子でもなんとか動かせた。踏めば粉々になった。次第に、完全に燃えていないものも現れだした。

ひときわ大きな柱があった。倒れてはいるが、元の色をところどころ残すほどには原形を留めていた。太い大黒柱だった。

その下に、動かない母の手を見た。

清子は空を仰いだ。雲間に晴れやかな青があった。その青を自分の蒼に焼き付けた。

満身の力を込めて、大黒柱を動かそうとしていたら、トタンの担架を持った壮年の男が二人やってきて、清子を手伝ってくれた。

「あんたの母さんか？　気の毒にな。あんたはよく無事だったな。もしかして、疎開していたのか？」

「家が崩れるまでなんで逃げなかったのかね。ともかく、こいつはどけてやるから」

母なら、逃げても無駄だと悟ったかもしれない。この辺一帯はとりわけひどかったらしいから。あるいは、逃げようとはしたけれど、大黒柱が倒れるのが予想以上に早かったのかもしれない。

ありうることだった。柱には、穴が開いていた。清子の首飾りを作るために、一部をくりぬいたのだ。

男たちのおかげで、母は柱の重みから解放された。一目見て、母が焼け死んだのではないことがわかった。その証拠に、母の遺体はほとんど黒くなかった。柱に押し潰されたのだ。皮肉なことだが、柱を含め、いろんなものの下敷きになったために、母の遺体は燃えなかったのだろう。

母は胸になにかを抱きしめるような姿勢を取っていた。優しく仰向けにすると、母の胸元の合わせ目が光った。

「何か持っている」

男の一人が、それを引っ張り出した。

両の乳房で守るように、着物の中で抱きかかえていたそれは、細長い形だった。さらし布でぐるぐる巻きにされているが、底面の一部が覗いていた。そこが光ったのだ。男はさらしを取って、驚きの声を漏らしたのちに呟いた。

「よく割れなかったな。しかし、こんなものをなんで後生大事に」男はそれを清子に渡してくれた。「もしかして、あんたの好物なのかい？」

——あなたの大好きなものを用意して待っているわ。

「……はい」

「そうか。あんたの母ちゃんは大したもんだ」

青みを帯びたラムネのガラス瓶。中身はちゃんと入っている。これだけの空襲と火災でも割れなかったなんて。清子は母の力と執念を感じた。

母の遺体を担架に乗せ、男たちは空き地で焼くと言った。火葬場ではとても追いつかない、骨を拾うのは諦めてくれ、そうすることになっているのだと。

男たちの後についていこうとした足を止め、運ばれていく母を見送る。あたりがひどく眩しく感じられ、目に映る景色は歪んだ。

どうしてこんなことになったのか。高源寺で最後に会ったときのように、思いきり泣きたい。でも、あのとき抱きしめて慰めてくれた人はもういない。清子はラムネ瓶を握り締めた。

わかるのは一つだけ。

リツが作った首飾りが割れたのは、役目を果たしたからだ。あれはちゃんとお守りになっていた。母が作ってくれたのと同じに。だから、私は生きている。

リツ——清子は心の中でその名を呼んだ。

すると、聞いたこともない音がした。それは遠く、あの疎開先にあった山のてっぺんから響いてきたように感じた。

──おお……おおっ……おおる、おおる……おおる……。

あの子が泣いている？　まさか。清子は頭を振った。すると、泣き声はもっとはっきりとなった。遠くではない。すぐそこだ。声の出どころに視線をやる。

清子は息を呑んだ。瓦礫《がれき》の横で座り込む小さなおかっぱ頭。汚れた半纏。つい、呟いた。

「リツ」

その子は涙で濡れた顔を上げた。十歳に満たないくらいか、大きな黒い目をしていた。近づいていくと、少女は少し身構えるそぶりをしたが、清子の蒼い目から逃げなかった。

「お母さんとお父さんは？」

訊くと、少女は涙声で答えた。「死んじゃった」

「一人なの？」

泣きながら頷いた少女に、清子も言った。「私も同じよ」

少女の涙は止まらなかったが、同時に痩せた胴体から盛大に腹の虫が鳴るのが聞こえてきた。空襲から泣き通しで、ろくに食べていないのだろう。清子もそうだった。汽車の中で芋をもらったのが最後だ。

少女は清子の手にあるラムネを見つめる。

「……飲みたい？」

こっくりと頷いたので、清子は微笑んだ。「じゃあ、お姉さんと半分こしよう」

栓になっているまん丸のガラス玉を押し込むと、甘酸《あまず》っぱい香りとともに炭酸水がこぼれた。清子はそのまま口をつけて一口、二口飲んだ。夏の暑い日、父と母と一緒に飲んだ夕暮れが思い出された。

半分以上を残して少女に渡す。「いいの？」という遠慮がちな声に「いいのよ」と返すと、彼女は喉を鳴らしてそれを飲みほした。

「……ありがとう、リツ」

少女は変な顔をした。「なんでお姉ちゃんがお礼を言うの？　それにあたしの名前は違う」

「ごめんね。あなたの名前を教えて」

「あたしはコウ。ねえ、お姉ちゃん。これ」コウは清子の目の蒼をうんと薄めたような色の瓶を、目前にかざした。「ガラスの中に、小さな泡が入っているの」

「本当ね」

「どうしてかなあ。でも、泡があったほうがきれい」

腫れ上がった目でうっとりと瓶を見つめるコウに、清子は尋ねた。

「それ、気に入った？」

「うん」

「じゃあ、あなたにあげる」

泣いていたコウが、ようやく笑った。

「ねえ、コウちゃん。あなた、大人になったらなにになりたい？」

コウは戸惑い顔になった。「大人？　わかんない」

「お姉さんは、先生になるのよ。そしてね、あなたみたいな可愛い子たちに、うんとわかりやすく勉強を教えるの。ときどきは面白い話もしてあげるわ」

「どんな話？」

「そうね……」高源寺の防空壕で、恐怖から逃れるために夢想したことがひらめく。「みんなを守ってくれる蝸牛のお話とか」

コウは首を傾げた。「蝸牛が好きなの？」

「そうね、そうかもしれないわ」

清子はコウの頭をひと撫でして、風上に顔を向けた。

「ちょっと休んだら、二人で避難所へ行こう。きっと少しはご飯が食べられるし、屋根があるところで眠れるわ」

――忘れないで。必ず生きなさい。

冷たい風が母の声に変わった。あのときかけられた言葉。なに一つ忘れていない。繋いでいく、この蒼を持つものとして。

「大丈夫、負けない」

焼け野原に雄々しく立ち、清子は言い放った。

「生きてみせる」

見つけた水辺でひとしきり遊んだ少年が、男のところに戻ってきた。

「これ、カタツムリ。ひさしぶりに見たよ」

葉の裏にいたのだという。殻の渦巻を指でなぞってしまう。

「生まれた時から螺旋を背負ってるんだよな」

「へえ」少年は関心なさそうに答えた。シャツから垂れる水があちこちから滴っている。

男は視線を上げる。二十メートルほど離れた場所に、女たちがいた。

乗ってきたエアスクーターがいよいよ燃料切れで、そこから乾き切った土地を何日も歩き、ここに辿り着いた。ほぼ同じ時に、彼女たちも、反対の方角からやって来たのだ。少女と犬と一緒だった。トーキョー跡地から来たのだろうか。

「どうして、仲良くしないの?」少年が言ってくる。

ほかの人に会うのは久しぶりだった。最初、男は驚きつつも興奮し、挨拶を交わした。自分たちの帰る街はすでになく、高層のビル群もことごとくが崩れ、半壊しており、ともに暮らすべき人もいなかった。一緒に行動するのも悪くない、という思いも頭をよぎった。女のほうも笑顔を見せた。少女は、少年に近寄ると、その昔、クジラが大量の水を噴き出し、数十万冊の本をまき散らした話を、おとぎ話を語るように話した。トーキョーがあった時の物語だろう。しばらく子供たちと犬は、水遊びをしていた。ぎくしゃくしたのは、男の目が青く、女の耳は先がとがり大きいことにお互いが気づいたからだ。

二人は表情を強張らせ、挨拶を交わした時とはうってかわり、警戒するように離れた。

「海と山だから」男は、少年に言った。古くから伝わる都市伝説で、前世紀には、科学的な根拠も見つかった。トーキョーがなくなった一因が、海と山の血筋にあるとも聞いた。

「一緒にはいないほうがいい」

「何で」

「ぶつかり合うからだ」

「いい人そうだよ」

男は答えなかった。

「出発しよう。水、できるだけ持っていく」男は、少年に言う。もう一度、視線を上げれば、女たちがこちらを見ていた。

「もっとここで休んでいたかったけれど」

一緒にいないほうが、近くにいないほうがいいんだ。男は自らに言い聞かせるようにし、歩きはじめる。

おおる。おおる。おおる。

どこからか奇妙な赤ん坊の泣き声が聞こえた。どこで？　とあたりを見渡してしまう。

「どこかで生まれたのかな。子供」

「ほかに人がいるようには思えない」

男は、少し前に、海と山のあいだで子供が生まれた、という話を思い出した。

そんなこともあるのだろうか。

少年が、少女に向かって、手を振っている。はじめは遠慮がちに、そのうち大きく。「これくらいはいいでしょ？」と男を見た。

男は、ふっと笑みを浮かべて、大きくうなずく。ぶつかり合う決まりだとしても、やり方はある。

少女も手を振り返していた。

――海と山の伝承「螺旋」より

書き下ろし特別収録短篇

九月、急行はつかり車内にて

「人に会いに行ったんです」

上野《うえの》へとひた走る急行はつかりの車内である。浜野清子《はまのきよこ》は、偶然ボックス席で相席となった若い女相手に、幕を閉じようとしているこの小旅行を振り返っていた。

「ずっと会いたかったその人に、会いに行ったんですが、会えませんでした」

サングラスをかけた若い女は興味深げに尋ねる。「男の人ですか？」

「いいえ、女性です。私よりちょっと下の」

「なら、友達ですか？ それとも」女はふと痛ましいものに気づいた顔になった。「妹さん？」

戦争を思い出したのだろう——清子は思った。家を焼かれ、街を焼かれ、逃げ惑い、生きるために離れ離れになってしまったきょうだいは珍しくない。あの戦争が終わって、先月で十五年経《た》った。

「いえ」

しかし、清子は微笑《ほほえ》んで首を横に振った。戦争中に出会ったが、きょうだいではない。もっと激しい、宿命的な相手だ。

「彼女は命の恩人なんです。彼女がいたから、私は大空襲を生き残った」

そうだ。だから旅に出た。あの日からずっとそうしたいと思っていた。あの村にもう一度行って、あの子に会って……。

伝えなければならないことがあったのに。

「村の駅に降り立ったのは、一昨日《おととい》の金曜日、秋分の日の夕暮れでした……」

*

夕暮れの駅のホームに降り立ち、清子は辺りを見回した。

昭和三十五年九月の今も、ホームと駅舎は記憶のままだった。改装計画から取り残された田舎《いなか》駅は、当時からそっくり十五年という歳月だけを乗せられ、変わったのは古びたところだけだ。

向かいの上りのホームには、数人の乗客が次の列車を待っている。

清子はボストンバッグを握りなおし、改札へと向かった。

この村に長居はしない。清子は用事を果たしたら、すぐに帰京する計画だった。仕事も明日の土曜日しか休みをとっていない。清子は一昨年の四月、苦労の末に念願叶《かな》って教師になった。教壇に立ち、子どもたちの未来が豊かであれと願いながら、知識という水を与える仕事に、心から喜びを感じている。だから長々と旅を満喫するつもりは毛頭なかった。

何より、長居をするほど村に愛着があるわけでもない。集団疎開で過ごした村は、寂しく辛《つら》く、何よりやるせないほどの憎しみと強く結びついている。

だが今日、清子が一世一代の決意をしてこの村を訪れたのもまた、その憎い相手に会うためなのだった。

リツ。

あの子はどうしているだろう。

十五年間、一日だって、リツのことは忘れなかった。

改札を抜け、清子は駅前通りに出た。さすがにこちらは街並みが一変していた。大きな商店が並び、喫茶店や洋食店もあった。バス停もあった。路線バスはどうやら駅前から集落を抜け、山向こうの隣村までを結んでいるらしい。

良い夕暮れだった。九月、秋分の日だった。昼に少し雨が降ったのか、若干《じゃっかん》地面が湿っていて蒸すが、肌寒くないのを清子は歓迎した。

祝日の宵ということもあるのか、駅前はそれなりに賑《にぎ》やかである。

清子はひとまず旅館に行った。電話で予約をしたとき、女で一人だと告げると、最初はやんわりと断られそうになった。この予約が取れたのは清子の粘りと、電話口で二番目に対応した番頭のおかげだった。玄関帳場にいたその番頭に礼を述べ、十五年前に一泊したことがあるとも話すと、当時を知る大女将《おおおかみ》が出てきて相好《そうごう》を崩した。

「ああ、あなた。覚えていますよ。帰京の列車に乗り損ねたお嬢さんですね。こんなに大きくなって」

覚えられている一因には、おそらく目の色があるのだろう。番頭も大女将も清子の蒼《あお》い目を見つめていた。清子はそれに動じず微笑んだ。番頭はやや腰が引けていたが、大女将はさすがであった。大女将自ら清子を部屋まで案内してくれる。通されたのは中庭が見える部屋だった。

「当時はうちも疎開の子どもたちを泊めていたんです」大女将は清子にお茶を淹《い》れてくれた。「でも、戦後に泊まりに来てくれたのは浜野さまだけ」

大女将の表情が翳《かげ》る。清子はその翳りを理解できた。東京大空襲の報は、こちらにも届いただろう。あの日、清子も汽車を降りなければ、今日ここに来ることはなかった。帰った夜、業火に焼かれていたはずだった。

汽車を降りたのは、自分の判断ではない。

人は運が良い、命拾いだと言うだろう。しかし、真実は違う。清子は明確に助けられた。

「浜野さまは当時どちらにいらしたのですか？」

「高源寺《こうげんじ》にお世話になっていました」

すると、大女将が何かを察知した顔になった。

「あら、それでこちらにいらしたんですか」

「えっ？」

それで、の部分に、もちろん清子は心当たりがない。今日足を運んだのは、一から十まで清子の独断で、それ以外に理由はないのだ。

頭を掠《かす》めたのは、喪の予感だった。寺には年寄りもいた。あれから十五年経っている。

大女将は頭を下げて部屋を出ていった。

清子は荷を解いた。翌日は大いに歩く予定だ。身軽に動けるように、手近なものをハンドバッグに詰め替える。

財布、ハンカチ、チリ紙、口紅。それから、一通の封筒。封をしていないその中には、手紙と小さな墨《すみ》のかけらが入っている。

玄関帳場まで行き、番頭に声をかけた。

「バスの路線について教えていただけますか？」

すると、一枚の紙を渡された。

「簡単な手書きですが、路線図になります」

聞けば、まれに問われることがあるそうで、何枚か用意しているのだと言う。

路線図の中盤に『高源寺前』というバス停があった。


翌日、清子は旅館を出て、駅前のバス停へと歩いた。雲もあるが、おおむね晴れの良い天気である。

バスが走り出して間もなく、高い建物は途切れて、前方に懐かしい山が見えた。山は深々とした緑に包まれていた。紅葉にはまだ少し早い。

バスはゆっくりと集落の奥へと進む。進むにつれて村は鄙《ひな》びていく。建物はまばらになり、田畑がその間に広がる。時間を巻き戻しているようだと清子は思った。車窓の向こうがどんどん見覚えのある景色へと変わっていく。

清子は膝の上でハンドバッグの持ち手を握りしめた。

停留所のすべてに停まっても、高源寺前までは一時間もかかるまい。とすると、あと一時間の後には、私はあの子に会っているかもしれない。

伝えられるだろうか。いや、伝えなくては。そのために勇気を振り絞って来たのだから。

*

——清子お姉さん、これを使ってちょうだい。

コウが小さく黒いものを差し出してきた時、清子はそれを黒の碁石《ごいし》かと思った。しかし違った。それはよく見れば、墨の欠片《かけら》であった。

——墨なのね？　でもずいぶん小さいわ。使いかけなのかしら。

——お姑《しゅうとめ》さんからそれだけ譲ってもらえたんです。

大空襲によって孤児となった清子とコウは、戦中戦後の苦難を姉妹のように一緒に乗り越えた。食べるためには何でもしたその当時を、清子はあまり思い出したくない。人間というよりは、山の中を疾走する獣のようであったのだ。がむしゃらで目を爛々《らんらん》とさせていた。しかし、とにかく生き抜いたのだった。

戦後、孤児院に拾われてしばらく経ったころ、コウに親戚が見つかったのが二人にとって幸運の先駆けだった。長野に住むコウの親戚は裕福で情があった。コウの親戚はコウを引き取るだけではなく、二年遅れたものの再び学校に通い始めることができた。清子は山形の農家を住み込みで手伝いながら、二年遅れたものの再び学校に通い始めることができた。

コウが見合い結婚したのは、清子が教師になったのと同じ一昨年の春のことである。

そして今年七月、無事長男を出産したとの連絡を受け、清子は祝いの品を携えてコウの婚家を訪問したのだが、その際にコウからもらったのが件《くだん》の墨であった。

眠る赤ん坊に時おり優しい目を注《そそ》ぎながら、清子に墨を手渡したコウは言った。

――清子お姉さんには、お礼を伝えたい人がいるのよね。ずっとそうおっしゃっていたもの。

身寄りをなくし、焼け野原を二人して彷徨《さまよ》っていた日々、清子とコウは互いに自分の身の上を話した。コウは清子の話をいつも聞きたがった。寂しがりやで、人の声を聞くのが好きな子なのだ。清子は疎開先で起こった出来事も、包み隠さずというほど微細ではないにせよ、子どもが聞いてもいいように柔らかくして話した。

疎開先でどうしても仲良くなれない相手と出会ったこと、その相手がお守りを作ってくれたから、空襲に遭わずに済んだこと、だからできればいつか感謝の気持ちを伝えたいということを。

だが、それは難しいだろうという暗い見通しも、同時に語っていた。

清子の目は今も変わらず蒼い。その蒼に向き合うたびに、母が教えてくれた海と山の因縁は消えていないと確信する。礼を言いにリツの前に行けば、必ずや感謝の気持ちよりも、嫌悪感が先に立つ。そんな状態で礼を述べても、自分の気持ちのすべてが伝わるとは思えないのだ。憎いという気持ちは感情の中でもとても強い。感謝の気持ちがラムネだとしたら、憎いは醤油《しょうゆ》だ。二つが混ざれば、ラムネの味なんか吹っ飛んでしまって、リツは醤油の味に眉《まゆ》を顰《ひそ》めるに違いないのだ。あるいは、敏感なリツがこちらの気配に気づいて荒れるか逃げるかしてしまうという懸念もあった。どうしても憎い、相容《あいい》れない相手というのはいるのだ。

コウはその話までも忘れてはいなかったのだ。

——それで手紙を書けばいいのよ、お姉さま。

——知っているでしょう？　手紙は山形に行ってからすぐに出したのよ。

清子も何もしなかったわけではなかった。高源寺宛には今までに三通手紙を送っていた。しかしどういうわけか、梨の礫《つぶて》であった。返信が欲しいというわけではないが、何も返ってくるものがないと、伝わったかどうかすら怪しんでしまう。

——墨で書けばいいの。

——墨？

世話になった農家の主人に文字の美しさを見込まれ、書道を習わせてもらったお陰で、清子は今や師範である。だからこその墨なのかと思いきや、コウの話はどうやら違った。

——お義母《かあ》さまから聞いたのだけれど、この墨はとても優れた代物なんですって。これを使って書いたものは、必ず本当の気持ちが読んだ相手に伝わるとか。それだけ素晴らしい職人さんが作ったと言うことなのかしらね。とにかくお姉さま、これでお手紙を書いたらいいと思うのよ。

――そんな墨があるの。

いささか眉唾《まゆつば》とも思った清子だが、コウの心遣いは素直に嬉《うれ》しかった。手紙はここ数年送るのをやめてしまっていた。師範になった手で教師になれたことも伝えていいかもしれない。

赤ん坊のほやほやとした髪の毛を、コウは目を細めて撫《な》で、ふと思い出したように付け加えた。

――そうそう、お義母さまがおっしゃるには、本当の気持ちが伝わったら、それでおしまいなんですって。伝えたそれが最後の伝言になるから、使い所は気をつけなさい、と……。それだけは清子さんにも伝えなさいって言われた。でも、清子お姉さまとリツさんなら、気にすることもないわよね。だって、日ごろからお友達付き合いしている相手ではないのですもの。

コウの好意をありがたく受け取った清子は、コウの義母にも丁寧に礼を述べ、帰ってさっそくリツに宛てた一通の手紙をしたためた。

その手紙は、ハンドバッグの中に入っている。結局清子は投函しなかったのだ。

*

バスはゆっくりと進む。左手の車窓に見えて来たのは小学校だ。戦時中と同じ校舎を今も使っているようだ。あの校庭で竹槍《たけやり》を持って、鬼畜米英と心で唱えながら藁《わら》人形を突く練習をした。

今はもう、そんなことをする人はいない。

バスの揺れ方が変わった。ごとごとと乱れる走行は、道路が未舗装に変わったためだ。焚《た》き木《ぎ》を拾った山が、いよいよ間近に迫っている。停留所をもう二つ三つ過ぎれば、高源寺である。

リツはいるのだろうか。今も変わらず山を駆けては炭焼きの老人のもとへ通っているのか。

緊張感が清子の体を固く縮こまらせる。神も仏も信じていない清子だが、人が祈りを捧げる対象全てに祈りたくなった。どうか自分に力を貸してくださいと。

今日の目的を果たすために、どうか私に力を貸してください。

——本当の気持ちが伝わったら、それでおしまいなんですって。

投函しようとして、清子はふと疑問に思ったのだ。続け様にもう一通手紙を書いたとしたら、それはどうなるのか。手紙を目の前で読んでもらった次に、二通目を手渡すことだってやろうと思えば可能だろう。なぜおしまいになると言い切れるのか。そもそも生きてさえいれば、機会はあるのではないか。

絶対にないと言い切るのなら、それはどちらかが、あるいはどちらともが死ぬ場合だけだ。

だから清子はやめた。自分の気持ちを伝えて満足するのは、自分だけかもしれない。リツはそんなことを聞いても何とも思わないかもしれない。なのに、そのリツの命を危うくすることはできない。

手紙は使わない。自分の口で伝えよう。

そう決意して、清子は昨日、列車に乗ったのだ。

バスが進む。清子は軽い吐き気を催してきた。胸の中の海は波高く、時化《しけ》ている。寺に近づくにつれ、時化は激しくなっている。

「高源寺前」

運転手が言った。

清子は手すりにつかまりながら立ち上がった。「降ります」

寺が見える。記憶の風景と目で見た風景が重なる。門のあたりに人だかりがしていた。

やはり、葬儀でもあるのか。

土を踏んだ清子一人を残して、バスが走り去る。土ぼこりに巻かれながら、清子は身構えた。空気中に細かい棘《とげ》が無数に生まれ、それが瞬時に清子を刺す。覚えのある、懐かしさすら感じる痛みだった。

あの子がいる。

目で姿を捉える前に、清子は確信していた。

考える前に体が動いた。清子はとっさに手近な電柱の陰に隠れ、高源寺に集まる人々を見た。十五年の年月で分からなくなったのかもしれないが、ともかく中に知った顔はなかった。彼らは、その辺から野次馬よろしく集まった風の大人や子どもと、礼服に身を包んだ一群で構成されていた。

「お嫁さん、来た」

声を上げたのは、黒留袖の女に手を引かれた四、五歳くらいの子どもだった。それを合図に、人々はどよめいた。期待に満ちたどよめきであった。

清子を刺す針がますます尖《とが》り、数を増す。清子は次に何を見るのかが分かった。

女が門を出てくる。

髪を文金高島田《ぶんきんたかしまだ》に結い上げ、特徴的な耳は隠れている。遠くからでも窺《うかが》える整った顔立ちは、ひどく大人びていた。だが、凛々《りり》しい眉と黒い大きな目はそのままだ。

それは、白無垢《しろむく》姿のリツだった。

――それでこちらにいらしたんですか。

大女将は昔の縁で宴《うたげ》に呼ばれたのだと思ったのだろう。気がつくべきだった、今日は大安だ。

横を歩く凜々しい新郎など忘れてしまったかのように、リツは門を出るや足を止め、迷わずこちらに視線を向けた。ぎらついた、天敵と対峙《たいじ》する獣じみた目であった。近くにいた老女が、困惑した様子でリツに言葉をかけている。あれは住職の母のタマだろうか、いや、妻のサトの方だ。タマらしい姿は見当たらない。

清子は山の方へと走り逃げた。

自分がいれば、リツは花嫁になれない。佳《よ》き日を迎えたリツに、あんな顔をさせてはならない。

清子は息が切れるまで走り、山に入る手前で止まった。空気中の棘はまばらになり、振り向けばリツたち一行は田舎道を学校の方角へ歩き去ろうとしていた。

あの姿で徒歩で移動する新郎新婦。寺で仏前式を終え、歩いて婚家へ行くのだ。集落の男子に耳や出自を揶揄《からか》われていたリツは、集落の男と結ばれる。

「……おめでとう、リツ」

清子の呟《つぶや》きは、誰にも聞かれずに風に流れていった。

それから清子は、山の麓に近い、焚き木を拾い集めた付近を少しだけ歩いた。清子とリツの因縁をなぜかすべて知っていたような今谷源助《いまたにげんすけ》が、今も山中の炭焼き小屋で細々暮らしているのかどうかは、判然としなかった。もしも元気でいるなら、リツの婚礼の日くらい郷《さと》に降りてきそうではある。あの見物の一群の中にいたのであれば、炭焼き小屋に戻って来る途中で自分と鉢合わせるだろう。しかし姿はない。であれば、もう昔のように山では暮らしてはいないのかもしれない。

清子はそれからゆっくりと駅前行きのバス停まで歩き、旅館に戻った。白無垢の花嫁はもちろん、野次馬や礼服を着た村人の姿ももうなく、源助とはついに会わなかった。

清子は翌日帰途についた。普通列車で仙台に出て急行はつかりに乗り換え、ボックス席に座った清子の胸中は、無念に支配されていた。予定していたことが何一つ果たせなかったからである。

動き出した車内で何度目かの溜め息をついたときだった。

「よかったらどうぞ」

横から小さな饅頭《まんじゅう》が差し出された。それはどうやら青森の銘菓で、差し出したのは隣に座っていたサングラスをかけた若い女だった。歳《とし》のころはコウと同じか、それよりももう少し若いか。

清子が顔を向けても、サングラスの女は蒼い目にたじろぐことなく、艶《あで》やかな唇を笑みの形にした。

女に不思議に近しいものを感じた清子は、ありがたくそれを受け取った。サングラスの女も、どうやら同じ近しさを清子に感じた様子であった。

清子は女に話しかけた。

「どこまでですか？」

「上野までです。あなたは？」

「私もです。あなたは青森からお乗りに？」

「ええ。津軽《つがる》海峡をどうしても一度見たくて」

洞爺丸《とうやまる》で亡くした姉の七回忌を機に訪れてみたのだと、サングラスの女は言った。二人は程なく旅の道連れとして打ち解けた。

「ところで、仙台でなにか気落ちするようなことでもあったのですか？」

サングラスの女が控えめに問うた。答えなくても女はきっとこちらを思いやって許してくれるだろう、そう思わせるに足る口ぶりだった。

だから話す気になったのだ。

「人に会いに行ったんです」

そうして清子は、自分がどうして旅をしたのか、旅で何があったのかを、女に語ったのだった――。

＊

汽車の車窓からは時々海が見えた。清子も、サングラスの女も、海が見えるたびに会話を休んで、蒼に輝く海を眺めた。

上野が近づき、乗客が支度《したく》を始め出した。清子もボストンバッグを網棚から下ろし、膝に抱えた。

「先ほどのお話ですけど」サングラスの女が思い出したように言った。「私、お手紙にしなくて良かったと思いますよ」

「そうですか。けれども、話したとおり千載一遇《せんざいいちぐう》の機会を逃してしまった。そうそう旅なんてできる身分じゃないのだけれど」

「でもあなたは、生きていれば機会はあるとおっしゃった。そう思ったからお手紙にはしなかったと」

「ええ」

「あなたもそのリッツさんも、まだ生きていらっしゃる」

「ええ」

「私、あなたはきっといつか、彼女と話せると思いますよ。そんな気がするんです」

サングラスの女の言葉には、ほのかな確信が滲《にじ》んでいるようだった。まるで未来の風景を実際に垣間見《かいまみ》たとでもいうふうな。

「ありがとう」

そうであればいい。清子は感謝を込めて礼を言った。

急行列車は車輪を軋《きし》ませて速度を落とす。上野駅はもうすぐである。

参考文献

『子どもたちの太平洋戦争——国民学校の時代——』山中恒　著（一九八六年　岩波新書）
『戦争の時代の子どもたち　瀬田国民学校五年智組の学級日誌より』吉村文成　著
（二〇一〇年　岩波ジュニア新書）
『戦時中の日本　そのとき日本人はどのように暮らしていたのか？』歴史ミステリー研究会編
（二〇一六年　彩図社）
『戦時中の暮しの記録　暮しの手帖編』（一九六九年　暮しの手帖社）

参考資料

「国民学校　初等科算数　八」（教科書データ）
「広島大学図書館　教科書コレクション画像データベース
http://dc.lib.hiroshima-u.ac.jp/text/metadata/1906」

また、本文中の方言の指導をしていただいた皆様に、厚くお礼を申し上げます。
著者

解説

瀧井朝世

太平洋戦時下。東京に暮らす小学六年生の浜野清子《はまのきよこ》は父親を亡くし、母と二人暮らし。母と同じ蒼《あお》い眼を持ち、周囲から「妖怪の目」「敵国民の目」などと言われ、異端視されている。一方、東北の村に暮らす小学五年生の那須野《なすの》リツは、赤ん坊のころに炭焼き職人の源助翁《げんすけじい》に拾われ、村の高源寺《こうげんじ》の養女として育てられてきた。周囲の子どもたちからは「拾われっ子」と蔑《さげす》まれている。共に除《の》け者扱いされている二人の少女は、清子が学童の集団疎開でリツの住む村にやってきたことで邂逅《かいこう》を果たす。だが、出会った瞬間に互いに感じたのは、いわれのない、生理的な嫌悪感だった――。

双方の視点から増幅していく憎しみと、その先を描いた乾ルカの『コイコワレ』は、それぞれの精神的な変化を実に丁寧に描く。憎しみというものとどう向き合っていくか、読み手にもじっくり考えさせる内容となっている。

本書単体でも十分楽しめるが、背景を知らず「ずいぶん不思議な設定だな」と思う読者もいるかもしれないので、この作品の成り立ちを説明しておく。

遡《さかのぼ》ること二〇一六年、中央公論新社創業一三〇年記念企画として文芸誌「小説ＢＯＣ」が創刊された。二〇一八年に全十号で完結したこの雑誌の目玉企画が、八組の作家による競作〈螺旋《らせん》〉プロジェクトだった。八組それぞれが共通のルールに基づき、異なる時代設定で小説を書くというもので、本書『コイコワレ』はその一環として生まれた。

プロジェクトに参加した作家と、それぞれが受け持った時代も挙げておこう。吉田篤弘『天使も怪物も眠る夜』＝未来、伊坂幸太郎『スピンモンスター』＝近未来、『シーソーモンスター』＝昭和後期（伊坂氏のみ二作執筆）、朝井リョウ『死にがいを求めて生きているの』＝平成、薬丸岳『蒼色の大地』＝明治、天野純希『もののふの国』＝中世・近世、澤田瞳子『月人壮士』＝古代、大森兄弟『ウナノハテノガタ』＝原始、そして乾ルカ『コイコワレ』＝昭和前期。

共通する大きなルールは三つある。

①青い眼を持つ「海族」と大きな耳を持つ「山族」、二つの種族の対立構造を描く。
②すべての作品に同じ「隠れキャラクター」を登場させる（性別、年齢などは不問）。
③共通のシーン、象徴モチーフを出す（対立について語りあう場面、お守り、渦巻き状の

何かなど)。

連載がスタートする前に全員で打ち合わせを重ね、さらに連載中にも作家同士で個別にやりとりして前記以外の登場人物やモチーフを共有することもあったという。海族と山族の対立というテーマの切り口は作品によってまったく異なるので、読み比べてみるのも面白いだろう。

各作家が受け持つ時代をどのように決めたのかは不明だが、歴史・時代小説作家の澤田瞳子や天野純希が古代や中近世パート、平成元年生まれの朝井リョウが平成パート担当というのは分かりやすい。そして乾ルカが昭和初期担当というのも、ある意味納得だ。というのも、そもそも彼女がオール讀物新人賞を受賞したデビュー作「夏光」(短篇集『夏光』収録)は、本作と同じく太平洋戦争末期の話で、親戚の住む村に疎開した少年と、その村で忌み嫌われている少年二人の物語なのだ。『コイコワレ』とは内容も舞台となる地域もまったく異なるが、戦時下の過酷な状況や子どものコミュニティの残酷さなど、共通点も垣間見られる短篇なのである。

この設定を踏まえて考えれば、清子は海族、リツは山族だと分かる。対立が運命づけられているのだから、二人が初対面の時から互いに嫌悪感を抱くのは納得だ。本能的に憎しみ合うという特殊な設定ではあるが、こんなふうに根拠なく相手を嫌うことは現実社会でも少なくない。本作のなかでは他に、清子やリツが周囲から蔑まれている様子や、疎開っ子と村の子どもたちがけん制しあう様子、さらには村に現れる『見てはいけない女』への蔑視などが盛り込まれるが、そのように人は自分とは違う人間、自分には理解できない人間のことを排除しようとする傾向がままある。そこにはさまざまな心理が働いているのだろう。自分を肯定したいがために自分とは違う人間を否定するという、無意識の拒絶。分からないものを排斥して、安全を守りたいという防衛本能。優位性を保ちたいがために相手を卑下しようとする心理。相手にはまったく関係がない、単に自分のストレスのはけ口としての利用。さらには誰かを共通の敵としてみなすことで生まれる、周囲との連帯感の希求、等々——。時には嫉妬や、近親憎悪的な憎悪もあるだろう。いずれにせよ、そんな身勝手な心理から、人は時として誰かを嫌い、攻撃することがある。それは個人間だけでなく、集団対集団、組織対組織、国家対国家でも起きてしまう。本作でも、リツと清子の対立構造が、背景にある太平洋戦争と重なって見えてくる。

もちろん、迷惑を被った、不快な目に遭わされたなど相手を嫌う正当な理由が存在し、怒りをおぼえて当然のケースもある。その場合、相手に怒りをどうぶつけるのか、いつまで憎み続けるか、その度合いが問題になるだろう。本作の場合、清子にしてみれば、母が作ってくれた大切なお守りをリツに盗まれた上に、滝に突き落とされ命の危機にさらされたのだから、怒るのは当然である。リツも、自身の過失を自覚せざるを得ない。ここが、読者にとっての共感ポイントでもある。単に海族と山族という理由で憎み合う二人の物語なら、読者は他人事《ひとごと》として「歩み寄ればよいのに」と思うだけかもしれない。だが明確に、被害を被った側と被らせた側という立場に二人を分けたことで、この先どうなるのか、多少は自分ごととして読み進められたのではないだろうか。

二人は他者と、そしておのれとの対話を重ね、自分の憎しみについての考えを掘り下げていく。〈螺旋〉プロジェクトの各作品は、必ず「対立」について会話するシーンが盛り込まれている。本書では第六章の「交」の大部分が、それに該当する。ここでの源助翁の言葉の数々が印象深い。

「おめとあの子が、相容れねぇーのは、仕方がねぇ」「んでも、人どして踏み越えではならんごとはある。どいなに嫌いでわがり合えねえでもな」

「おめは憎しみを相手にぶづげるもんだど思ってる。憎らしさを争いの理由にすっぺどしてる。それは弱えもんの考えだ」

「本当に強い者は、憎しみを相手さ向げね。その、自分の憎しみど戦う」

「本当にあの子をやっつけだいなら、あの子が嫌いでどうすっぺもね自分の気持ぢど、まずは戦え。そして勝で。あの子にでぎねでおめがでぎだら、真実それが、おめの勝ぢじゃ」

後に、清子も母親から同じことを言われるので引用しておこう。

「嫌いだという感情をただぶつけるのは、お腹が空いたから泣く赤ん坊と同じ。憎しみを抱いても、争わないでいることはできるはずです。（後略）」

「自制しなさい。好きな相手には、自然に気持ちの良い振る舞いができるもの。だから嫌いな相手には特に意識して、誰よりも丁寧に、親切になさい。あなたを差別する人たちにこそ、いっそうの礼を尽くさなければならないと心得なさい。そうすれば、相手の態度も少しずつ変わっていく」

　こうした言葉は今の時代を生きる私たちにも響いてくるはずだ。SNS上での個人攻撃から国際情勢に関する意見に至るまで、何かしらの大義名分を言い訳に怒りを感情的に表明している様をよく見かけるが、みな、たとえ歩み寄れなくても不用意に、かつ過剰に相手を傷つけまいとする努力を怠っている、とはいえないだろうか。

　初読時、以前ある作家にインタビューした際の雑談を思い出した。その人は腹の立つ相手がいた時に、「殺したい奴《やつ》ほど愛せ」と思うようにしている、と語っていた。それを聞いて私は「自分は殺したいほど人を憎んだことはないな」と思いつつ、「ものすごく迷惑かけられた相手を愛するなんてできそうにないな」と否定的に感じたのだった。後に自分なりに考えて、あの言葉は、本当に愛さなくてはならないという意味ではなく、「愛そう」と思うくらいの心構えでいたほうが、自制が効く、ということだろうと解釈した。それに「愛せ」とは、無理してべったり仲良くしろ、という意味ではないはずだ。嫌いな相手に無理して近づく必要はなく、距離をとった上で、相手に失礼な態度をとらず、相手の人権を侵害しないことが肝要なのだ。嫌いな相手だから怒りをぶつけてもいい、見下げてもいいなんてことはない。そんな卑《いや》しい人間性をむき出しにするのは、自分を貶《おとし》めることにしかならない。本書はそれを、じわじわ、じっくり教えてくれている。

タイトルの『コイコワレ』の意味は赦《ゆる》しを請う側請われる側とも考えられるが、目次に文字の異なる「コウ」という読みの言葉が並ぶのも何かのヒントと思われる。「請う」「請われる」のように、それぞれの文字を、能動態と受動態の意味合いで解釈するのも面白い。「光を与える側」と「与えられる側」、相手のことを「考える側」と「考えられる側」、「攻める側」と「攻められる側」……いや、あくまでも深読みである。深読みといえば、後半に唐突に出てくる「みやこ」という名前が気になる。伊坂幸太郎氏の『シーソーモンスター』の登場人物の一人が宮子という名前なのだが、リンクしているのだろうか？

リンクといえば、本作に収められている書き下ろし短編「九月、急行はつかり車内にて」にも触れておかねばならない。これは清子とリツのその後が分かる読者サービス的な一篇だが、著者の『おまえなんかに会いたくない』を読んだ人ならニヤリとするはずだ。『おまえなんか〜』は現代の話で、札幌にある白麗《はくれい》高校の卒業生たちが同窓会を企画したことから、過去のいじめ問題があぶりかえされる群像劇だ。そこに、「九月〜」でも言及される不思議な墨の話が都市伝説として出てくる。しかも、又聞きした墨にまつわる体験談として、清子のエピソードが紹介されているのだ。

白麗高校の話は三部作の予定で、すでに発表されている第二部の『水底のスピカ』も同校を舞台に、それぞれ秘密を抱える少女三人の関わり合いが丁寧に描かれ、『おまえなんか〜』と共通した人物も登場する。「九月〜」で清子が列車内で出会う女性が洞爺丸《とうやまる》で姉を亡くしたと語るが、『水底のスピカ』にも、ちらっとだけ、洞爺丸の事故に言及する女性が登場するが、同一人物だろうか。第三部は未発表で内容は不明だが、こちらも楽しみに待ちたい。

（たきい・あさよ　ライター）

口絵デザイン　bookwall

初出　『小説ＢＯＣ』創刊号〜十号（二〇一六年四月〜二〇一八年七月）
単行本　二〇一九年六月　中央公論新社刊

中公文庫

コイコワレ

2022年12月25日　初版発行

著　者　乾《いぬい》　ル　カ

発行者　安部 順一

発行所　中央公論新社
〒100-8152　東京都千代田区大手町1-7-1
電話　販売 03-5299-1730　編集 03-5299-1890
URL https://www.chuko.co.jp/

DTP　ハンズ・ミケ
印　刷　大日本印刷
製　本　大日本印刷

Published by CHUOKORON-SHINSHA, INC.
Printed in Japan　ISBN978-4-12-207292-3 C1193

特報

螺旋プロジェクト 第2弾
始動

参加作家

伊坂幸太郎

武田綾乃

月村了衛

凪良ゆう

町田そのこ ほか